हॉवर्ड ज़िन्न

हॉवार्ड ज़िन्न (1922-2010) अमरीकी इतिहासकार, नाटककार, व समाजकर्मी थे। द्वितीय विश्वयुद्ध के दौरान ये अमरीकी वायुसेना में 'बोम्बार्डियर' रहे। यूरोप में युद्ध के अनुभवों के बाद ये घोर युद्ध-विरोधी हो गए। आगे चलकर इन्होंने न्यूयॉर्क विश्वविद्यालय से (बी.ए.) व कोलंबिया विश्वविद्यालय से (एम.ए., पी-एच.डी.) की पढ़ाई पूरी की, और स्पेलमैन कॉलेज व बॉस्टन विश्वविद्यालय में बतौर प्रोफ़ेसर पढ़ाते रहे। अमरीकी सिविल राइट्स मूवमेंट, और वियतनाम व इराक युद्धों के खिलाफ चले जन-आन्दोलनों में भी इनकी सक्रियता रही।

इतिहास, समाज और राजनीति पर इन्होंने चालीस से भी अधिक किताबें लिखीं। 'अ पीपल्स हिस्ट्री ऑफ़ द यूनाइटेड स्टेट्स' (1980) इनकी बहुचर्चित कृति है, जिसमें प्रजा व नागरिकों की दृष्टि से अमरीका का इतिहास बतलाया गया है। अमरीका के कई कॉलेजों और स्कूलों के पाठ्यक्रम में शामिल होने के अलावा यह किताब विश्वभर की भाषाओं में अनूदित हुई है। 'सोहो में मार्क्स' (1999) नाटक भी इनकी प्रसिद्ध कृति है, जिसमें विख्यात जर्मन दार्शनिक कार्ल मार्क्स समकालीन अमरीका में लौट आए हैं और सामायिक विषयों पर चिन्तन कर रहे हैं। पिछले कुछ वर्षों से इस नाटक का भी रूपान्तरण अलग-अलग भाषाओं में होता आया है।

सौरभ राय

बेंगलुरु निवासी सौरभ कवि, अनुवादक व पत्रकार हैं। झारखंड में बचपन और प्रारम्भिक शिक्षा। बेंगलुरु से इंजीनियरिंग की पढ़ाई व एक मल्टीनेशनल कम्पनी में 'प्रोग्रामर एनालिस्ट' की नौकरी। इसके बाद ऑनलाइन मीडिया कम्पनी 'योर स्टोरी' में बतौर सम्पादक सामाजिक विषयों पर अंग्रेजी-हिन्दी में लेखन व सम्पादन का काम किया। फिलहाल स्वतंत्र लेखन के अलावा ऑनलाइन पत्रिका 'बेंगलुरु रिव्यू' का सम्पादन कर रहे हैं।

प्रमुख कृतियाँ : यायावर (कविता संग्रह), कर्णकविता : बेंगलुरु वासियों की कविताएँ (सम्पादन), अभिषेक मजुमदार के तीन नाटक (सम्पादन)।

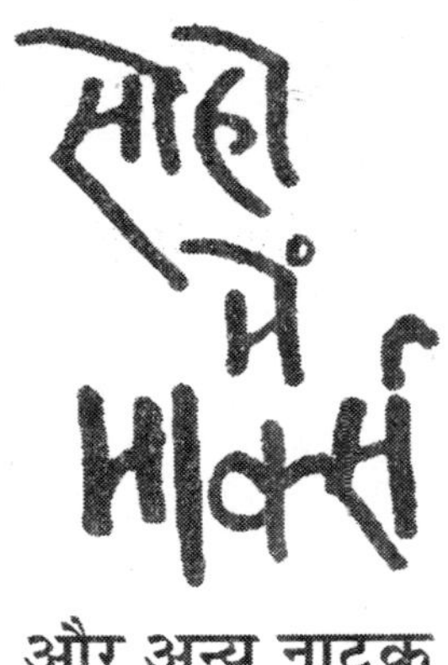

और अन्य नाटक

हॉवर्ड ज़िन्न

अनुवाद

सौरभ राय

राजकमल पेपरबैक्स

मूल कृति *'Three Plays : The Political Theater of Howard Zinn'* का हिन्दी अनुवाद

राजकमल पेपरबैक्स में
पहला संस्करण : 2018

राजकमल पेपरबैक्स : उत्कृष्ट साहित्य के जनसुलभ संस्करण

राजकमल प्रकाशन प्रा. लि.
1-बी, नेताजी सुभाष मार्ग, दरियागंज
नई दिल्ली-110 002
द्वारा प्रकाशित

शाखाएँ : अशोक राजपथ, साइंस कॉलेज के सामने, पटना-800 006
पहली मंजिल, दरबारी बिल्डिंग, महात्मा गांधी मार्ग, इलाहाबाद-211 001
36 ए, शेक्सपियर सरणी, कोलकाता-700 017

वेबसाइट : www.rajkamalprakashan.com
ई-मेल : info@rajkamalprakashan.com

बी.के. ऑफसेट
नवीन शाहदरा, दिल्ली-110 032
द्वारा मुद्रित

मूल्य : ₹199

SOHO MEIN MARX AUR ANYA NATAK
Plays by Howard Zinn
Translated by Sourav Roy

ISBN : 978-93-88183-51-2

आभार

मैं आभारी हूँ—सुधीर रंजन सिंह, राजेन्द्र शर्मा, नीरज पांडेय, नाश, आनन्द प्रकाश, प्रशान्त सिन्हा और विद्या का, जिन्होंने मेरे अनुवाद को पढ़ा और अपने रचनात्मक सुझाव दिए। मोहित कटारिया का, जिन्होंने इस किताब को प्रूफ़रीड किया। राजेश रंजन का, जिन्होंने 'सोहो में मार्क्स' नाटक का पाठ JNCASR, बैंगलुरु में आयोजित किया। मुकेश शर्मा का, जिन्होंने इस नाटक का पहला मंचन किया। और दिनेश नायर का भी, जिन्होंने नाटक में मार्क्स का किरदार निभाया।

सोहो में मार्क्स

और अन्य नाटक

अनुक्रम

सोहो में मार्क्स

[घर की रौशनी सड़क पर बिखरी हुई। मंच के बीचोबीच उजाला। एक मेज़ और कुछ कुर्सियाँ मंच पर सजी। सफ़ेद कमीज, काला कोट और बेडौल टाई पहने मार्क्स का प्रवेश। उनकी दाढ़ी लम्बी, मूँछें काली, बाल अधसफ़ेद, आँखों पर चश्मा, हाथों में झोला। चलते हुए अचानक रुकते, मंच के कोने तक जाकर बेहद ख़ुशी से दर्शकों को देखते। फिर चेहरे पर आश्चर्य के भाव उभरने लगते हैं।]

अरे वाह, दर्शक!

[अपने झोले से किताबें, अख़बार, बियर की बोतल और एक गिलास निकालते हैं। मंच के सामने आकर]

अच्छा किया तुम आ गए। उन बेवक़ूफ़ों की बातों से परेशान नहीं हुए, जो कह रहे थे—"मार्क्स मर चुका है!" हाँ वैसे मैं मर चुका हूँ...और नहीं भी। इसे तुम डायलेक्टिक्स कह लो। *(अपना और अपने विचारों का मज़ाक़ उड़ाने से नहीं कतराते। शायद समय ने उन्हें नरम कर दिया है। लेकिन जब आप सोचते हैं, मार्क्स शान्त हो गए हैं, वे ग़ुस्से से फूट पड़ते हैं।)* तुम सोच रहे होगे मैं यहाँ कैसे आया...*(शरारती मुस्कान)* ..पब्लिक ट्रांसपोर्ट से!

वैसे मुझे यहाँ नहीं आना था...मुझे तो सोहो जाना था। लन्दन में मैं वहीं रहता था। लेकिन...इन दफ़्तरशाहों की वजह से यहाँ पहुँच गया, तो यह रहा मैं, कार्ल मार्क्स, न्यूयॉर्क के सोहो में, *(गहरी साँस लेते हुए)* कोई बात नहीं, न्यूयॉर्क आने की ख़्वाहिश मुझे हमेशा से थी। *(गिलास में बियर भर, एक घूँट पीते हुए)*

[उनका मिजाज़ बदल जाता है।]

मैं क्यों लौटा हूँ? *(थोड़े ग़ुस्से में)*
अपने नाम पर लगा दाग़ मिटाने?

[सन्नाटा]

तुम्हारे अख़बार पढ़ता रहता हूँ... *(अख़बार उठाते हुए)* कहते हैं मेरे विचार मर चुके हैं! इसमें नई बात कहाँ! ये जोकर पिछले सौ साल से यही कह रहे हैं। कभी सोचा तुमने? मुझे बार-बार मुर्दा क़रार देने की ज़रूरत इन्हें क्यों पड़ती है?

मुझसे बर्दाश्त नहीं हुआ। थोड़ी देर के लिए ही सही, मैंने वापस आने का अधिकार माँगा। लेकिन उधर भी नियम हैं। बताया न—दफ़्तरशाही। उधर पढ़ने देते हैं, झाँकने भी देते हैं। लेकिन कहीं आने-जाने पर सख़्त मनाही है। ज़ाहिर है, मैंने विरोध किया। कुछ मेरे पक्ष में खड़े भी हुए। सुकरात ने घोषणा की—"यात्राहीन जीवन निरर्थक है"। गांधी ने खाना नहीं खाया। मदर जोन्स ने धरने की धमकी दी। मार्क ट्वेन भी अपने निराले ढंग से मेरे पक्ष में खड़े हुए। बुद्ध ने भी आँखें बन्द कर 'ॐ' का लम्बा जाप किया। लेकिन बाक़ी चुप रहे। पता नहीं, उनके पास खोने को क्या बचा था?

हाँ, वहाँ भी मैं बाग़ी बन गया हूँ। और वहाँ भी, प्रतिवाद की जीत हुई! तो आख़िरकार, उन्होंने कहा "ठीक है, तुम जा सकते हो। एक घंटे में लौट आना। पर ध्यान रहे, बग़ावत मत फैलाना!" बोलने की आज़ादी तो है...लेकिन एक हद तक... *(मुस्कुराते हुए)* वे लिबरल्स हैं।

तो जाओ कह दो सबसे—मार्क्स लौट आया है। थोड़ी देर के लिए ही सही। लेकिन सबसे पहले मेरी एक बात समझ लो—मैं मार्क्सवादी नहीं हूँ। *(ठहाका लगाते हुए)* मैंने एक बार पीपर से ऐसा कहा था और उसकी हालत लगभग पस्त हो गई थी। *(बियर का घूँट भरते हुए)* उन दिनों हम लन्दन में रहते थे। जेनी, मैं और हमारे बच्चे। और दो कुत्ते, तीन बिल्लियाँ, दो परिंदे—लगभग अधमरे। डीन स्ट्रीट पर हमारा घर, और सामने शहर का तमाम कचरा।

हम लन्दन में थे क्योंकि मुझे यूरोप से निकाल दिया गया था। सबसे पहले अपनी ही धरती राइनलैंड से निष्कासित हुआ।
वहाँ, मैं एक ग़ैर क्रान्तिकारी जर्मन अख़बार—दर राइनिशे जीतुंग—का सम्पादक था, लेकिन सच कहना अपने आपमें सबसे बड़ी क्रान्ति है।
अमीरों की जागीर से ईंधन चुराने के जुर्म में पुलिस कुछ ग़रीबों को गिरफ़्तार कर रही थी। मैंने इसके विरोध में सम्पादकीय लिखा तो उन्होंने अख़बार को सेंसर करने की कोशिश की। मैंने लिख दिया कि जर्मनी में प्रेस आज़ाद नहीं। उन्होंने मुझे सही ठहराने की ठान ली, और अख़बार बन्द करने लगे। हम बाग़ी बन गए। यही तो होता है हमेशा। ग़लती हुक्मरान करते हैं, रेडिकल अवाम को बनना पड़ता है। जीतुंग के आख़िरी संस्करण पर लाल बड़े अक्षरों से लिखा था—"विद्रोह!"...उन्होंने चिढ़कर मुझे राइनलैंड से निष्कासित कर दिया।
मैं पेरिस चला गया। राजनैतिक रिफ्यूजी और कहाँ जाए? दुनिया में है कोई दूसरी जगह, जहाँ तुम रात-भर कैफ़े में बैठकर अपनी क्रान्ति की डींग हाँक सको?...अगर तुम्हें कोई यहाँ से निकाल दे तो पेरिस चले जाना।
पेरिस हमारा हनीमून था। जेनी ने एक छोटा-सा घर ढूँढ़ा, और हम वहाँ ख़ुश थे। लेकिन मेरे पेरिस में होने की ख़बर जर्मनी पहुँच गई। पेरिस में भी पुलिस घर पहुँच गई और हमें वहाँ से निकाल दिया। बेल्जियम गए और वहाँ से भी निकाल दिए गए। मुझे तो लगता है ये अन्तर्राष्ट्रीयवादिता चेतना मज़दूरों से पहले पुलिस में आ गई थी।
हम लन्दन आए, जहाँ दुनिया-भर के भगोड़े पनाह लेते हैं। ये अँगरेज़ बड़े उदार होते हैं...लेकिन अपनी उदारता की शेखी बघारने से भी नहीं चूकते।

[खाँसने लगते हैं, सर हिलाते हुए]

1858 में डॉक्टर ने कहा था कि खाँसी चली जाएगी। ख़ैर, मैं पीपर की बात कर रहा था। यूरोप के तमाम

निर्वासित हमारे लन्दन के घर आते-जाते रहते थे। पीपर उन्हीं में एक था। मेरे इर्द-गिर्द मक्खी की तरह भिनभिनाता रहता। चमचा कहीं का! मुझसे छह इंच दूर खड़े होकर बात करता था, ताकि मैं बच न सकूँ, और मेरी लिखी बातें मुझी से कहता। मैं कहता, ''पीपर, कम से कम मेरी लाइनें मेरे सामने न दुहराया करो।''

गुस्ताख़ी यह, कि मुझे कहता दास कैपिटल का अंग्रेज़ी अनुवाद करेगा। नालायक! अंग्रेज़ी की एक लाइन उससे बिना ग़लती बोली नहीं जाती। अंग्रेज़ी एक ख़ूबसूरत ज़ुबान है। शेक्सपियर की ज़ुबान है। लेकिन अगर शेक्सपियर भी पीपर की अंग्रेज़ी सुनता तो ज़हर खा लेता।

जेनी उससे हमदर्दी रखती। दावत पर घर बुला लेती। ऐसी ही एक शाम पीपर ने ''लन्दन की मार्क्सवादी मंडली'' की घोषणा की।

''मार्क्सवादी मंडली! ये क्या चीज़ है?'' मैंने पूछा।

''हम हर हफ़्ते मिलकर आपके लिखे पर चर्चा करते हैं। आपके लेखों का पाठ होगा। आपकी हर बात पर हमें घोर विश्वास है।''

''घोर विश्वास?'' मैंने पूछा। ''हाँ, यह हमारे लिए गौरव की बात होगी डॉक्टर मार्क्स''—वो मुझे हमेशा डॉक्टर मार्क्स कहता था—''क्या आप हमारी अगली सभा को सम्बोधित करेंगे?''

''नहीं।''

''क्यों?'' उसने पूछा।

क्योंकि मैं मार्क्सवादी नहीं हूँ। *(ज़ोर से ठहाका लगाते हुए)*

मुझे शिकायत उसकी अंग्रेज़ी से नहीं थी। मेरी अंग्रेज़ी भी कुछ ख़ास अच्छी नहीं रही। मैं शर्मिंदा था उसकी सोच से। मेरी बातों को बिना समझे, लगभग रट लेता, और लोगों के बीच उनकी ग़लतबयानी करता फिरता। और अगर कोई उसे टोकता, तो कट्टरपन्थियों की तरह उनसे भिड़ जाता।

एक दफ़ा मैंने जेनी से पूछा, ''जानती हो मुझे सबसे ज़्यादा डर किस बात का है?''

उसने कहा "मज़दूरों की क्रान्ति न होने का?"
"नहीं, मज़दूरों की क्रान्ति तो होकर रहेगी। मुझे डर है कि पीपर जैसे लोग सत्ता में आ जाएँगे। ये जब सत्ता में नहीं होते तब चमचागिरी करते हैं। और जब हाथ में सत्ता आ जाती है, गुंडागिरी करते हैं। ऐसे गुंडे, बड़बोले, कट्टरपन्थी मेरी बातों को जोड़-तोड़कर बोलने लगेंगे। मज़दूर वर्ग की अगुवाई तो करेंगे लेकिन मेरी बातों को समझे बिना ही। यह एक नया धर्म रच देंगे। समाज को एक सिरे से, नए वर्गों में बाँट देंगे, और फिर हड़ताल, मार-काट, ख़ून-ख़राबा...
और यह सब होगा साम्यवाद के नाम पर। आज़ादी का साम्यवाद सौ साल पीछे चला जाएगा, दुनिया को पूँजीवादी साम्राज्य और साम्यवादी साम्राज्य के बीच बाँट दिया जाएगा। ये हमारे प्यारे सपने पर इतना कीचड़ छींट जाएँगे, कि उसे धोने में कई और क्रान्तियाँ लग जाएँगी। मुझे सबसे ज़्यादा डर इसी बात का है।"
नहीं, मैं पीपर जैसे आदमी को दास कैपिटल का अनुवाद नहीं करने दे सकता था। वह मेरी पन्द्रह साल की मेहनत थी—जिसे मैंने सोहो के बदनसीबों के बीच दिन गुज़ारते हुए लिखा था। हर सुबह मैं सोहो के गटर और खुली नालियों से गुज़रता हुआ ब्रिटिश म्यूज़ियम की शानदार लाइब्रेरी पहुँचता। सुबह से शाम तक राजनैतिक अर्थशास्त्र पढ़ता। तुम ही बताओ? राजनैतिक अर्थशास्त्र पढ़ने से ज़्यादा उबाऊ काम हो सकता है क्या? *(सोचकर)* शायद हाँ, राजनैतिक अर्थशास्त्र लिखना।
फिर शाम ढले घर लौटता। चारों तरफ़ फेरीवालों का शोर। सोहो की गन्दगी में भीख माँगते हुए क्राइमियन जंग से लौटे हुए सिपाही। कुछ अन्धे, किसी का हाथ कटा हुआ, किसी का पैर...ऐसा था लन्दन की ग़रीबी का नज़ारा!
कुछ आलोचक हैं, जो दास कैपिटल, और दूसरी रेडिकल किताबों को किसी भद्दे निजी अनुभव से जोड़ देते देते हैं, और कहते हैं "अरे उसके साथ कुछ बुरा हुआ होगा।"

अगर जानना चाहते हो तो सुनो, वो रोज़ लाइब्रेरी से घर तक का सफर ही पूँजीवाद के ख़िलाफ़ मेरे ग़ुस्से के लिए काफ़ी था, जो दास कैपिटल में दिखलाई पड़ा।''

तुम कहोगे, ''अरे, तब की बात और थी, सौ साल में काफ़ी कुछ बदल गया है।'' तब की बात? आज यहाँ आते हुए मैं तुम्हारी सड़कों से गुज़रा, चारों तरफ़ कचरा, हवा में ज़हरीली बू, बच्चे, औरतें, बूढ़े, भूख के मारे सड़कों पर सोये हुए, ठण्ड में सिकुड़े हुए। बावजूद इसके कि कोई लड़की ख़ुशी भरा प्रेम गीत गाए, मुझे भीख माँगतीं बच्चियाँ दिखीं।

(ग़ुस्से में) तुम इसे प्रगति कहते हो, क्योंकि तुम्हारे पास मोटर कारें, टेलीफ़ोन, हवाई जहाज़ हैं। शीशियों में बन्द हज़ार क़िस्म के इत्र हैं? और वो जो सड़कों पर ठण्ड में सिकुड़े मर रहे हैं? उनका क्या?

(मेज़ से अख़बार उठाकर पढ़ते हुए) सरकारी रिपोर्ट— अमरीका का कुल राष्ट्रीय उत्पाद सात हज़ार बिलियन डॉलर। बहुत ख़ूब! लेकिन इससे फ़ायदा किसका? तुम्हारा हुआ? *(अख़बार में देखते हुए)* महज़ पाँच सौ अमरीकियों की दौलत दो हज़ार बिलियन डॉलर। क्या ये गिने-चुने लोग बाकियों से ज़्यादा मेहनती, ज़्यादा शरीफ़, समाज के लिए उस माँ से ज़्यादा ज़रूरी हैं, जो अपने बच्चों को सर्दी में पालती, पोसती है, लेकिन घर गर्म रखने के लिए बिजली के पैसे नहीं दे पाती?

आज से डेढ़ सौ साल पहले, क्या मैंने नहीं कहा था कि पूँजीवाद की वजह से समाज में पैसा तो बहुत आएगा, लेकिन ये पैसा कुछ ही लोगों में सिमट जाएगा? *(दोबारा अख़बार पढ़ते हुए)* ''केमिकल बैंक और चेस मैनहट्टन बैंक का विशाल मर्जर—बारह हज़ार कर्मचारियों की नौकरी गई...शेयरों में वृद्धि।'' और वे कहते हैं मेरे विचार मर चुके हैं!

ऑलिवर गोल्डस्मिथ की कविता है ''द डेज़र्टेड विलेज''— *(आँखें बन्द करके)* ''ज़मीन बनी शिकार तमाम बीमारियों की/जहाँ पैसे जम रहे और इंसान सड़ रहा''

हाँ, सड़न! यही देखा मैंने आज तुम्हारे शहर से गुज़रते हुए। सड़े हुए घर, सड़े हुए स्कूल, सड़े हुए लोग। लेकिन थोड़ा आगे चला तो ऊँची इमारतें, दमकते हुए लोग, महँगे कपड़े और चमकते गहने पहने खिलखिलाती औरतें। और तभी अचानक सायरन की आवाज़ सुनाई पड़ी। शायद कोई इस "कुल राष्ट्रीय उत्पाद" से अपना हिस्सा माँगने चला आया होगा। ग़ैरक़ानूनी तरीक़े से...उनसे, जिन्होंने क़ानूनन उसका हिस्सा चुरा लिया। इंसान ख़रीद-फ़रोख़्त का सामान बनकर रह गया है। यही है तुम्हारे बाज़ारवाद का चमत्कार! *(रौशनी तेज़ धीमी होने लगती है। मार्क्स ऊपर देखते हैं, फिर दर्शकों की तरफ़ देखकर)* कमेटी ने कहा था बग़ावत मत फैलाना। उन्हें ये सब पसन्द नहीं! ख़ैर...

(उनकी आवाज़ में नरमी आ जाती है, यादों में खोये हुए) सोहो के घर में हम सूप के साथ उबले हुए आलू खाया करते थे। नज़दीक की बेकरी से हमारा एक दोस्त ब्रेड दे जाता। जेनी और मैं खाते हुए घंटों बातें करते—आयरलैंड में आज़ादी के लिए लड़ते नौजवान, दुनिया में कहीं न कहीं चल रही खौफ़नाक जंग, सरकार की बेवकूफ़ियाँ, डरा हुआ प्रेस...अब तक माहौल सुधर गया होगा, है न? रात को, टेबल साफ़ करके मैं दोबारा काम करने लगता। एक हाथ में सिगार, बगल में बियर की बोतल। एक तरफ़ किताबों का ढेर, दूसरी तरफ़ संसद के काग़ज़ात। टेबल की दूसरी तरफ़ जेनी रात-भर बैठ मेरे लिखे को साफ़ काग़ज़ों पर उतारती। मेरी भयंकर लिखावट को शब्द-दर-शब्द पढ़, उसे दोबारा लिखना—इससे ज़्यादा बहादुरी का काम हो सकता है क्या?

कभी फिर हम आर्थिक संकट में घिर जाते। नहीं, दुनिया-भर में आर्थिक संकट नहीं, सिर्फ़ हमारे घर में पैसों की कमी! एक दिन मुझे मेरा रिकार्डो नहीं मिला। मैंने जेनी से पूछा—"तुमने मेरा रिकार्डो देखा?"

वो बोली, "वो राजनीतिक अर्थव्यवस्था के सिद्धान्तों वाली किताब? मुझे लगा तुमने पढ़ लिया, तो मैंने उसे गिरवी रख दिया।"

मुझे ग़ुस्सा आया, ''तुमने मेरा रिकार्डो गिरवी रख दिया!'' उसने कहा, ''शान्त हो जाओ, पिछले हफ़्ते मेरी अँगूठी भी गिरवी रखी थी न?''

तो ऐसा ही था। *(गहरी साँस लेते हुए)* हम हर चीज़ गिरवी रख देते। जेनी के घर से आने वाले तोहफ़े, जब तोहफ़े ख़त्म हो जाते तो अपने कपड़े। तुम जानते होगे लन्दन की सर्दी? मुझसे पूछिये, जिसने बिना ओवरकोट पूरी सर्दी गुज़ारी। एक दफ़ा घर से निकला तो बर्फ़ में पैर जैम गए। जब नीचे देखा, तब ध्यान आया कि जूते तक गिरवी चले गए हैं!

दास कैपिटल छपने पर हमने जश्न मनाया। एंगेल्स ने हमें कुछ पैसे दिये ताकि हम अपने कपड़े और बर्तन वापस ला सकें। एंगेल्स...एक सन्त! उसके लिए जितना कहा जाए, कम होगा। जब हमारे घर में पानी, गैस, बिजली सबकी सप्लाई कट जाती, और हम अँधेरे में नाउम्मीद पड़े होते, तब एंगेल्स जाकर उनके पैसे भर देता। एंगेल्स के पिता की मैनचेस्टर में फैक्टरियाँ थीं। हाँ...*(मुस्कुराते हुए)* पूँजीवाद ने हमें बचाया।

लेकिन वह हमेशा हमारी ज़रूरतों को नहीं समझ पाता। हमारे पास किराने के पैसे नहीं होते, और वह वाइन की पेटियाँ भिजवा देता। एक साल क्रिसमस पर हमारे पास क्रिसमस ट्री ख़रीदने के पैसे नहीं थे, और एंगेल्स छह बोतल शैम्पेन लेकर चला आया। उस रात हमने एक पेड़ की कल्पना की, और उसके चारों तरफ़ बैठकर शैम्पेन पिया और रात-भर क्रिसमस गीत गाते रहे। *(कहकर मार्क्स क्रिसमस कैरल गाने लग जाते हैं)*...

मुझे पता है मेरे क्रान्तिकारी साथी सोचते होंगे, मार्क्स नास्तिक होकर क्रिसमस मना रहा है? मानता हूँ मैंने लिखा था ''धर्म मनुष्यों के लिए अफीम है'', लेकिन क्या किसी ने पूरी बात पढ़ने की कोशिश की? सुनो *(अपनी किताब उठाकर पढ़ते हुए)* धर्म जनता के दुख दर्द और प्रतिशोध की अभिव्यक्ति है, निर्दय विश्व का हृदय है, निष्प्राण परिस्थितियों का प्राण है, धर्म मनुष्यों के लिए अफीम है।

मानता हूँ अफीम समाधान नहीं, लेकिन उससे राहत तो मिलती ही है। कम से कम फोड़ों के दर्द से तो मुझे बड़ी राहत मिली। और क्या हमारी दुनिया बुरी तरह से फोड़ों का शिकार नहीं?

जेनी की बहुत याद आती है। *(रुककर, आँखें मलते हुए)* कैसे वो हमारा सारा सामान बाँध, हमारी दो बेटियों को लेकर मेरे साथ इंग्लिश चैनल पार कर गई। फिर लन्दन के हमारे उस दयनीय घर में तीन बार माँ बनी। उन बच्चों को पाला-पोसा, गर्म रखने की कोशिश करती रही, और एक-एक कर तीनों बच्चों को मरते देखा...ग्विडो, उसने चलना तक नहीं सीखा था। फ्रांचेस्का, वो एक साल की थी...मैंने तीन पाउण्ड उधार लेकर उसे दफनाया। और मूश...वो आठ साल तक ज़िन्दा तो रहा, लेकिन उसका शरीर, जन्म के बाद बढ़ा ही नहीं। जिस रात वो मरा, हम रात-भर उसकी लाश के पास ज़मीन पर पड़े रहे...

जब एलेनोर पैदा हुई, हम डर गए। क़िस्मत से उसे दो बड़ी बहनों का साथ मिला—जेनिशेन और लौरा। उनका बचपन भी तक़लीफ़ में ही बीता था। जेनिशेन पेरिस में पैदा हुई थी। पेरिस आशिकों के लिए जितना अच्छा है, बच्चों के लिए उतना ही बुरा। लौरा, हमारी दूसरी बेटी ब्रुसेल्स में पैदा हुई थी। ब्रुसेल्स पैदा होने का शहर नहीं। लन्दन में हमारे पास पैसे नहीं थे, लेकिन हम हर रविवार पिकनिक मनाते। जेनी, मैं, बच्चे, और लेनचेन। लेनचेन के बारे में बाद में बताता हूँ। लेनचेन गोश्त बना लाती। हम सब साथ खाते-पीते। एलेनोर सबसे छोटी थी, लेकिन गटागट बियर पी जाती।

पैसे नहीं हुए तो क्या, बच्चों को उनकी छुट्टियाँ मिलनी चाहिए। एक बार मैंने घर के किराए के पैसों से उन्हें घूमने के लिए फ्रांस भेज दिया। फिर एक दफ़ा, किराने के पैसों से बच्चों को पियानो ख़रीद दिया। वे गाने-बजाने के शौकीन थे।

बाप होने के नाते मुझे बच्चों में भेदभाव करना तो नहीं चाहिए। लेकिन एलेनोर! मैं जेनी से कहता, ''एलेनोर अलग

है।'' जेनी जवाब देती। ''कार्ल मार्क्स की बेटी साधारण कैसे हो सकती है?''

एलेनोर सबसे छोटी थी, मगर सबसे शातिर। आठ साल की क्रान्तिकारी जैसी! 1863 में, जब पोलैंड में रूसी साम्राज्य के ख़िलाफ़ क्रान्ति हुई, उसने एंगेल्स को खत में लिखा ''पोलैंड के जाँबाज़ साथियों को सलाम।'' जब नौ साल की हुई, तब अमरीका के राष्ट्रपति लिंकन को एक लम्बे ख़त में लिखकर समझाया कि गृहयुद्ध कैसे जीता जाए।

सिगरेट से लेकर वाइन तक, सब पीती थी। ऐसा नहीं कि गुड्डे-गुड़ियों से खेलना उसे पसन्द नहीं था। खेलती, मगर वाइन पीते हुए। मेरे साथ शतरंज खेलती, और अक्सर जीत जाती। पन्द्रह की उम्र में अचानक वो लॉर्ड्स डे पर भड़क उठी—''रविवार को, चर्च के नाम पर बाक़ी काम क्यों रोक दिए जाते हैं?'' इसी सवाल को मुद्दा बनाकर उसने रविवार को संगीत की एक बहुत बड़ी सभा रखी। मोज़ार्ट, बीथोवेन के लिखे गाने सुनने दो हज़ार से भी ज़्यादा लोग इकट्ठे हुए। पूरा काम ग़ैरक़ानूनी था। उस दिन हमने बहुत बड़ा सबक सीखा। अगर क़ानून तोड़ना है, तो दो हज़ार लोगों...और मोज़ार्ट के साथ तोड़ो।

टसी, हम एलेनोर को घर में टसी बुलाते थे। टसी और उसकी बहनों को मैं शेक्सपियर, इस्किलस और दांते पढ़कर सुनाता। टसी शेक्सपियर की दीवानी थी। उसका कमरा छोटा-मोटा शेक्सपियर म्यूज़ियम था। रोमियो और जूलियट की वो लाइनें जहाँ रोमियो जूलिएट को पहली बार देखता है, मुझे बार-बार सुनाने को कहती : ''उसके गाल की चमक देख तारे शरमा जाएँ / मानो दीये के सामने सूरज / उसकी आँखें इतनी रोशन कि रातों को भी / चिड़िया चहचहाने लग जाएँ।''

टसी के साथ रहना आसान नहीं था। अगर तुम्हारी बच्ची तुम्हारे ही शोध में गलतियाँ ढूँढ़-ढूँढ़कर तुम से रोज़ बहस करे तो कैसा लगेगा? एक बार वो मुझसे इस बात पर भिड़ गई कि मैंने एक लेख में यहूदियों को पूँजीवाद का

प्रतिनिधि क्यों कहा? "वे अकेले तो नहीं हैं जो इस लालच के शिकार हैं।" मैंने समझाया कि यहूदियों का उदाहरण भर लिया गया है। उसने जवाब में यहूदियों की धार्मिक माला लटका ली, और और ख़ुद को यहूदी घोषित कर दिया। मैंने हार मानते हुए अपने कन्धे सिकोड़े, तो कहने लगी—"ऐसा यहूदी करते हैं।"

वह जानती थी कि मेरे पिता यहूदी थे, लेकिन जर्मनी के नागरिकों में यहूदियों के लिए फैली नफ़रत देख, उन्होंने ईसाई धर्म अपना लिया था। एक दिन टसी ने पूछा—"मूर"—मेरे काले रंग की वजह से परिवार के लोग मुझे मूर बुलाते थे—"तुम बैपटाइज़ किए गए थे न? लेकिन उससे पहले तुम सर्कमसाइज़ भी किए गए होगे?" कितनी बेशर्म थी वो लड़की!

उसे सँभालना नामुमकिन था। एक दिन अचानक, यहूदी तारे वाली माला के साथ-साथ ईसाई क्रूस लटकाने लगी। पूछने पर उसने बताया कि धार्मिक कारणों से नहीं, बल्कि अंग्रेज़ों के ख़िलाफ़ आयरिश बग़ावत की तरफ़दारी में उसने ऐसा किया है। उसे आयरिश विद्रोह के बारे में लिज़्ज़ी बर्न्स ने बताया। लिज़्ज़ी एंगेल्स की प्रेमिका थी।

लिज़्ज़ी खेतों में काम करती थी, और उसे पढ़ना-लिखना बिलकुल नहीं आता था। एंगेल्स नौ भाषाओं में पारंगत था। तुम सोचोगे उनका साथ कैसा रहा होगा? वे एक दूसरे से बेहद प्यार करते थे। लिज़्ज़ी आयरिश क्रान्ति से जुड़ी थी। टसी उसके घर जाती और दोनों रात-भर बैठकर वाइन पीते और आयरिश लोकगीत गाते।

फिर वो खौफ़नाक रात आई, जिस रात अँगरेज़ सरकार ने दो आयरिश नौजवानों को, सोहो के बीचोंबीच, खुले आम फाँसी पर लटका दिया। भीड़ नशे में पागल चिल्ला रही थी...इन अंग्रेज़ों की झूठी नज़ाकत और खुले आम फाँसियाँ! आजकल तुम शायद लोगों को फाँसी पर नहीं लटकाते—सिर्फ़ गैस से, या ज़हर देकर, या बिजली से जलाकर मार देते हो। पहले से ज़्यादा सभ्य! उन लोगों ने दो आयरिश बच्चों को चौक पर लटका दिया, क्योंकि

वे अपने लोगों के लिए आज़ादी माँग रहे थे। एलेनोर बेतहाशा रोई।
मैंने कहा, "टसी, अभी तुम्हारी उम्र दुनिया के त्रास में डूबकर पागल होने की नहीं हुई है। तुम सिर्फ़ पन्द्रह की हो।" उसने जवाब दिया, "इसी बात का दुख है मूर, मैं तेरह नहीं, चौदह नहीं, पन्द्रह की हूँ।"
हाँ, पन्द्रह की थी—और हमारे घर आते-जाते हर नौजवान पर उसका दिल आ जाता। मैं लिस्ट दिखा सकता हूँ ऐसे लोगों की। एलेनोर राजनीति में जितनी शातिर थी, प्यार-मोहब्बत में उतनी ही गोल। पेरिस कम्यून के नायक लिसागारे पर उसका दिल आ गया। कम से कम वो फ्रेंच था।
जेनिशेन तो एक अँगरेज़ से दिल लगा बैठी थी। अँगरेज़ मर्द अंग्रेज़ी खाने की तरह होते हैं। और लौरा के प्रेमी की तो बात ही मत कीजिए—लाफार्ज। सरेआम मेरी बेटी के कूल्हे पर हाथ रखकर घूमता, मुस्कुराते हुए, जैसे कुछ हुआ ही न हो। जेनी कहती, आप बुरा मत मानो, उसका परिवार क्यूबा से है। हाँ! जैसे क्यूबा में एक-दूसरे के कूल्हे पर हाथ रखकर चलने का रिवाज़ हो!
(गहरी साँस लेते हुए) जेनी हमेशा मुझे शान्त करती। लेकिन मेरे फोड़ों को दबाने में नाकाम रही। *(मुँह बनाते हुए)* तुम्हें कभी फोड़े हुए हैं? इससे ज़्यादा घिनौनी बीमारी नहीं हो सकती। मैं पूरी ज़िन्दगी इनका शिकार रहा। आलोचक मेरे फोड़ों का विश्लेषण करते थे। उन्होंने यहाँ तक कह दिया कि मार्क्स पूँजीवादी व्यवस्था से नाराज़ है क्योंकि उसे फोड़ा हुआ है। बेवक़ूफ़ कहीं के! उन क्रान्तिकारियों का क्या, जिन्हें फोड़े नहीं हुए थे?
ऐसे लोग कोई न कोई वजह ढूँढ़ ही लेते हैं। उसे बचपन में बाप मारता था, उसका बाथरूम गन्दा था। मानो शोषण का विरोध करने के लिए विकृत होना ज़रूरी है। यह कोई नहीं सोचता कि पूँजीवाद, जो अपने आप में इंसानियत के ख़िलाफ़ है, ख़ुद ही बग़ावत को जन्म देता है...
लोग कहते हैं कि पूँजीवाद अब सुधर गया है। पहले की

तरह नहीं रहा। अच्छा? कुछ साल पहले अख़बार में यह बात छपी थी—नॉर्थ कैरोलाइना में मुर्गियों का उत्पाद करने वाले कारख़ाने का मालिक अपनी महिला कर्मचारियों को बाहर से बन्द करके चला गया, ज़ाहिर है, मुनाफ़ा बढ़ाने के लिए! मालिक की ग़ैरहाज़िरी में वहाँ आग लग गई, और एक साथ पच्चीस औरतें जलकर राख हो गईं।

ग़ुस्से में मेरे फोड़े ज़्यादा जलने लगते। इन फोड़ों के साथ चलना, फिरना, उठना, बैठना कितना मुश्किल होता था, यह मैं ही जानता हूँ। डॉक्टर कहते दर्द चला जाएगा। मेरे फोड़ों के बारे में उन्हें क्या मालूम? *(बियर की घूँट भरते हुए)* मुझे नींद नहीं आती थी। फिर मुझे इसका हल मिला—पानी। मुश्किल सवाल का आसान-सा जवाब—पानी। कपड़ों को गुनगुने पानी में डुबोकर जेनी मेरे फोड़ों पर रख देती, और मेरा दर्द कम हो जाता। कभी-कभी मैं नींद में दर्द से कराह उठता, तब भी बिना शिकायत किए वो रात-भर मेरी पट्टी करती...जब जेनी बाहर होती तो लेनचेन मेरी पट्टी करती।

(यादों में खोये हुए) हाँ, लेनचेन। सोहो में जब ग़रीबी से हमारी हालत ख़राब थी, तब जेनी की माँ ने लेनचेन को भेजा था, बच्चों की देखभाल करने के लिए। हमने घर का सारा सामान गिरवी रख दिया था, खाने के पैसे नहीं थे। और तोहफ़े में हमें नौकरानी मिली। ऊँचे घर में शादी करने से यही होता है। ससुराल वाले पैसे छोड़कर तमाम बेकार की चीज़ें भेजते रहते हैं। पिछली बार उन्होंने हमें रेशमी कपड़े और चाँदी के बर्तन भेजे थे। और इस बार नौकरानी। हमने भी अपनी नई नवेली नौकरानी को चाँदी के बर्तन और रेशमी कपड़ों को गिरवी रखने भेज दिया... लेनचेन को नौकरानी कहना ग़लत होगा। जेनी और बच्चे उससे बेहद प्यार करते थे। जब भी जेनी बीमार पड़ती, लेनचेन पूरी लगन से उसकी देखभाल करती। उसकी हर ज़रूरत को पूरा करती। लेकिन उसकी वजह से जेनी और मेरे बीच काफ़ी तनाव भी हुआ। एक दिन जेनी ने मुझसे कहा—"आज सुबह तुम लेनचेन को देख रहे थे।"

"देख रहा था? मतलब?"

"मतलब जैसे एक मर्द एक औरत को देखता है।"

"क्या मतलब है तुम्हारा।" *(उदास होते हुए)* ऐसी बहस का कोई सुखद अन्त हो ही नहीं सकता।

हम घर में ऐसी बातों से परेशान हो रहे थे। और बाहर लन्दन था...1858 का लन्दन, जहाँ सिक्कों के बदले जिस्म बेचे-ख़रीदे जाते थे, गवैया अपने बन्दर को कन्धे पर लादकर घूमता, जादूगर आग का खेल दिखाते, खोमचेवाला बाजा बजाकर सामान बेचता, कोई शराब पीता हुआ सारंगी बजाता, कहीं बूढ़ी भिखारिन आयरिश लोकगीत गाती। और इन सबके बीच मैं रोज़ ब्रिटिश म्यूज़ियम आता जाता। यह सोचते हुए कि अगले साल इनमें से कितने ज़िन्दा रहेंगे। *(गहरी साँस लेते हुए)* दास कैपिटल के लेखक को उसके लायक ही ज़िन्दगी मिलनी थी। अपने उसूलों से समझौता किए बिना पूँजीवादी समाज के उस दलदल में मैं बेहतर ज़िन्दगी की उम्मीद भी नहीं करता था।

जेनी मुझसे थोड़ी-बहुत हमदर्दी रखती, मगर उसे मेरे बनाए गए बहानों से सख़्त नफ़रत थी। कहती, "अब पता चला दास कैपिटल पढ़कर मेरी क्या हालत होती है।" वो मेरी सबसे बड़ी आलोचक थी। कठोर, और ईमानदार। ईमानदार आलोचक जैसा खौफ़नाक जानवर दुनिया में नहीं हो सकता।

वो मेरे लिखे से परेशान रहती। *(दास कैपिटल उठाते हुए)* कहती कि इसमें पहले पन्ने से ही 'उत्पादन क्षमता', 'बाज़ार तंत्र' जैसे भारी शब्दों से मैं पाठक को ऊब से भर देता हूँ। मज़दूर संघ के एक साथी पीटर फॉक्स को जब मैंने अपनी किताब भेंट में दी, तो जेनी ने कहा कि मैंने उसे तोहफ़े में हाथी दे दिया है।

"हाँ", जेनी कहती, "हाथी ही तो है तुम्हारी किताब।"

मैं समझाता कि दास कैपिटल की तुलना कम्युनिस्ट मैनिफेस्टो से मत करो। मैनिफेस्टो एक पर्चा था, जनता के लिए। दास कैपिटल लम्बे शोध का नतीजा है। "शोध

है तो क्या हुआ? उसमें मैनिफेस्टो की तरह आग भरो।''
वो कहती।
''एक प्रेत यूरोप पर मँडरा रहा है—साम्यवाद का प्रेत! हाँ'' वो कहती, पाठकों को यही तो चाहिए...''एक प्रेत यूरोप पर मँडरा रहा है!''
और फिर मुझे चिढ़ाने के लिए, दास कैपिटल की पहली लाइन पढ़कर सुनाती *(पढ़ते हुए)* ''जिस समाज में पूँजीवादी तरीक़ों से उत्पादन होता है, वहाँ पूँजी, बहुतायत सामग्री की तरह एकत्र होने लगती है।''
कहती, ''इसे पढ़कर लोग सो जाएँगे।''
मैं तुम लोगों से पूछता हूँ, क्या यह बोरिंग है? *(सोचकर)* हाँ शायद, थोड़ा बोरिंग है। जेनी कहती, ''थोड़ा बोरिंग जैसा कुछ नहीं होता।''
ग़लत मत समझो। वो दास कैपिटल को गम्भीर शोध मानती थी। मैंने साबित किया था कि किस तरह पूँजीवाद, समाज में आय और मूल्य दोनों की वृद्धि करेगा, और फिर यह अपनी बनावट, अपने स्वभाव की वजह से समाज में ऐसी ऊँच-नीच पैदा करेगा, कि मज़दूर और मालिक, दोनों इंसानियत से मुँह फेर लेंगे।
लेकिन जेनी हमेशा पूछती, ''क्या तुम्हारी बात लोगों तक पहुँच रही है? पता है सरकार ने तुम्हारी किताब को छपने क्यों दिया? क्योंकि उन्हें तुम्हारा लिखा समझ नहीं आया, और वे जान गए कि आम आदमी तो तुम्हारी बातें बिलकुल नहीं समझ पाएगा।''
मैं कहता कि दास कैपिटल पर अच्छी समीक्षाएँ लिखी जा रही हैं। वो कहती, उन्हें तो एंगेल्स लिख रहा है। मैं कहता, ''तुम हमारी शादी से ख़ुश नहीं हो।'' वो कहती, ''तुम मर्द! हाँ मैं हमारी शादी से ख़ुश नहीं हूँ, लेकिन उसका इस बात से कोई लेना-देना नहीं।''
हाँ, वो ख़ुश नहीं थी। ग़लती शायद मेरी थी। जब हमें प्यार हुआ था, मैं सत्रह, और जेनी इक्कीस साल की थी। वो बेहद खूबसूरत थी, सुनहरे घुँघराले बाल, गहरी बड़ी आँखें। उसके परिवार वाले भी मुझे काफ़ी पसन्द करते

थे। वे अमीर थे। ये अभिजात वर्ग के लोग अक्सर हम बुद्धिजीवियों से प्रभावित रहते हैं। जेनी के पिता और मैं घंटों यूनानी फ़लसफ़ों पर बातें करते। डेमोक्रिटस और हेराक्लिटस पर मैंने अपनी डॉक्टरेट की थीसिस लिखी थी। उन दिनों मुझे एहसास होने लगा था, कि इन दार्शनिकों ने दुनिया की काफ़ी व्याख्या की है, लेकिन ज़रूरत दुनिया बदलने की है!

जब मुझे जर्मनी से निकाल दिया गया, जेनी मेरे साथ पेरिस चली आई, वहाँ हमने शादी की। हम पेरिस में बेहद ख़ुश थे, ग़रीब मगर ख़ुश, दोस्तों के साथ बैठ कैफ़े में रात-भर बातें करते। हमारे दोस्त भी कंगाल थे। ग़ज़ब का झुण्ड था हमारा। बाकुनिन—लम्बा, चौड़ा, दढ़ियल अराजकतावादी। एंगेल्स, हमारा नास्तिक नौजवान। हाईने, दार्शनिक कवि। स्टर्नर, हम सबसे अलग, शून्यवादी, दार्शनिक। और प्रुधों, जो कहता, "सम्पत्ति चोरी है", लेकिन ख़ुद की सम्पत्ति कैसे बढ़ाई जाए, यह सोचने से कभी बाज़ नहीं आता।

लेकिन पेरिस में ग़रीब, और लन्दन में ग़रीब होने में बहुत फ़र्क़ है। जब हम दो बच्चों के साथ लन्दन पहुँचे, और कुछ ही महीनों में जेनी फिर से गर्भवती हो गई, तो मुझे लगने लगा कि उन बच्चों को लन्दन की सर्दी में लाने के लिए, जेनी मन ही मन मुझे ज़िम्मेदार मानती है। हमारे घर में हमेशा कोई न कोई बीमार रहता। एक दफ़ा जेनी को चेचक हुआ। ठीक तो हुई, लेकिन उसके चेहरे पर दाग़ रह गए। मैंने उससे कहा कि वो अब भी उतनी ही सुन्दर है, पर उसका दुख कम नहीं हुआ।

जेनी ने मेरे लिए जो सहा, उसका कोई हिसाब नहीं। सबसे पहले उसने इस बात को माना कि मैं बाकियों की तरह दफ़्तर जाकर नौकरी नहीं कर सकता। मैंने कोशिश की थी। रेलवे में क्लर्की की अर्ज़ी भरी। उनका जवाब आया, "मिस्टर मार्क्स, आप हमारे यहाँ नौकरी करना चाहते हैं, यह जानकर हमें बेहद ख़ुशी हुई। हमारे यहाँ पहले कभी किसी डॉक्ट्रेट इन फिलॉसोफी ने क्लर्क की नौकरी के

लिए अर्ज़ी नहीं दी। और आपकी लिखावट भी हमें ख़ास समझ में नहीं आई। इसीलिए हमें अफ़सोस के साथ आपका प्रस्ताव ख़ारिज करना पड़ रहा है।''

[कन्धे झटकते हुए]

जेनी को मेरे विचारों पर भरोसा था। लेकिन उसे मेरी ज्ञान-भरी बातों से चिढ़ थी। ''ज़मीन पर उतरिये डॉक्टर साब,'' वो कहती। कहती कि 'बेशी मूल्य के सिद्धान्त' को मैं मज़दूरों की भाषा में समझाऊँ। मैंने कहा, ''इसे समझने के लिए पहले श्रम मूल्य के सिद्धान्त को समझना होगा, और यह समझना होगा कि कैसे श्रम शक्ति एक विशेष वस्तु है, जिसका मूल्य निर्वाह शक्ति तय करती है, जो बाक़ी वस्तुओं का मूल्य तय करते हुए भी श्रम शक्ति के मूल्य से कम रह जाती है।''
वो सर हिलाते हुए कहती, ''नहीं चलेगा, कहना चाहिए—तुम्हारा मालिक तुम्हें कम पैसे देता है, जिससे तुम्हारे परिवार का पेट तक नहीं भरता। लेकिन तुम्हारा मालिक तुम्हारी ही मेहनत से ख़ूब पैसे बनता है, और अमीर होता जाता है। और तुम ग़रीब के ग़रीब रह जाते हो।''
मानता हूँ, मेरे बेशी मूल्य के सिद्धान्त को दुनिया-भर में शायद सौ लोग ही समझ पाए होंगे। लेकिन इसका मतलब यह तो नहीं कि सिद्धान्त ग़लत है *(ग़ुस्से में)* पिछले हफ़्ते की बात है, तुम्हारे देश के श्रम मंत्रालय के दस्तावेज़ देख रहा था। वहाँ साफ़ लिखा है—तुम्हारे मज़दूर हर रोज़ पिछले दिन से ज़्यादा उत्पादन कर रहे हैं, लेकिन उनकी मज़दूरी घटती चली जा रही है। नतीजा? वही जो मैंने कहा था। तुम्हारे देश की चालीस प्रतिशत सम्पत्ति महज़ एक प्रतिशत अमीरों की जेब में है। और यह पूँजीवाद का महान उदाहरण है। जिसने न सिर्फ़ अपने नागरिकों का बल्कि पूरी दुनिया का पैसा हड़प लिया है...
जेनी हमेशा कोशिश करती कि मेरे जटिल विचारों को सुलझाकर लोगों तक पहुँचाए। वो कहती मैं क्रान्तिकारी कम, विद्वान अधिक हूँ। कहती, ''बुद्धिजीवी को भूल

जाओ, मज़दूरों के लिए लिखो।'' कहती कि मैं मग़रूर, हूँ, घमंडी हूँ, मुझे बर्दाश्त करना मुश्किल है। ''बूर्जुआ वर्ग से लड़ने के बजाय तुम अपना समय दूसरे क्रान्तिकारियों में खोट ढूँढ़ने में क्यों बर्बाद करते हो?'' वो अक्सर पूछती। प्रुधों को ही ले लीजिए। उसे मैं कभी यह नहीं समझा पाया कि विशाल उद्योगों की स्थापना करने के लिए हमें पूँजीवाद की सराहना करनी चाहिए, और उनसे उनके उद्योग छीन लेने चाहिए। प्रुधों को लगता कि हमें एक सरल समाज की तरफ़ वापस चले जाना चाहिए। जब उसने अपनी किताब लिखी, 'ग़रीबी का दर्शन', मैंने अपनी किताब से उसका जवाब दिया—'दर्शन की ग़रीबी'। मुझे लगा मैंने अच्छा काम किया है। जेनी को लगा कि मैंने प्रुधों का अपमान किया है। *(गहरी साँस लेते हुए)* जेनी मुझसे अच्छी इंसान थी।

वो मुझे उकसाती थी कि मैं लन्दन के मज़दूरों के साथ कन्धे से कन्धा मिलाकर लड़ूँ। जब मैंने अन्तर्राष्ट्रीय श्रमिक संघ के पहले अधिवेशन में भाषण दिया तो वो मेरे साथ आई। 1864 की बात है। सन्त मार्टिन हॉल में दो हज़ार लोग खचाखच भरे थे।

(आगे बढ़कर, भाषण देने की मुद्रा में, आवाज़ ऊँची कर)

''दुनिया-भर के मज़दूरों को एकजुट होकर उन विदेशी नीतियों के ख़िलाफ़ लड़ना है, जो पक्षपाती हैं, और ग़रीबों के ख़ून, पसीने, और पैसे को फ़िज़ूल लड़ाइयों में बहा रही हैं। हमें सरहदों को तोड़ते हुए एक होना है, और रक्षा करनी है उन साधारण मानव मूल्यों की, जिन्हें हमारे मालिक अपने पैरों तले रौंद रहे हैं...दुनिया के मज़दूरो, एक हो!''

(सन्नाटा)

जेनी को यह पसन्द आया...*(बियर की घूँट भरते हुए)* जब घर में गैस, बिजली, पानी, कुछ नहीं होता, जेनी जूझ रही होती। उसकी वजह से परिवार चलता था। वो रात दिन नारी मुक्ति की बातें करती। कहती कि औरतों की ज़िन्दगी मोज़े धोने और खाना बनाने के लिए नहीं।

मुझ पर इल्ज़ाम लगाती कि मैं सैद्धान्तिक तौर पर साम्यवादी

तो हूँ, लेकिन सही मायनों में नारी संघर्ष से बिलकुल अनजान। ''तुम और एंगेल्स'', वो कहती, ''स्त्री पुरुष समानता के बारे में लिखते हो, लेकिन ख़ुद की ज़िन्दगी में इन बातों को नहीं अपना पाते।'' इस बारे में मैं और क्या कहूँ?

जेनी अंग्रेज़ों के ख़िलाफ़ आयरिश बग़ावत का खुलकर साथ देती। एक बार रानी विक्टोरिया ने कहा, ''ये आयरिश घिनौने हैं। असभ्य हैं।'' जवाब में जेनी ने अख़बारों में विक्टोरिया के नाम ख़ुला ख़त लिखा, ''क्या अँगरेज़ सभ्य हैं, जो आज़ादी माँग रहे आयरिशों को सरेआम फाँसी पर लटका रहे हैं?''

जेनी और मैं एक दूसरे से कितना प्यार करते थे, यह बातों से नहीं समझाया जा सकता। लेकिन सोहो में हमारी ज़िन्दगी बेहद ख़राब रही। प्यार तो था, लेकिन हालात बदल चुके थे। पता नहीं क्यूँ? जेनी को लगता कि वह पहले जैसी सुन्दर नहीं रही। मुझे ग़ुस्सा आता। वो कहती मैं ग़ुस्सा हूँ क्योंकि उसकी बात सच है। मुझे और ज़्यादा ग़ुस्सा आता। वो कहती यह सब लेनचेन की वजह से है। मेरा ख़ून खौल उठता!

(गहरी साँस लेते हैं, फिर बियर का एक घूँट भरते हैं। मेज़ पर रखे अख़बारों में से एक को उठाकर।) लोग कहते हैं की सोवियत के गिरने पर साम्यवाद ख़त्म हो गया। *(सर हिलाते हुए)* इन नालायकों को पता भी है साम्यवाद है क्या? एक ठग, कुछ गुंडों को लेकर, अगर अपने साथी क्रान्तिकारियों की हत्या करे, और अपना तंत्र चला बैठे, तो क्या उसे साम्यवाद कहेंगे?

कितने अनपढ़ हैं वो पत्रकार, और वो नेता जो ऐसी बातें करते हैं। मैं तीस का था, और एंगेल्स अट्ठाईस का, जब हमने मैनिफेस्टो में लिखा था।

(किताब उठाकर पढ़ते हुए) ''पुराने बूर्जुआ समाज को हटाकर, उसके अन्तर्निहित वर्गीकरण और शत्रुता को हटाकर, हमें एक ऐसे संगठन की स्थापना करनी होगी, जहाँ हर-एक के विकास से सबका विकास हो सके।''

सुना तुमने। संगठन! उन्हें पता भी है साम्यवाद का मकसद क्या है? हर इनसान की व्यक्तिगत आज़ादी। ताकि विकास तो हो, मगर इंसानियत भी बची रहे। उन्हें लगता है साम्यवाद का मतलब गुंडागर्दी है, ख़ुद से मतभेद रखने वालों की हत्या कर देना है। वह जो ख़ुद को साम्यवादी कहता है और ग़रीबों का दुश्मन बना हुआ है—क्या इसी साम्यवाद की ख़्वाहिश में मैंने अपनी ज़िन्दगी कुर्बान कर दी!
वह रूसी जल्लाद जिसने अपने हाथों में पूरी सत्ता ले ली—और किसी धार्मिक कट्टरपन्थी की तरह मेरी बातों का ग़लत मतलब निकालता रहा—जब वह अपने ही कामरेडों पर गोलियाँ चलवा रहा था, क्या उसने रूस के नागरिकों को बताया कि मैंने न्यूयॉर्क ट्रिब्यून में लिखकर मौत की सज़ा का घोर विरोध किया था? मृत्युदंड पर खड़ा समाज ख़ुद को सभ्य कैसे कह सकता है? जो ज़िन्दगी हम दे नहीं सकते, उसे लेने का हक़ हमें कौन देता है?... *(गुस्से में)* समाजवाद का मतलब पूँजीवाद की बुराइयों को दोहराना नहीं है!
यहाँ अमरीका में तुम्हारी जेलें भरी हुई हैं। कौन है उन पिंजरों में? कंगले, ग़रीब! कुछ ने बेशक घिनौने और हिंसक अपराध किए होंगे। लेकिन ज़्यादातर तो छोटे-मोटे चोर, उचक्के, ड्रग बेचने वाले ही हैं। वही सब करते हुए पकड़े गए, जो बड़े पैमाने पर पूँजीवादी करते हैं!
(एक और किताब उठाकर) पता है एंगेल्स और मैंने जेलों के बारे में क्या लिखा था? "अपराधियों को उनकी ग़लती के लिए सज़ा देने की बजाय, हमें उन सामाजिक परिस्थितियों का नाश करना होगा जो अपराध को जन्म देती हैं। और समाज की यही ज़िम्मेदारी है, कि हर आदमी को मौक़ा मिले जिससे वह अपना और अपने समाज का विकास कर सके।"
हाँ, हमने 'सर्वहारा की तानाशाही' की बात की थी। किसी राजनैतिक पार्टी की तानाशाही की नहीं, किसी एक आदमी की तानाशाही नहीं, मज़दूरों द्वारा एक अस्थायी तानाशाही की। जो थोड़े समय के लिए सबके हितों को ध्यान में

लेकर एक नए समाज की नींव रखे। और जब उसकी ज़रूरत ख़त्म हो जाए, वह ख़ुद को बर्खास्त कर दे।

ज़ाहिर है, बाकुनिन मुझसे असहमत था। उसे मुझसे बहस करना पसन्द था। उसका मानना था कि सरकार को होना ही नहीं चाहिए। सरकार चाहे जैसी हो—मज़दूरों की लोकतान्त्रिक सरकार ही क्यों न हो—अगर सरकार के पास पुलिस है, सेना है, जेलें हैं, तो वह थोड़े समय में अपने आप अत्याचारी बन जाएगी।

जानते हो उसके बारे में? हमारा अराजकतावादी साथी मिखाइल बाकुनिन। इतना अजीब, मानो किसी उपन्यास से निकलकर आ गया है।

ब्रुसेल्स में, जब मैं और एंगेल्स मैनिफेस्टो पर काम कर रहे थे, बाकुनिन ने हमारे बारे में लिखा *(मेज़ से किताब उठाकर पढ़ते हुए)* "मार्क्स और एंगेल्स—खासकर मार्क्स—पक्के बूर्जुआ हैं।"

हम पक्के बूर्जुआ! यक़ीनन! बाकुनिन से बराबरी की जाए तो पूरी दुनिया बूर्जुआ लगने लगेगी। सूअर की तरह रहता था वह। और अगर कोई सूअर की तरह नहीं रहता, उसके सिर पर छत, घर में पियानो, कभी-कभी खाने को अच्छा ब्रेड और पीने को वाइन मिल जाता, तो बाकुनिन उसे बूर्जुआ क़रार देता।

लेकिन उस आदमी में हिम्मत थी। हुक्मरानों ने उसे क़ैद कर साइबेरिया भेज दिया। वहाँ से भाग निकला और जहाँ-जहाँ गया, क्रान्ति की बातें करता रहा। अराजक समाज का निर्माण करना चाहता था, लेकिन उसकी अराजकता उसके दिमाग तक ही इंक़लाब कर पाई। बोलोग्ना में तो बग़ावत करने की कोशिश में अपने ही रिवॉल्वर से लगभग मारा गया। लेकिन उसे रोकना नामुमकिन था, उन आशिकों की तरह, जो एक लड़की से धोखा खाकर दूसरी के पीछे और भी ज़्यादा हाथ धोकर पड़ जाते हैं।

तुमने बाकुनिन की तस्वीर देखी है? राक्षस जैसा। चमकता हुआ गंजा सिर, जिसे वह एक छोटी-भूरी टोपी से ढँकता था। लम्बी घनी दाढ़ी, उग्र हाव-भाव। दाँत जेल का खाना

खा-खाकर झड़ चुके थे। जैसे किसी दूसरे ग्रह का हो। पैसों को लेकर बिलकुल ग़ाफ़िल। जब जेब में पैसे होते, तो औरों में बाँट देता—और जब नहीं होते, तो लोगों से पैसे लेकर कभी नहीं लौटाता। उसके पास घर नहीं था, या यूँ कह लो, कि पूरी दुनिया को वह अपना घर मानता था। किसी भी कामरेड के घर बिना बताए पहुँच जाता और पूछता—"खाने में क्या है? और कहाँ सोना है?" ऐसे समय में घर मेज़बान का कम, मेहमान का अधिक लगने लगता!

सोहो में, एक दिन वह अचानक हमारे यहाँ आ घुसा। हम डिनर कर रहे थे, और दरवाज़ा ठकठकाए बिना ही वह आ गया। उसकी पुरानी आदत थी डिनर के वक़्त आने की। हम भौंचक्के रह गए। हमें लगा वो इटली में है। जब भी उसकी बात होती, हमें यही सुनने को मिलता कि वह किसी दूर देश में इंक़लाबी हो गया है। ख़ैर, वह दरवाज़ा लगभग तोड़ते हुए घुसा, इधर-उधर देखा, अपनी पोपली हँसी हँसा, और बोला "गुड इवनिंग कामरेड्स।" और हमारे जवाब का इन्तज़ार किए बिना ही हमारे बीच बैठकर खाने लगा। गोश्त को चीज़ में डुबोकर, ब्रांडी के साथ। मैंने कहा "मिखाइल, वाइन पियो। ब्रांडी महँगी है।"

उसने एक घूँट वाइन पिया, और उलटी कर दी। "घटिया!" कहा, "ब्रांडी पीकर सोचने में मदद मिलती है।"

उसके बाद हमेशा की तरह नौटंकी। उपदेश देना, तर्क करना, हुक्म चलाना, चिल्लाना, समझाना। मैं ग़ुस्से से लाल था। लेकिन मुझसे पहले ही जेनी बोल पड़ी "मिखाइल, बस करो! कमरे की सारी हवा तुम ही खींच रहे हो।" वह ज़ोर से ठहाका मार कर हँसा, और दोबारा बोलने लगा।

बाकुनिन के दिमाग में अराजकतावादी कचरा भरा था—ख़याली, यूटोपियन बकवास। मैंने उसे संगठन से निकालना चाहा, तो जेनी हँस पड़ी। "ऐसा क्यों होता है," उसने पूछा, "कि छह लोगों का क्रान्तिकारी संगठन हमेशा किसी एक को निकालने में लगा रहता है?"

वह भेष बदल-बदलकर घूमता, क्योंकि हर देश की पुलिस उसकी ताक में थी। जब वह लन्दन में हमसे पहली बार मिला, तो उसने पादरी का रूप धर रखा था। उसे लगा वो पादरी है, हमें तो जोकर लगा। हम खूब हँसे!

ख़ैर, वह एक हफ़्ता हमारे बीच रहा। एक बार हम रात-भर जगे रहे और शराब पीकर बहस करते रहे, तब तक, जब तक हम दोनों की हालत बात करने लायक रही। और जब उसकी एक दलील के बीच में मैं सो गया, तो उसने मुझे जगाकर अपनी बात पूरी की। वो हमारे शानदार दिन थे, 1871 की सर्दी, जब पेरिस को कम्यून ने जीत लिया था...हाँ, पेरिस कम्यून। बाकुनिन अपने पूरे वज़न के साथ उस क्रान्ति में कूद पड़ा था। फ्रांसीसी बाकुनिन को समझ पाये थे। उनके बीच एक कहावत थी—"क्रान्ति के पहले दिन बाकुनिन हीरो है। दूसरे दिन उसे गोली मार देनी चाहिए।"

जानते हो पेरिस कम्यून के बारे में? इतिहास में इससे ग़ज़ब किस्सा नहीं मिलेगा! किस्सा बेवकूफ़ी से शुरू होता है—तीसरा नेपोलियन—बोनापार्ट का भतीजा—बहुत बड़ा नालायक था। भीड़ में मुस्कुराता फिरता, जब उसी के देश में लाखों किसान अपने बीवी-बच्चों के साथ भूखे मर रहे थे, उसने एक विधानमंडल रखा था, और लोगों को मताधिकार देकर मान बैठा था कि फ्रांस में लोकतंत्र है...प्रशासन अक्सर यह ग़लती करती है।

नेपोलियन को शोहरत की ख़्वाहिश थी, तो उसने बिस्मार्क की सेना पर हमला बोल दिया। जर्मनों ने उसे बड़ी आसानी से हरा दिया। लेकिन जब जर्मन पेरिस पहुँचे, तो उनका स्वागत लोगों ने बन्दूक़ों से नहीं—सन्नाटे से किया। पेरिस की मूर्तियों पर काले कपड़े ढँके थे, खिड़कियों से काले झंडे लटक रहे थे। ये भीषण प्रतिरोध था, लोगों का, जिसे जर्मनों ने भाँप लिया, और पेरिस छोड़कर भाग गए।

फ्रांस के पुराने हुक्मरान थे द रिपब्लिक। वे ख़ुद को लिबरल्स मानते थे, उनकी भी पेरिस में दाख़िल होने की हिम्मत नहीं हुई। डर से काँप उठे जब उन्हें पता चला कि

जर्मनों के जाने के बाद पेरिस वहाँ के लोगों के कब्ज़े में है—वहाँ के मज़दूर, गृहणियाँ, क्लर्क, लेखक, नागरिक—सबने मिलकर एक नई व्यवस्था कायम की है। सरकार नहीं, उससे भी शानदार कुछ। कुछ ऐसा जिससे सरकारें भी डरती हैं, एक कम्यून, लोगों की एक संगठित ताक़त। ऐसा था पेरिस का कम्यून!

लोग तीन-चार के झुण्ड में अपने फ़ैसले ख़ुद लेने लगे। पूरा शहर फ्रांसीसी फ़ौज से घिरा था, जो कभी भी धावा बोल सकता था। लेकिन जनता ने बेझिझक व्यवस्था को रातो-रात बदल दिया। पेरिस दुनिया का पहला आज़ाद शहर था।

मैं बाकुनिन से कहता, "जानना चाहते हो सर्वहारा की तानाशाही कैसी होती है? पेरिस का कम्यून देखो। ये होता है लोकतंत्र।" इंग्लैंड, अमरीका जैसे देशों में तो चुनाव के नाम पर सर्कस करते हैं, जहाँ अवाम को उन्हीं पुरानी पार्टियों में से एक को अपना नया मालिक चुनना पड़ता है, और चाहे सत्ता जिसकी हो, देश पर अमीरों का राज कायम रहता है।

पेरिस का कम्यून दो महीने तक चला, और इतिहास में ऐसा पहली बार हुआ, जब लोगों ने ऐसी संस्था का चुनाव किया जो ग़रीबों की प्रतिनिधि थी। उसके क़ानून ग़रीबों के लिए थे। उसने ग़रीबों के सभी क़र्ज़ माफ़ कर दिये, उनके तमाम लगान टाल दिये, और लोगों की ज़रूरत के सभी सामान गिरवी से छुड़वा दिये। मज़दूरों को अधिक तनख़्वाह दिलाई, और उनके काम का समय घटा दिया। थिएटरों में, जात-पाँत देखे बिना, सबको दाखिला मिलने लगा। महान गुस्ताव कुर्बे की बनायी तस्वीर को कलाकार संघ की इमारत पर लगाया गया। पुराने म्यूज़ियमों को खोला गया, और औरतों को शिक्षा देने का नियम लागू किया गया—उन दिनों औरतों को कहीं शिक्षा नहीं दी जाती थी, तुम्हारे यूरोप, अमरीका में भी नहीं...

कम्यून की बात लोगों तक पहुँचाने के लिए विज्ञान का इस्तेमाल किया गया। हवा से हलके गुब्बारों का इस्तेमाल

करके, आस पास के गावों में पर्चे बाँटे गए। थोड़े ही दिनों में पेरिस के आस-पास के हर मेहनतकश आदमी के हाथ में एक परचा था, जिस पर लिखा था "हमारे लक्ष्य एक हैं।"

कम्यून ने स्कूलों के होने की वजह को लोगों तक पहुँचाया—बच्चों को प्यार, इज़्ज़त और शराफ़त के साथ जीना सिखाया। मैंने तुम्हारी लम्बी बहसों को अख़बारों में पढ़ा है। बकवास! तुम अपने बच्चों को पूँजीवादी व्यवस्था में कामयाब होना सिखाते हो, लेकिन क्या तुमने कभी किसी बच्चे को सच और इन्साफ के लिए खड़ा होना सिखाया?

इन इंक़लाबियों को इन्साफ का मतलब पता था। उन्होंने—राजनैतिक और क्रान्तिकारी, दोनों तरह के अत्याचार के प्रतीक—गिलोटिन को तोड़ दिया। और फिर, लाल रुमाल वाले लोगों ने, एक विराट लाल झंडे को फहराया, इमारतों से लाल रेशम के कपड़े लहरा रहे थे, पहले शहर के बीचोंबीच खड़ी नेपोलियन बोनापार्ट की मूर्ति का काँसे का उन्मादी सिर तोड़ा गया। वह भीमकाय मस्तक धम्म से ज़मीन पर आकर गिरा। लोग इंक़लाब के नारे लगाते हुए मलबे पर चढ़ गए। फिर उस सैन्य शक्ति के प्रतीक का पूरा शरीर ज़मीन पर था, और वहाँ एक लाल झंडा लहरा रहा था। वह झंडा किसी एक देश, किसी एक आदमी का प्रतीक नहीं था। पूरी मानवता का प्रतीक था, क्रूरता के ख़िलाफ़ खड़ी इंसानियत का प्रतीक था। और लोग—मर्द, बच्चे, औरतें—सब ख़ुशी से रो पड़े थे।

हाँ, ऐसा था पेरिस का कम्यून। सड़कों पर हमेशा लोग होते, बातें करते, लोगों में बौद्धिकता बढ़ने लगी थी। सब मिल बाँटकर रहने लगे थे, पहले से अधिक मुस्कुराने लगे थे। नेकी की जीत हुई थी। सड़कें सबके लिए महफ़ूज़ थीं, बिना किसी तरह की पुलिस के। ऐसा होता है समाजवाद!

ख़ैर, कम्यून ने जो उदाहरण रखा, उससे सरकारें काँप उठीं। कुछ ही दिनों में रिपब्लिक की सेना शहर में कूच

कर गई, और सरेआम नरसंहार शुरू कर दिया। कम्यून के लीडरों को पकड़कर कब्रिस्तान ले गए, और वहाँ एक दीवार के सामने खड़ा कर उन्हें गोलियों से भून दिया। तीस हज़ार बेगुनाह लोग मारे गए।

उन भेड़ियों ने मिलकर कम्यून को ख़त्म कर दिया, लेकिन वह हमारे समय की सबसे बड़ी उपलब्धि थी...(बियर पीते हुए)

बाकुनिन और मैंने पीकर झगड़ा किया, फिर थोड़ी और पी और फिर झगड़ा करने लगे। मैंने कहा, "मिखाइल, तुम्हें सर्वहारा की तानाशाही के बारे में कुछ नहीं पता। पिछली बातों को अचानक झटककर नई व्यवस्था नहीं लाई जा सकती। पुराने समाज के अवशेष पर ही नए की स्थापना होती है। और इसमें वक़्त लगता है।"

"नहीं", उसने कहा, "आज़ादी मिलने के बाद तुरंत नई व्यवस्था में समाज को ढल जाना चाहिए, वरना मिली हुई आज़ादी उनसे छिन जाती है।"

फिर बात बढ़ने लगी। मैंने कहा, "तुम नालायक हो! कुछ नहीं समझ सकते।" उस पर भी ब्रांडी असर करने लगी। चिल्लाया, "साले घमंडी! कमीने! बदमाश! तुम नहीं समझ रहे। मार्क्स, तुम्हें लगता है मज़दूर तुम्हारा सिद्धान्त पढ़कर क्रान्ति करेंगे। अरे उनका ग़ुस्सा ख़ुद भड़केगा, और उनके इंक़लाब को तुम्हारी यह नीति, विज्ञान, अर्थशास्त्र, इनमें से कोई नहीं समेट सकेगा। क्रान्ति कोख से जन्म लेती है, किताबों से नहीं। थूकता हूँ मैं तुम्हारे सिद्धान्तों पर।"

और यह कहते हुए उसने मेरे फ़र्श पर थूक दिया। सूअर कहीं का! मैंने कहा, "मिखाइल, तुम मेरे सिद्धान्तों पर थूक सकते हो, फर्श पर नहीं" और उसे कपड़ा देकर कहा, "चलो साफ़ करो।"

"देखो!" उसने कहा, "मुझे पता था कि तुम हमेशा से ही गुंडे थे।"

"और तुम हिजड़े!" मैंने कहा।

वह दहाड़ उठा, जंगल के किसी दुर्लभ जानवर की तरह। और मुझ पर कूद पड़ा। उसका भारी शरीर! हम ज़मीन

पर लोटते, कुश्ती लड़ते रहे, लेकिन शराब इतनी पी रखी थी, कि कोई किसी पर हाथ नहीं उठा पाया। थोड़ी देर बाद, हम इतने थक गए कि बस पड़े रहे, साँस भरते हुए। फिर अचानक बाकुनिन उठा—जैसे तालाब से हिप्पोपोटामस उठता है—और मेरी खिड़की से बाहर पेशाब करने लगा! मैं भौचक्का रह गया। ''ये तुम क्या कर रहे हो, मिखाइल?''
''तुम्हारी खिड़की से बाहर मूत रहा हूँ, और क्या कर रहा हूँ?'' उसने कहा। ''घिनौने हो तुम, मिखाइल!'' मैंने कहा। ''मैं लन्दन पर मूत रहा हूँ। मैं पूरे ब्रिटिश साम्राज्य पर मूत रहा हूँ।''
''नहीं,'' मैंने कहा, ''तुम मेरी सड़क पर मूत रहे हो।'' उसने जवाब नहीं दिया, पैंट का बटन लगाकर ज़मीन पर लेट गया, और खर्राटे भरने लगा। मैं भी थोड़ी देर ज़मीन पर पड़े-पड़े बेसुध हो गया। सुबह जेनी ने हमें उस हालत में देखा और जगाया। *(रुककर, बियर की घूँट भरते हुए)* नहीं, वे कम्यून को चलने नहीं दे सकते थे। कम्यून बेहद खतरनाक था, इस सड़ी हुई दुनिया के लिए कुछ ज़्यादा ही उम्मीद-भरा, इसीलिए उन्होंने कम्यून को ख़ून से रँग दिया। आज भी ऐसा ही होता है न। जब भी किसी पुरानी व्यवस्था से हटकर, लोग कुछ नया करने की कोशिश करते हैं, कोई नया प्रयोग करते हैं, किसी विचारधारा के तहत नहीं, बस भोलेपन के तहत—ख़ुद से और अपने आस-पास से नाराज़ लोग कुछ नया करने की कोशिश करते हैं, तो उसे होने नहीं दिया जाता।
और हुक्मरान—जिन्हें बदलाव पसन्द नहीं—कभी ख़ून से, कभी छिपकर, कभी लालच देकर, कभी धोखे से—इन लोगों को तहस-नहस कर देते हैं।
(अख़बार पढ़ते हुए) वे कहते हैं ''पूँजीवाद जीत गया है।'' जीत गया! सिर्फ़ इसलिए क्योंकि शेयर बाज़ार में भाव बढ़ रहे हैं, और कुछ लोग पहले से ज़्यादा अमीर हो गए हैं? मत भूलो! अमरीका के एक चौथाई बच्चे आज भी ग़रीबी में रहते हैं। हर साल, तुम्हारे देश के चालीस हज़ार बच्चे पैदा होते ही मर जाते हैं।

(अख़बार पढ़ते हुए) न्यूयॉर्क में दो हज़ार नौकरियों के लिए एक लाख लोगों की कतार। उन अट्ठानवे हज़ार लोगों का क्या, जिन्हें यह नौकरी नहीं मिलेगी? क्या उन्हीं के लिए तुम नई जेलें बना रहे हो? हाँ, जीत गया है तुम्हारा पूँजीवाद। लेकिन हारा कौन?

तुम्हारे पास विज्ञान के चमत्कार हैं, तुमने आदमी को चाँद पर भेज दिया, लेकिन जो धरती पर पड़े हैं उनका क्या? वे क्यों इतने डरे हुए हैं? वे क्यों ड्रग्स लेते हैं, शराबी हैं, क्यों पागल हो जाते हैं, हत्याएँ करते हैं? *(अख़बार उठाकर दिखाते हुए)* हाँ, अख़बार में यही छपा है।

फिर भी तुम्हारे नेता नाज़ करते हैं। कहते हैं दुनिया को फ्री एंटरप्राइज़ बनाएँगे। क्या सब इतने बेवक़ूफ़ हो चले हैं? उन्हें नहीं पता फ्री एंटरप्राइज़ का इतिहास? जब सरकार ग़रीबों के लिए कुछ नहीं करती और अमीरों के तलवे चाटने लगती है, जब लाखों एकड़ ज़मीन रेलरोड कम्पनियों को फ्री में बाँट दी जाती है, और चीन और आयरलैंड के आप्रवासी मज़दूर इन्हीं रेलरोड्स पर काम करते हुए मर जाते हैं, तब जन्म लेता है फ्री एंटरप्राइज़। और जब कोई मज़दूर, कोई ग़रीब आवाज़ उठाता है, तो सरकार अपनी सेना, अपनी पुलिस उन पर कुत्तों की तरह छोड़ देती है।

मैंने पूँजीवाद के इसी 'फ्री एंटरप्राइज़ सिस्टम' के ख़िलाफ़ दास कैपिटल लिखा था। इंग्लैंड में बच्चों से कपड़ों की मिलों में काम करवाया जाता था, क्योंकि उनकी उँगलियाँ छोटी थीं, जो धुरी को सँभालने के काम आती थीं। अमरीका की मिलों में लड़कियाँ दस साल की उम्र से काम पर लगती थीं, और पच्चीस तक मर जाती थीं। शहर तब भी गन्दगी और ग़रीबी के कूड़ेदान थे और आज भी हैं। तुम्हारा पूँजीवाद तब भी ऐसा ही था, और आज भी ऐसा ही है।

हाँ, देखा है मैंने तुम्हारे चमकते इश्तेहारों को, ऊँची मीनारों पर, टीवियों पर। *(गहरी साँस लेते हुए)* बड़ी स्क्रीनें और चमकते इश्तेहार। तुम कितना ज़्यादा देखते हो, और कितना कम समझते हो! तुम इतिहास नहीं पढ़ते क्या? *(ग़ुस्से*

में) और आजकल तुम्हारे स्कूलों में क्या पढ़ाया जाता है? *(रौशनी दोबारा तेज़ धीमी होने लगती। मार्क्स ऊपर देखते हैं)* कमेटी बड़ी संवेदनशील है।

जेनी की बहुत याद आती है। वो होती तो तुम लोगों से खूब बातें करती। मैंने उसे मरते हुए देखा, लन्दन के दुख और बीमारी तले उसकी ज़िन्दगी पिसकर रह गई। लेकिन मरते वक़्त भी उसे हमारे अच्छे दिन याद थे, हमारे हँसते हुए दिन, पेरिस के...और सोहो के दिन।

बेटियों की भी बहुत याद आती है...

(अख़बार उठकर, पढ़ते हुए) "खाड़ी युद्ध की सालगिरह। एक यादगार जीत।" हाँ! जानता हूँ तुम्हारी यादगार जीत कैसी होती है, जहाँ हज़ारों लाशें और लाखों अनाथ बच्चे— भूखे प्यासे मरने के लिए—तुम छोड़ आते हो। *(अख़बार उठाकर लहराते हुए)* यूरोप, अफ्रीका, फिलिस्तीन—लोग एक दूसरे का क़त्ल कर रहे हैं, सरहद और मज़हब के नाम पर। *(दुख में)।*

आज से डेढ़ सौ साल पहले मैंने कहा था, कि मिटा दो इन कौमी सरहदों को! पासपोर्ट, वीसा, सीमा बल, इमीग्रेशन कोटा, राष्ट्रीय झंडे सब जला दो। भूल जाओ कि किसी एक झूठी बनावटी सत्ता—जिसे तुम देश कहते हो—इसके तुम कभी ग़ुलाम थे। अपने अन्दर दबी इंसानियत को आज़ाद करो। "दुनिया के मज़दूरो, एक हो!" इस कमर दर्द ने जान ले ली...

मानता हूँ, मैं भाँप नहीं पाया था कि पूँजीवाद इतने दिनों तक चलेगा। नहीं सोच सका था, कि बीमार शरीर सिर्फ़ दवाइयों के सहारे इतने दिन ज़िन्दा रह सकता है।

तुम्हारी हर दर्द की दवा जंग है। फैक्ट्रियाँ खुली रखने के लिए जंग छेड़ देते हो, जनता को झूठे देशप्रेम से भरने के लिए जंग छेड़ देते हो, ताकि वे अपना दुख-दर्द भूल जाएँ। और मज़हब की तो बात ही मत करो। ये मज़हबी कट्टरपन्थी आज भी अवाम के बीच चिल्लाते फिरते हैं कि जीसस वापस आ रहा है। *(सिर हिलाते हुए)* मैं जानता हूँ जीसस को। वो नहीं आएगा...

1848 में मैंने सोचा था कि पूँजीवाद का अन्त आ गया है। मैं ग़लत था। समय के हिसाब में थोड़ी गड़बड़ हो गई—यही कोई दो सौ साल का हेरफेर *(मुस्कुराते हुए)* लेकिन यह बदलेगा। पूरी की पूरी व्यवस्था बदलने वाली है। लोग बेवक़ूफ़ नहीं हैं। तुम्हारे ही राष्ट्रपति लिंकन ने कहा था कि सभी लोगों को एक साथ बेवक़ूफ़ नहीं बनाया जा सकता। उनकी अपनी समझ, अपनी फितरत, और उनकी अपनी इन्साफ की तलाश उन्हें एक धागे से जोड़ देगी।

हँसो मत! ऐसा पहले हुआ है, और दोबारा हो सकता है, बहुत बड़े पैमाने पर। और जब वह दिन आएगा, तब तुम्हारे शासक, उनके तमाम पैसे और हथियार मिलकर इन्हें नहीं रोक पाएँगे। उनके नौकर काम करने से मुकर जाएँगे। उनकी सेना हथियार फेंक कर अवाम के साथ चल पड़ेगी।

माना कि पूँजीवाद ने विज्ञान और तकनीक के क्षेत्र में बहुत बड़े चमत्कार किए हैं, लेकिन उनकी यही मुनाफे की भूख, उन्हें एक दिन खा जाएगी। इसी भूख ने दुनिया में खलबली मचा रखी है। हर चीज़—कला, साहित्य, संगीत, इनसान, इंसानियत—बाज़ार में बेचे-ख़रीदे जाने की थीम बनकर रह गए हैं। इनसान भी एक उत्पाद है, न सिर्फ़ मज़दूर, बल्कि डॉक्टर, इंजीनियर, वकील, कवि, कलाकार—हर आदमी बाज़ार में खड़ा नज़र आता है।

और जब इन्हें पता चलेगा कि वे सभी मज़दूर हैं, और उनका एक ही दुश्मन है, तब क्या होगा? सब एक हो जाएँगे। और न सिर्फ़ एक देश के मज़दूर—पूरी दुनिया के, क्योंकि पूँजीवाद, जहाँ एक तरफ़, मुक्त व्यापार के नाम पर, अपना मुनाफ़ा बढ़ाने की होड़ में दुनिया को एक बड़े बाज़ार में बदल रहा है, वहीं दूसरी तरफ़, वह दुनिया-भर के लोगों को जोड़ भी रहा है। इतिहास में पहली बार इतने सारे लोग एक साथ सरहदों के आर-पार आ-जा रहे हैं। विचार सरहदों के आर-पार जा रहे हैं। एक नई

तहज़ीब जन्म ले रही है। कुछ तो नया ज़रूर होने वाला है। *(रुकते हैं, विचार करते हुए)*

1843 की बात है। जब मैं जेनी के साथ पेरिस में था। पच्चीस साल का रहा होऊँगा, जब मैंने लिखा था कि आधुनिक उद्योग में लोग अपने काम से विरक्त हो रहे हैं क्योंकि काम अरुचि पैदा कर रहा है। लोग दूर हो रहे हैं—न सिर्फ़ काम से, बल्कि प्रकृति से भी। मशीन, ग्रीज़ की गन्ध, तेल का स्वाद, हूटर की आवाज़ उनके ज़ेहन में ग़ुस्सा भर रहे हैं। वे इसे विकास कहते हैं, लेकिन लोग एक दूसरे से विरक्त हो रहे हैं, क्योंकि इस पूँजीवादी समाज में हर कोई एक दूसरे से आगे निकलने के लिए दौड़ रहा है। और लोग ख़ुद से विरक्त हो रहे हैं, क्योंकि कोई ऐसी ज़िन्दगी नहीं जी रहा, जैसी वह जीना चाहता है। सब एक भ्रम, एक झूठ का सपना देख रहे हैं।

हमारे पास अभी भी मौक़ा है। हमारे हाथ में अभी भी थोड़ी-सी सम्भावना है। सिर्फ़ सम्भावना, क्योंकि कुछ भी हो सकता है। सोचता हूँ, यही मेरी सबसे बड़ी ग़लती थी। मैं कुछ ज़्यादा ही आश्वस्त था, कि सबकुछ ठीक हो जाएगा। इसे बदला जा सकता है। लेकिन लोगों को उठना पड़ेगा।

क्या मेरे विचार तुम्हें रेडिकल लग रहे हैं? याद रखना, मसले की जड़ तक जाना सबसे रेडिकल काम होता है। और इस बुराई की जड़ हम ख़ुद हैं।

मेरा एक सुझाव है। मान लो कि तुम्हें फोड़ा हुआ है। सोचो कि लगातार बैठे रहने से तुम्हें बेहद दर्द होता है। तुम्हें खड़ा होना है। चलना है, काम करना है।

छोड़ो पूँजीवाद, समाजवाद, और साम्यवाद की बातें। सिर्फ़ इतना सोचो कि दुनिया में जितना पैसा है, उससे दुनिया का और उसमें रहने वाले सभी का भला कैसे हो? लोगों को बस उनका हिस्सा दो—खाना, दवाइयाँ, अच्छी हवा, साफ़ पानी, दरख़्त और घास, रहने के लिए अच्छा घर, कम काम, ज़्यादा फ़ुर्सत।

मत पूछो किसे मिलना चाहिए। हर इनसान इसका हकदार है। जिसने भी जन्म लिया है, उसे जीने का हक़ है। ख़ैर, अब मेरे जाने का समय हो गया है।

[मार्क्स अपना सामान वापस झोले में बाँधकर चल देते हैं। थोड़ा चलकर, फिर पीछे मुड़ते हैं।]

मेरे वापस आने से तुम्हें बुरा लगा होगा? चिढ़ गए होगे? यह मेरा दूसरा आगमन है। पुनर्जागरण है। जीसस नहीं आ पाया, तो मार्क्स चला आया...

वीनस की बेटी

दृश्य एक

[पारिवारिक-सा घर, जिसमें शयनकक्ष, भोजनकक्ष, और ऊपर की तरफ़ जाती हुई एक सीढ़ी है। एक दरवाज़ा स्नानघर की तरफ़, और दूसरा अध्ययन कक्ष की तरफ़ खुलता है। बाहर एक हॉल है, जिसमें ढेर सारी किताबें, एक मेज़, कुछ कुर्सियाँ, एक टेलीफ़ोन, और पिकासो के बनाए कुछ चित्र सजे हैं। कोने में एक पियानो है, जो लगभग हमेशा अँधेरे में रहता है, और फ्लैशबैक के वक़्त रौशन हो जाता है। दोपहर का वक़्त है, खिड़की से धूप अन्दर आ रही है। बाईस साल की अरामिंथा माटेओटी टेलीफ़ोन का डायल घुमा रही है। उसने ख़ाकी पैंट, नीली शर्ट, और पतली जैकेट पहन रखी है। हाथ में दस्ताने नहीं हैं। बगल में उसका झोला और सूटकेस रखा है, जिससे मालूम पड़ता है कि वो किसी यात्रा से लौटी है।]

अरामिंथा : हेलो, मेडोब्रूक हॉस्पिटल? क्या मैं श्रीमती माटेओटी से बात कर सकती हूँ? ओह...शायद उनकी शादी से पहले के नाम से होगा। लूसी हैमिलटन...जी...मेरे ख्याल से दो हफ़्ते पहले भर्ती हुई हैं...मरीज़ को फ़ोन पर बात करने नहीं देते? क्या मज़ाक़ है? मैं उनकी बेटी बोल रही हूँ। *(आवाज़ ऊँची करते हुए)* नहीं, मैं इतना इन्तज़ार नहीं कर सकती। विदेश से लौटी हूँ। आज ही पता चला—जी हाँ, मैं उनकी नर्स से बात करना चाहती हूँ...हेलो, मैं अरामिंथा माटेओटी बोल रही हूँ...अगर वो 'ठीक' हैं तो फ़ोन पर क्यों नहीं आ सकतीं? उनका मनोचिकित्सक? *(ताना मारते हुए)* कोई डॉक्टर नहीं है क्या? नहीं कोई बात नहीं। जी दीजिए उन्हें फ़ोन। नहीं मैं वापस कॉल नहीं कर सकती। जब तक रुकना है, इसी कॉल पर रुकूँगी। *(निराश, बिस्कुट खाते हुए)* मैं टाइम्स में लिखूँगी कि मेडोब्रूक के डॉक्टर बच्चों को अपनी माँ से बात करने नहीं देते। नहीं, मैं ग़ुस्सा नहीं हूँ। ठीक है, टीक है *(बगल में रखे पैकेट से दूध का घूँट भरती है, और फिर बिस्कुट खाने लगती है)* माँ! मैं

बोल रही हूँ, अरामिंथा। हाँ मैं घर आ गई। हाँ, मैं ही हूँ। मैं ठीक हूँ माँ! हेलो, तुम मुझे सुन सकती हो?...बताओ न माँ, तुम कैसी हो? तुम ठीक तो हो न? हाँ, मैं जानती हूँ। तुम्हें मेरी चिट्ठी मिली? नहीं कोई ख़तरा नहीं है। मैं बिलकुल ठीक हूँ...बाद में बताऊँगी। हाँ, माँ मैं शनिवार को तुमसे मिलने आऊँगी। जेमी और पापा के साथ। माँ, अब मैं पहले जैसी मोटी नहीं रही। *(कॉल कट जाता है)* हेलो, हेलो! *(रिसीवर को फ़ोन पर पटकते हुए)* साले बदमाश!

[अरामिंथा फ़ोन से दूर जा रही होती है, कि अचानक फ़ोन दोबारा बज उठता है। रिसीवर उठाकर]

अरामिंथा : हेलो? नहीं वो कहीं बाहर गए हैं। हाँ शायद अभी तक कॉलेज में ही होंगे। आपका नाम? डॉ. जॉन लेंडल। जी मैं उन्हें बोल दूँगी।

[फ़ोन रख अरामिंथा दूध और बिस्कुट खाने लगती है। अचानक दरवाज़ा खुलता है और अरामिंथा का भाई जेमी प्रवेश करता है। जेमी इक्कीस साल का है, काले बाल, हँसमुख नौजवान, लेकिन बच्चों जैसी अजीब-सी हरकतें करता है। उसके हाथ में एक लिफ़ाफ़ा है। वो अरामिंथा को देखकर ठिठक जाता है और बेहद ख़ुश होकर मुस्कुराने लगता है। अरामिंथा आगे बढ़कर उसे गले लगा लेती है।]

अरामिंथा : कैसे हो जेमी?

जेमी : *(थोड़ा रुक-रुककर, लेकिन स्पष्ट आवाज़ में बोलता हुआ)* अरामिंथा! तुम प्लेन से आई?

अरामिंथा : हाँ बिलकुल! तुमसे मिलने के लिए उड़कर आई। दो अलग-अलग हवाई जहाज़ों में बैठी। एक छोटा और दूसरा बहुत बड़ा।

जेमी : बड़ा वाला जेट प्लेन था? जम्बो जेट?

अरामिंथा : हाँ जेमी, बिलकुल...वैसे तुम कहाँ से लौट रहे हो?

जेमी : मैं काम पर गया था।

अरामिंथा : पापा ने लिखा था तुम्हारे काम के बारे में। मैं वहाँ अक्सर पिज़्ज़ा खाने जाती थी।

[जेमी सहमति में सर हिलाता है।]

अरामिंथा : वहाँ तुमसे अच्छे से बर्ताव करते हैं न?

जेमी : हाँ अरामिंथा! सब मुझसे बहुत प्यार करते हैं। बस उस दूसरे वेटर को छोड़कर। वो मुझे पसन्द नहीं करता।

अरामिंथा : एक बार वो तुम्हें जान जाएगा तो वो भी तुमसे प्यार करने लगेगा।

जेमी : नहीं अरामिंथा। वो मुझे कभी पसन्द नहीं करेगा। वो मेरा मज़ाक़ उड़ाता है। *(खिलखिलाकर हँसते हुए)* जब वो मेरी ओर नहीं देखता, तो मैं भी उसका मज़ाक़ उड़ा देता हूँ।

अरामिंथा : क्या करते हो?

जेमी : *(मासूमियत से)* मैं पाद देता हूँ।

अरामिंथा : बेशर्म!

जेमी : हाँ! लगातार तीन बार। ताकि वो जान जाए कि मैं ही पाद रहा हूँ।

अरामिंथा : *(हँसकर, उसे गले लगाते हुए)* वहीं पर रेस्टोरेंट में?

जेमी : अरे नहीं। रसोई में।

अरामिंथा : *(अभी तक हँसती हुई)* अच्छा जेमी! देखो मैं तुम्हारे लिए क्या लाई? *(अपने झोले से एक रंगीन टोपी निकालकर)* इसे मेरे गाँव के लोगों ने बनाया। तुम्हारे लिए। उन्हें मैंने तुम्हारे बारे में ढेर सारी बातें बताई। वो तुम्हें बहुत पसन्द करते हैं!

[जेमी टोपी पहनकर बहुत ख़ुश हो जाता है।]

अरामिंथा : अरे वाह! अच्छे लग रहे हो। तुम चाहो तो इसे पहने रहो।

जेमी : *(टोपी उतारते हुए)* नहीं मैं इसे सँभालकर रखूँगा।

अरामिंथा : किसी ख़ास दिन पर पहनने के लिए?

जेमी : *(उसे अरामिंथा की बात पसन्द आई)* ख़ास दिन के लिए! *(वो अपने लिफ़ाफ़े से फूलों का गुलदस्ता निकालकर अरामिंथा को देता है।)*

अरामिंथा : तुम्हें याद है कि मुझे फूल पसन्द हैं? वाह! बेहद ख़ूबसूरत हैं। लेकिन तुम्हें कैसे पता चला मैं कल नहीं आज आ रही हूँ?

जेमी : मैं भूल गया था। *(अरामिंथा हँसकर उसे गले लगा लेती है)*

अरामिंथा : कहाँ से लाये इतने सारे फूल?

जेमी : फ्रांचेस्का कहती है कि काम ख़त्म होने के बाद टेबल का कुछ भी बचा-खुचा मैं रख सकता हूँ *(टेबल साफ़ करते हुए अपने लिफ़ाफ़े में चीज़ें डालने का स्वांग करता है)* मेरे पास ढेर सारी बोतलें और उनके ढक्कन भी हैं।

अरामिंथा : अरे वाह! और क्या-क्या है तुम्हारे पास?

जेमी : चश्मे। लोग मेनू पढ़ने के लिए उतारते हैं, और जाने से पहले पहनना भूल जाते हैं।

अरामिंथा : वापस लेने नहीं आते?

जेमी : कुछ आते हैं। जो नहीं आते, उनका चश्मा मैं रख लेता हूँ।

अरामिंथा : क्या करते हो उन चश्मों का?

जेमी : पहन लेता हूँ। कभी-कभी। इनसे दुनिया अलग दिखाई देती है।

[अपनी जेब से एक चश्मा निकलकर पहन लेता है। अरामिंथा हँसती है।]

अरामिंथा : और तुम्हारी चाबी बटोरने की आदत गई या...

जेमी : मेरे पास हज़ारों चाबियाँ हैं।

अरामिंथा : और दूध बिस्कुट? अभी भी पसन्द है?

[जेमी पास रखे पैकेट से बिस्कुट निकालकर खाने लगता है, खिलखिलाते हुए]

अरामिंथा : वाह, इन्हें बचाकर रखो। पुराने दिनों की तरह, रात को सोने से पहले खाएँगे!

जेमी : अरामिंथा, तुम इतने दिन कहाँ थीं?

अरामिंथा : पहले तो मैं कॉलेज गई। याद है न मैंने बताया था, मैं कॉलेज जा रही हूँ। *(जेमी हामी भरता है)* फिर मैं एक छोटे-से गाँव में चली गई। *(जेमी अपने जेब से कुछ तस्वीरें निकालकर दिखता है। अरामिंथा हँसती है)* तुमने मेरे पोस्टकार्ड सँभलकर रखे हैं!

जेमी : तुम वहाँ ख़ुश थीं?

अरामिंथा : वहाँ मैंने बहुत सारे दोस्त बनाए। मैं एक परिवार के साथ रहती थी। वे मुझे अपनी बेटी बुलाते थे।

जेमी : लेकिन तुम तो उनकी बेटी नहीं हो...

अरामिंथा : हाँ मगर वे मुझे बहुत प्यार करते थे। मैं उन्हीं के खेतों में काम करती थी। हम साथ खाते थे, और सारे त्यौहार साथ मनाते थे। रात-भर नाचते-गाते थे।

जेमी : अगर मैं वहाँ गया तो मैं उनका बेटा बन जाऊँगा?

अरामिंथा : हाँ जेमी बिलकुल! वे लोगों से मिलेंगे और कहेंगे—"ये हमारा बेटा जेमी है।"

जेमी : अगर मैं उनका बेटा बन गया, तो क्या हमारी माँ, फिर भी हमारी माँ रहेगी?

अरामिंथा : हमेशा के लिए। *(रुककर)* जेमी, मेरी माँ से बात हुई। हम उन्हें शनिवार को देखने जाएँगे।

जेमी : वो घर आएगी?

अरामिंथा : पता नहीं। शायद उन्हें पूरी तरह से अच्छा होने में थोड़ा और वक़्त लगेगा।

[जेमी सर हिलाता है।]

जेमी : तुम फिर से चली जाओगी?

अरामिंथा : पता नहीं। अभी तो मैं क्रिसमस तक तुम्हारे साथ हूँ। हम खूब मज़े करेंगे।

[दरवाज़ा खुलने की आवाज़। अरामिंथा और जेमी के पिता पाओलो माटेओटी का प्रवेश। उनके हाथ में ब्रीफ़केस है।]

पाओलो : अरामिंथा! तुम यहाँ? तुमने क़ानून तोड़ा है! *(उसे गले लगाते हुए)* तुम्हें कल से पहले इस देश में घुसने की इज़ाज़त नहीं है।

[अरामिंथा बिना उत्साह दिखाए पिता से गले मिलती है।]

अरामिंथा : न्यू मेक्सिको में कुछ दोस्त बना लिये। उन्होंने मेरे घर आने का इन्तज़ाम कर दिया।

पाओलो : देखो! हमारी सरहद बिलकुल महफ़ूज़ नहीं। और इन हवाई जहाज़ों पर तो बिलकुल भरोसा नहीं किया जा सकता। *(अरामिंथा को ऊपर से नीचे तक देखते हुए)* मगर तुम अरामिंथा नहीं हो सकती। क्या हुआ? पिछली बार खाना कब खाया था? तुम्हें दस्त हुए थे क्या?

अरामिंथा : मैं पतली हुई हूँ। लेकिन पहले से ज़्यादा ताक़तवर भी। हर दिन पहाड़ों पर मीलों चलती थी।

पाओलो : कोई बात नहीं। यहाँ तुम्हें अच्छा खाना मिलेगा। जेमी और मैं खाना बनाने लगे हैं। *(रुककर)* अरामिंथा, मुझे ख़ुशी है तुम घर लौट आई। *(यादों में खोये हुए)* कितने दिन हो गए!

अरामिंथा : मेरी माँ से बात हुई।

पाओलो : *(हैरान होते हुए)* अच्छा?

अरामिंथा : हाँ, मगर तीन मिनट में ही उन्होंने मेरा कॉल काट दिया।

पाओलो : उनकी अपनी मजबूरियाँ हैं।

अरामिंथा : *(भड़कते हुए)* कमीने हैं साले सभी। उनकी तरफ़दारी मत कीजिए।

पाओलो : *(निराश होते हुए)* अरामिंथा...

अरामिंथा : मैंने माँ से कहा कि शनिवार को हम उनसे मिलने आएंगे।

पाओलो : अच्छी बात है।

[सन्नाटा]

अरामिंथा : *(अचानक उत्साहित होते हुए)* हम आज ही जाकर उन्हें घर क्यों नहीं ला सकते?

पाओलो : *(परेशान होकर)* तुम नहीं जानतीं क्या?

जेमी : माँ ने अपनी जान लेने की कोशिश की! *(दाँत से नाख़ून काटने लगता है)*

[अरामिंथा बेहद परेशान हो जाती है।]

अरामिंथा : *(ख़ुद को सँभालते हुए)* उनका अस्पताल कैसा है?

पाओलो : जेमी जाओ ऊपर जाकर टीवी देखो।

जेमी : *(जाते हुए रुकता है। अरामिंथा की लाई हुई टोपी जेब से निकालकर)* देखो पापा! अरामिंथा मेरे लिए क्या लाई!

अरामिंथा : पापा को टोपी पहनकर नहीं दिखाओगे?

जेमी : *(सर हिलाते हुए)* ख़ास दिन के लिए! *(भागकर ऊपर चला जाता है)*

पाओलो : पहले तुम्हारी माँ को सरकारी अस्पताल में भर्ती किया था। लेकिन अस्पताल की हालत देखकर वहाँ से निकाल लिया। फिर मेडोब्रूक में भर्ती किया। काफ़ी महँगा है। मगर अच्छी जगह है। उसके कमरे में एक पियानो भी है। वो उसके सामने बैठती तो है, लेकिन बजाती नहीं।

अरामिंथा : सोच भी नहीं सकती कि माँ पियानो बजाने से इन्कार कर दे।

[फ़ोन बजता है।]

अरामिंथा : अरे मैं भूल ही गई। आपके लिए एक कॉल आया था।

पाओलो : *(फ़ोन उठाते हुए)* हेलो...जॉन...नहीं मैं तुम्हें टाल नहीं रहा था। थोड़ा व्यस्त था। घर की बातें हैं...हाँ बिलकुल मिल सकते हैं।

जानता हूँ...बहुत दिन हो गए...कितने दिनों के लिए शहर में हो? नहीं आज मुमकिन नहीं है। मेरी बेटी आज ही बाहर से लौटी है...ओह...तो तुम क्यों नहीं आ जाते साथ डिनर करने? उसके बाद हम अकेले में बातें कर लेंगे...एक मिनट!

[अरामिंथा ने ग़ुस्से से एक कुर्सी को ज़मीन पर पटक दिया है। पाओलो फ़ोन के रिसीवर को दबाकर इशारों में अरामिंथा से पूछता है—"क्या हुआ?"]

अरामिंथा : मैं आज ही घर लौटी हूँ! हमें माँ के बारे में बात करनी है। अपने दोस्त से कहिये...

पाओलो : श्श्श! *(दोबारा फ़ोन पर बात करते हुए)* जॉन, मेरी बेटी आज ही ग्वाटेमाला से लौटी है। डिनर के बाद मिलें? हाँ ठीक है। चलो मिलते हैं आज। *(फ़ोन रख, अरामिंथा की तरफ़ मुड़कर)* जॉन पुराना साथी है। बीस साल बाद आज मिलना होगा।

अरामिंथा : *(अभी तक ग़ुस्से में)* हाँ, मैं तो भूल ही गई थी आपके साथियों के बारे में। वे हमसे ज़्यादा ज़रूरी हैं।

पाओलो : *(आवाज़ ऊँची करते हुए)* तुमसे ज़्यादा ज़रूरी नहीं हैं। *(धीरे-से)* अरामिंथा, वो नौ बजे तक आएगा। हमारे पास बात करने के लिए काफ़ी वक़्त है। चलो साथ खाना बनाएँगे... *(रसोई में प्रवेश करते हुए)* याद है, पहले मैं खाना बनाता था? उतना बुरा भी नहीं होता था।

अरामिंथा : *(रसोई में पाओलो का हाथ बँटाते हुए)* हाँ इटालियन और यहूदी दोनों के जीन्स जो हैं आपमें। और आपकी अंग्रेज़ी भी अमरीकी अभिजात वर्ग की नक़ल जैसी है।

पाओलो : मेरी अंग्रेज़ी उतनी बूर्जुआ नहीं है।

अरामिंथा : कभी-कभी, कुछ लोगों के साथ, फ़ोन पर... *(बनावटी आवाज़ में बोलते हुए)* हुल्लो देर जॉर्जी...

पाओलो : तो क्या मैं चिको मार्क्स की तरह बात करूँ? *(मज़ाकिया होते हुए)* अल्ला राइट अल्ला राइट, यू लाइक अ बेटर? *(अचानक रुककर, त्यौरियाँ चढ़ाते हुए)* तुम बड़ी धूर्त हो गई हो अरामिंथा!

अरामिंथा : मैं बस अपनी बात कहना सीख गई हूँ। बचपन में कभी नहीं कह पाती थी।

पाओलो : नहीं कह पाती थी? तुम पाँच साल की थी जब हम गगनहैम म्यूज़ियम गए थे। वहाँ भयानक चुप्पी थी, और अचानक तुम चिल्लाई—"मुझे सुसु करना है!" मैंने तुम्हें वहाँ से छुपाकर निकाला था। तुम तो हमेशा से ही अपनी बात कहती थी, अरामिंथा।

अरामिंथा : और आप हमेशा मुझे छुपाकर रखते थे।

पाओलो : *(गहरी साँस लेते हुए)* चलो खाना बनाते हैं। मैंने थोड़ा बैंगन बनाया था। पास्ता और टमाटर के साथ बढ़िया लगेगा।

अरामिंथा : अरे वाह! सुनकर भूख और बढ़ गई!

पाओलो : चलो तुम सलाद काटो। मैं पास्ता के लिए पानी चढ़ाता हूँ।

[थोड़ी देर तक दोनों चुपचाप काम करते हैं।]

अरामिंथा : *(अचानक, पलटकर)* पापा, कैसे हुआ ये सब?

पाओलो : लेक्चर छोड़कर जाना पड़ा था मुझे। एक डॉक्टर का फ़ोन आया। उसने बताया कि तुम्हारी माँ ने ढेर सारी नींद की गोलियाँ खा ली हैं। *(हताश होते हुए)* कोमा में थी। मैं चार दिन अस्पताल में उसके साथ रहा। चौथे दिन वो कोमा से निकली।

[अरामिंथा दुख से अपना चेहरा ढक लेती है।]

पाओलो : डॉक्टर ने कहा उसे अस्पताल में ही रहना चाहिए जब तक कि पूरी तरह से ठीक नहीं हो जाती। मैं चाहता था वो घर वापस लौटे। लेकिन मैं डरा हुआ था। अभी तक डरा हुआ हूँ।

अरामिंथा : लेकिन उन्होंने ऐसा क्यों...?

पाओलो : मैं नहीं जानता।

अरामिंथा : आप कुछ तो जानते...

पाओलो : *(भड़कते हुए)* कहा न मुझे नहीं पता।

अरामिंथा : आप तो माँ के साथ रहते थे। उन्हें रोज़ देखते थे। आपने कुछ देखा सुना...?

पाओलो : *(झल्लाते हुए)* नहीं मैंने कुछ नहीं देखा-सुना!

अरामिंथा : हाँ आप तो हमेशा की तरह अपने लैब में व्यस्त होंगे। आपका महान लैब, जहाँ आप हमेशा...

पाओलो : *(ऊँची आवाज़ में)* हाँ मैं लैब में काम करता हूँ। वो मेरा काम है। तुम क्या करती हो?

अरामिंथा : मैं करूँगी काम। जब मन करेगा तब। लेकिन उसमें इस तरह नहीं डूबूँगी कि घर-परिवार भूल जाऊँ। आपको लगता होगा कि अगर कोई आदमी काम नहीं करता, तो वह कोई गुनाह कर रहा है। मैं सिर्फ़ काम नहीं करना चाहती। मैं ख़ुद की तलाश करना चाहती हूँ। अपनी रुचि और रुझान को जानना-समझना चाहती हूँ।

पाओलो : इस दुनिया में तुम्हें ख़ुद को जानने-समझने के पैसे कोई नहीं देगा।

अरामिंथा : जानती हूँ। ख़ुद को न समझने के ही पैसे मिलते हैं।

पाओलो : अरामिंथा, तुम इतनी चिड़चिड़ी तो नहीं थी?

अरामिंथा : आप मुझसे बात ही कहाँ करते थे! *(गिड़गिड़ाते हुए)* मैं सिर्फ़ ये जानना चाहती हूँ कि माँ की ये हालत कैसे हुई? मुझे ऐसा क्यों लगता है कि आप मुझसे कुछ छुपा रहे हैं। गोलियाँ खाने से पहले कुछ तो ऐसा हुआ होगा...

पाओलो : कुछ नहीं हुआ था। सबकुछ ठीक-ठाक चल रहा था।

अरामिंथा : शायद यही वजह रही होगी...

पाओलो : क्या मतलब है तुम्हारा?

अरामिंथा : *(बात बदलकर नरम होते हुए)* क्या आपके और माँ के बीच कुछ हुआ था? मुझे हमेशा लगता था कि आप दोनों एक दूसरे से बहुत प्यार करते हैं। मेरा मतलब...

पाओलो : हाँ...हमारे बीच बेइन्तहाँ प्यार था, शुरुआत से ही। *(चश्मा उतारते हुए)*

[पियानो की आवाज़ सुनाई पड़ने लगती है। पहले मंच पर पूरी तरह अँधेरा हो जाता है, और फिर पियानो के सामने बैठी लूसी पर हलकी रौशनी पड़ने लगती है। पाओलो उसकी तरफ़ चलकर उसे पीछे से गले लगा लेता है। लूसी पीछे मुड़ती है।]

लूसी : क्या तुम पहली मुलाक़ात में ही जान गए थे पाओलो?

पाओलो : जान तो नहीं पाया था, मगर उम्मीद ज़रूर करने लगा था... और तुम?

लूसी : हाँ। जब तुम पहली बार अदालत में गवाही देने आए थे। तुम कितने मैच्योर थे। बगल में बैठा रिपोर्टर मेरी ओर झुका और बोला...

पाओलो : हाँ वो क्यों झुका ये मैं समझ सकता हूँ।

लूसी : *(पाओलो की बात नज़रअन्दाज़ करते हुए)* उसने कहा, "ये पाओलो माटेओटी है, स्पेस प्रोग्राम का सबसे होनहार वैज्ञानिक, और सबसे जवान भी!"

पाओलो : मैंने गैलरी की तरफ़ देखा, और रिपोर्टरों और पत्रकारों की भीड़ में सिर्फ़ तुम्हें देखता रहा। सोचता रहा, "ये रिपोर्टर नहीं हो सकती।" तुम्हारे बाल कितने लम्बे थे। तुम कितनी मासूम, ईमानदार सी...मैं सोचता रहा, ये लड़की इन जाहिल रिपोर्टरों के बीच क्या कर रही है?

लूसी : मैं भी तुम्हें देखती रही और नोट्स लिखना भूल गई। लेकिन जब बाद में रिपोर्ट लिखने बैठी, तो अदालत में तुम्हारी कही हर बात मुझे याद थी। तुमने किस तरह से वकीलों की धज्जियाँ उड़ा दी थीं। कैसे वकील तुम्हारी तुलना ओपनहाईमर से कर रहे थे। जब ओपनहाईमर के हाइड्रोजन बम को ठुकराने का उदहारण लेकर उन्होंने तुमसे सवाल किया, तो तुमने कहा था, "जब हाइड्रोजन बम दुनिया में आया, तब तमाम महाशक्तियाँ दुनिया को ख़त्म करने पर तुली हुई थीं। इनकी योजनाओं के सामने हिटलर भी शान्तिवादी लगने लगता। कोई भी हाइड्रोजन बम का विरोध करता।" तुम निडर होकर अपनी बात कह रहे थे।

पाओलो : मैं जानता था कि वो मेरी बात नहीं सुनेंगे। वे चाहते थे कि मैं सिर्फ़ उनके रेडिएशन स्तर की बात करूँ।

लूसी : जो कुछ तुमने कहा, और जिस तरह से कहा—मुझे पागल कर देने के लिए काफ़ी था।

पाओलो : हाँ मगर, क्या तुम मुझसे आकर्षित हुई थी? मेरा मतलब, मेरी बातों से, या मेरे ज्ञान से नहीं, मुझसे...?

लूसी : मुझे याद नहीं।

[दोनों हँसते हैं, और गले मिलते हैं।]

लूसी : तुम काँप क्यों रहे हो? डर लग रहा है क्या?

पाओलो : मुझे ठण्ड लग रही है। तुम्हें नहीं लग रही?

लूसी : मुझे तो गर्मी लग रही है।

पाओलो : तुम चाहो तो अपने कपड़े उतार सकती हो।

लूसी : अच्छा! मेरी मदद नहीं करोगे?

पाओलो : इन सबमें मैं ज़रा कमज़ोर हूँ।

लूसी : तुम तो वैज्ञानिक हो। ये तो बड़े आसान काम हैं।
पाओलो : हम कपड़े उतारने पर शोध नहीं करते।

[सन्नाटा, लूसी अपनी कमीज के बटन खोल देती है।]

लूसी : अब ठीक है?
पाओलो : *(रुककर)* हाँ...
लूसी : *(पाओलो की कमीज़ पकड़कर)* अब तुम्हारी बारी है।
पाओलो : मेरे कपड़ों के नीचे कुछ नहीं है। इनविज़िबल मैन याद है?

[मंच वापस रोशन हो जाता है। पियानो पर अँधेरा हो जाता है।]

अरामिंथा : उन्हें अस्पताल में कब तक रहना पड़ेगा?
पाओलो : जब तक वो ख़ुद घर लौटना नहीं चाहती। *(सर हिलाते हुए)* फिलहाल उसे वहीं रहना है।
अरामिंथा : आप उनसे मिलने गए थे?
पाओलो : वो मुझसे बात नहीं करती। जैसे मैं हूँ ही नहीं।
अरामिंथा : मुझसे तो काफ़ी अच्छे से बात की उन्होंने।

[पाओलो सर हिलाता है।]

अरामिंथा : ये डॉ. लेंडल कौन है?
पाओलो : एंटीमिसाइल डिफेन्स पर हम साथ काम करते थे। दोनों चाहते थे कि इसे रोक दिया जाना चाहिए और इसी पर शोध कर वाइट हाउस में बैठे उन पागलों को साबित करना चाहते थे। लेंडल अच्छा आदमी है। फिज़िसिस्ट है। मेसॉन, क्वार्क और फ़ास्ट पार्टिकल्स पर काम करता है।
अरामिंथा : मुझे फ़ास्ट पार्टिकल्स पसन्द नहीं।
पाओलो : *(नज़रअन्दाज़ करते हुए)* अच्छा फिज़िसिस्ट है। बीच में अचानक कुछ सालों के लिए विज्ञान छोड़कर एक संस्था से जुड़ गया था—वर्ल्ड फेडरलिज़्म...शान्तिवाद। उसके बाद अचानक ग़ायब हो गया। आख़िरी बार उसके बारे में सुना था कि वो वापस सरकार से जुड़ गया है...कई साल पुरानी दोस्ती है हमारी। *(जेमी को पुकारते हुए)* जेमी! खाना परोसने में मदद करो। खाना तैयार है।

[जेमी नीचे आकर उनकी मदद करने लगता है। उसने नया चश्मा पहन रखा है।]

अरामिंथा : *(हँसते हुए)* जेमी! तुम्हें इस चश्मे के पार दिखाई कैसे दे रहा है?

जेमी : इसके पार आप लोगों का बनाया हुआ खाना भी स्वादिष्ट दिखता है।

[वे खाने लगते हैं।]

अरामिंथा : घर का खाना खाकर मज़ा आ गया। हम तो हमेशा अच्छा खाना खाते थे। बस जब नानीघर जाना पड़ता था तब भूख के मारे जान निकल जाती थी। वे सिर्फ़ आलू और मछली ही खाते थे।

पाओलो : और वंडर ब्रेड।

जेमी : मैं वंडर ब्रेड खाने वाला वंडर बॉय हूँ! *(चहकते हुए)* पापा, आप वंडर मैन हो। अरामिंथा, तुम वंडर गर्ल...

पाओलो : खाना खाओ जेमी।

अरामिंथा : और आख़िर में हमेशा हम मिठाई खाते थे।

जेमी : मुझे मिठाई पसन्द है। वो वाला जिसके अन्दर चूरन भरा होता है। *(हँसते हुए)*

पाओलो : मैं तो कभी नहीं समझ पाया कि तुम्हारी माँ इतनी पतली और सेहतमन्द कैसे थी? कितना ज़्यादा खाते थे हम।

जेमी : *(बात काटते हुए)* देखो, अरामिंथा! *(दूसरा चश्मा पहनते हुए)*

पाओलो : उतार दो इसे। आँखें ख़राब हो जाएँगी।

[जेमी चश्मा उतार देता है। पाओलो दोबारा अरामिंथा की तरफ़ मुड़ जाता है।]

अरामिंथा : ग्वाटेमाला में सभी फलियाँ और चावल खाते थे। बच्चों की हड्डियाँ दिखाई देती थीं। मुझे देखिये कितना वज़न खोया है मैंने। गनीमत है कि मेरे पास खोने के लिए इतनी चर्बी थी।

पाओलो : वो तो है। तुम जब गई थी, मुझे लगा था हवाई जहाज़ उड़ ही नहीं सकेगा।

अरामिंथा : आप मेरे मोटापे की वजह से हमेशा शर्मिंदा रहते थे।

पाओलो : शर्मिंदा?

अरामिंथा : और नहीं तो क्या! आप मुझे दोस्तों के सामने तक नहीं आने देते थे। दोस्तों के बीच जान-बूझकर मज़ाकिया हो जाते थे। *(रुककर, उदास होते हुए)* मुझे बुरा लगता था।

पाओलो : अरे नहीं।

अरामिंथा : आपको आपका दोस्त ज़िग्मन्ट ज़ेलर याद है? कम-से-कम डेढ़ सौ किलो का रहा होगा। मुझे हमेशा उसे देखकर लगता कि

ज़िग्मन्ट ने ज़ेलर को निगल लिया है। वो एक कुर्सी में अटता ही नहीं था। आपने उसके लिए अलग से एक बड़ी कुर्सी ख़रीदी थी लेकिन उसके बैठते ही...

पाओलो : वो कुर्सी अभी तक बैठी हुई है।

अरामिंथा : आप उससे तो कभी शर्मिंदा नहीं हुए। उसे तो हर बार खाने पर बुला लेते थे।

पाओलो : वो मेरी बेटी नहीं था।

अरामिंथा : सही कहा आपने। एक बुड्ढा ख़ुद को मेसॉन और प्रोटोन से भरकर गेंडा बन जाए तो उसमें कोई बुराई नहीं, लेकिन अगर एक तेरह साल की लड़की थोड़ी मोटी दिखे तो फ्रॉयड के मुताबिक़ उससे बाप–बेटी का सम्बन्ध ख़राब हो जाता है।

पाओलो : इसमें फ्रॉयड बीच में कहाँ से आया?

अरामिंथा : आप लोग तो उसका उदहारण हमेशा अपनी पार्टियों में देते रहते थे। वो मनोचिकित्सक याद है जो आपको अपना सारा दुख–दर्द सुनाकर रोता था?

पाओलो : हाँ वो मर्विन मिलर। मनोचिकित्सकों को भी अपना हाल किसी को सुनाना होता है।

अरामिंथा : आपके दोस्तों के तो नाम तक एक जैसे थे। ज़िग्मंट ज़ेलर, मर्विन मिलर।

[पाओलो हैरानी से अरामिंथा को देखता है, लेकिन चेहरे पर मनोरंजित होने के भाव भी स्पष्ट उभरने लगते हैं।]

अरामिंथा : वो मेरे स्कूल के ड्राइंग्स देखकर बोलता था—देखो इसके हाथ कितने छोटे हैं। मानो प्यार को तरसती अकेली बच्ची हो। हर बात का बेतुका मतलब निकालना उसका शौक़ था। कितना बड़ा नालायक था साला!

जेमी : *(बात काटते हुए)* कौन नालायक था? बताओ न कौन था नालायक?

पाओलो : मुझे शुरू से मालूम था तुम बड़ों की इज़्ज़त करना नहीं सीखोगी।

अरामिंथा : क्यों करूँ मैं बड़ों की इज़्ज़त? क्या बड़े नालायक नहीं हो सकते?

पाओलो : काश तुमने किसी अच्छे कॉलेज में पढ़ाई की होती...

अरामिंथा : आपने मुझे घटिया कॉलेज में भेजा...

पाओलो : अच्छे कॉलेजों ने तो तुम्हें भर्ती करने से मना कर दिया था...कम से कम तुम बाप बेटी की बात करते हुए फ्रॉयड का उदहारण नहीं लेती।

अरामिंथा : मैंने पढ़ा है फ्रॉयड। वो तो आपके दोस्त थे जिन्हें छोटे हाथों में बच्ची का तरसना दिखाई देता था। वो तो मेरे क्रेयॉन्स ख़त्म हो गए थे...

[जेमी अरामिंथा से लिपट जाता है।]

पाओलो : जेमी, अरामिंथा को परेशान मत करो।

अरामिंथा : ये मुझे परेशान नहीं कर रहा।

पाओलो : जेमी अब तुम बड़े हो गए हो।

अरामिंथा : आप कहना क्या चाहते हैं?

पाओलो : मेरा मतलब है कि अब तक उसे सीख जाना चाहिए कि जवान लड़की के साथ कैसे पेश आते हैं।

अरामिंथा : मैं उसकी बहन हूँ।

जेमी : पापा, मैं बड़ा होकर अरामिंथा से ही शादी करूँगा!

पाओलो : नहीं जेमी, भाई बहन में शादी नहीं होती।

अरामिंथा : जेमी को पता है!

पाओलो : उसे नहीं पता...

अरामिंथा : *(गुस्से में)* बस कीजिए!

जेमी : मुझे बहुत कुछ पता है।

पाओलो : *(नर्म होते हुए)* हाँ जेमी, तुम्हें बहुत कुछ पता है, मगर...अच्छा चलो आइसक्रीम खाते हैं *(आइसक्रीम बाँटते हुए)*

अरामिंथा : मुझसे अब और बर्दाश्त नहीं होता!

पाओलो : मैंने तुम पर हमेशा ही गर्व किया है अरामिंथा। याद है जब तुम कविताएँ लिखती थीं। मैं उन्हें ऑफिस में सजाया करता था।

अरामिंथा : सिवाय उस कविता के जिसकी वजह से मुझे स्कूल से निकाल दिया गया।

पाओलो : मैंने तुम्हारे प्रिंसिपल को चिट्ठी लिखी थी।

अरामिंथा : हाँ *(विद्वत्तापूर्ण आवाज़ में पाओलो की नक़ल उतारते हुए)* ''उसकी भाषा का प्रायोग ग़लत है, जिसके लिए मैं शर्मिंदा हूँ। लेकिन अपनी बात कहने की आज़ादी उसका संवैधानिक

अधिकार है।" आपको हमेशा सही का साथ देने के लिए शर्मिंदा होना पड़ता था।

पाओलो : मैंने जो महसूस किया था, वही लिखा था। तुम्हारी कविता की भाषा...

अरामिंथा : आपका पूरा जनरेशन कितनी आसानी से शर्मिंदा हो जाता है।

पाओलो : और तुम्हारा जनरेशन कितना बेशर्म है!

अरामिंथा : आप कभी अपने साथियों के काम से तो शर्मिंदा नहीं हुए?

पाओलो : उनसे शर्मिंदा होने की क्या वजह है?

अरामिंथा : फ़ास्ट पार्टिकल्स, मेसोन्स, क्वार्क्स। वे हमेशा क्वारकीते रहते थे। क्वार्क, क्वार्क!

जेमी : *(ठहाका लगाते हुए)* क्वार्क, क्वार्क!

पाओलो : तुम्हारी नासमझी को सलाम। *(जेमी की तरफ़ देखते हुए)* ठीक है, जेमी, अब तुम अन्दर जा सकते हो।

जेमी : मेरा आइसक्रीम अभी बचा हुआ है।

अरामिंथा : *(भड़कते हुए)* क्यों भेज रहे हैं उसे? आप हमेशा हर किसी को अपने से दूर भेजते रहते हैं!

पाओलो : *(ग़ुस्से में)* क्या मतलब है तुम्हारा?

अरामिंथा : रहने दीजिए।

पाओलो : मैंने तुम्हें नहीं भेजा था। तुम अपनी मर्जी से गई थी। है न?

अरामिंथा : और नहीं तो क्या? और मैं वापस भी चली जाऊँगी।

पाओलो : *(रुककर, शान्त होते हुए)* मुझे नहीं पता था तुम वापस जाने वाली हो। क्यों जाना चाहती हो वापस?

अरामिंथा : मुझे वहाँ एक बहुत अच्छा दोस्त मिला। मेरी उम्र का है। वहाँ गाँव में बच्चों को पढ़ाता है।

पाओलो : क्या वो तुम्हारा...बॉयफ्रेंड है?

अरामिंथा : *(हड़बड़ाते हुए)* मैंने ऐसा तो नहीं कहा! लेकिन हाँ शायद, है!

पाओलो : ठीक है, ठीक है। मैं कोई और सवाल नहीं पूछूँगा।

[सब चुपचाप आइसक्रीम खाते हैं।]

जेमी : मुझे टीवी देखना है।

[पाओलो हामी भरता है। जेमी सीढ़ियों से ऊपर भाग जाता है।]

पाओलो : *(थोड़ी देर तक चुप रहने के बाद)* तो मतलब...सेक्स वगैरह...

अरामिंथा : कोई कुछ पूछने वाला नहीं था।

पाओलो : अरे! सवाल नहीं किया। बस बोला। *(दोनों के लिए कॉफ़ी उड़ेलता है)*

अरामिंथा : बोलने के लिए और कुछ नहीं मिला क्या? सेक्स तो मैंने हाई स्कूल में ही...

पाओलो : बारहवीं में?

अरामिंथा : *(ताना मारते हुए)* ये तो सवाल है...हाँ, बारहवीं में।

पाओलो : अच्छा। *(थोड़ी देर चुप रहकर)* हे भगवान, बारहवीं में! *(कॉफ़ी की घूँट भरते हुए)* चलो, बारहवीं में तुमने कुछ तो सीखा।

[थोड़ी देर तक कोई कुछ नहीं बोलता। फिर अचानक जेमी के कमरे से टीवी की आवाज़ आती है।]

पाओलो : जेमी! वॉल्यूम कम करो।

अरामिंथा : *(विषय बदलते हुए)* पापा, ऐसा नहीं लगता कि जेमी में काफ़ी सुधार आया है?

पाओलो : *(बेपरवाही के साथ)* वो बिलकुल पहले जैसा है।

अरामिंथा : मुझे तो लगा कि उसमें काफ़ी...

पाओलो : उसके टेस्ट्स कहते हैं वो नहीं बदला।

अरामिंथा : *(नाराज़ होते हुए)* आपको इन टेस्ट्स पर इतना भरोसा क्यों है? मुझे टेस्ट्स से नफ़रत है।

पाओलो : टेस्ट्स के बिना विज्ञान कुछ नहीं है। मुझे यक़ीन है तुम विज्ञान पर भी भरोसा नहीं करती।

अरामिंथा : अरे! बहुत-सी ऐसी चीज़ें हैं, जिन्हें विज्ञान नहीं समझा पाता।

पाओलो : तुम्हारी माँ भी बिलकुल ऐसी ही थी। उसे तथ्यों पर विश्वास नहीं था। कल्पना में जीने वाली।

अरामिंथा : 'थी' नहीं। है।

पाओलो : *(रुककर)* अरामिंथा, उसने अपनी जान देने की कोशिश की क्यूँकि...वो एक अच्छी इनसान है, जिसे एक अच्छी दुनिया में होना चाहिए। इस दुनिया में नहीं। उसे इस दुनिया से डर लगता था।

[पियानो की आवाज़ सुनाई पड़ने लगती है। मंच पर अँधेरा छा जाता है। पाओलो मंच के बाईं तरफ़ चलता

हुआ जाता है, जहाँ रौशनी बढ़ने लगती है। लूसी पिछले फ्लैशबैक से अलग कपड़ों में वहाँ खड़ी है।]

लूसी : पाओलो, फ़ोन पर तुम्हें और भी ज़्यादा सावधानी बरतनी चाहिए।

पाओलो : क्यों?

लूसी : मैंने फ़ोन पर अजीब आवाज़ें सुनी हैं।

पाओलो : तुम्हारा मतलब... ?

लूसी : हो सकता है, एफबीआई वाले...

पाओलो : बेकार की बातें मत करो। वो हमें क्यों सुनेंगे भला? हम उनके मतलब की कोई बात नहीं करते।

लूसी : हाँ करते हैं। कल ही तो तुम जिम कोलोडनी के साथ बात कर रहे थे।

पाओलो : तो?

लूसी : बात आधे घंटे तक चली थी।

पाओलो : तो क्या फ़ोन पर लम्बी बात करना ग़लत है?

लूसी : तुम सरकार के बारे में बातें कर रहे थे। आवाज़ ऊँची करके...

पाओलो : अरे, मैं जो चाहे कह सकता हूँ। अमरीका स्वतंत्र देश है।

लूसी : *(चिल्लाकर)* नहीं! अमरीका स्वतंत्र देश नहीं है। कभी रहा होगा। या शायद कभी नहीं रहा होगा। या शायद अमरीका सिर्फ़ तब तक स्वतंत्र रहता है जब तक हम बच्चे और नासमझ रहते हैं। बड़े हो जाने पर अमरीका और बाक़ी जगहों में कोई फ़र्क़ नहीं रह जाता।

पाओलो : लेकिन लूसी अमरीका दुनिया की बाक़ी जगहों की तरह नहीं है।

लूसी : बिलकुल है। गुप्त पुलिस, फ़ोन टैप करना, लोगों पर गोपनीय फाइल्स रखना। सरकार ये सारे काम करती है। हमें सावधान रहना चाहिए।

पाओलो : सोचकर अच्छा लगता है कि सरकार को हमसे खतरा हो सकता है, लेकिन उन बड़े लोगों के सामने हमारी कोई औक़ात नहीं है।

लूसी : बात हमारे ख़तरनाक़ होने की नहीं है। हमारा होना ही उनके लिए ख़तरा है।

पाओलो : शान्त हो जाओ लूसी।

लूसी : शान्त हो जाऊँ? तुम इतने शान्त क्यों हो गए हो पाओलो? कहाँ गया तुम्हारा ग़ुस्सा, तुम्हारी नाराज़गी? तुम पहले तो ऐसे नहीं थे!

पाओलो : मैंने किनारा कर लिया है। ग़ुस्से का कोई फ़ायदा नहीं होता। वो सिर्फ़ तुम्हें खाता है। लूसी, दुनिया में बड़े झंझट हैं। कुछ नहीं बदलने वाला। तुम्हें भी अब ये मान लेना चाहिए।

लूसी : मैं लड़ना चाहती हूँ। लेकिन मैं अकेले नहीं लड़ सकती। *(वो अपनी बाँहें फैलाकर पाओलो की ओर उम्मीद से देखती है; लेकिन पाओलो आगे नहीं बढ़ता)* मेरी मदद करो, पाओलो।

पाओलो : *(रुखाई से)* सँभालो ख़ुद को, लूसी! *(लूसी पाओलो की तरफ़ हताशा से देखती है। पाओलो चलता हुआ मंच के बीच आ जाता है। बाईं तरफ़ रौशनी धीमी पड़ने लगती है।)*

अरामिंथा : माँ कितना अच्छा पियानो बजाती थी। उन्हें कभी संगीत सीखने की ज़रूरत ही नहीं पड़ी। जैसे उनका पूरा वजूद ही संगीत से बना हो।

[पियानो बजता है। अँधेरे में, लूसी पियानो पर हलकी उँगलियाँ फेरती है।]

पाओलो : हाँ और तुम मेरी गोद में बैठकर सुनती थी।

अरामिंथा : *(बात टालते हुए)* जेमी कितना ख़ुश था। वो माँ के पियानो बेंच पर उनकी बगल में बैठ जाता था।

पाओलो : तुम कितनी प्यारी बच्ची थी।

अरामिंथा : *(टालते हुए)* आप और माँ इसी कमरे में साथ डांस करते थे। जब रेडियो पर अच्छे गाने नहीं आते थे तो आप शाम के समाचारों पर नाचने लगते थे।

पाओलो : झूठ मत बोलो!

अरामिंथा : हाँ! आप दोनों वॉल्टर क्रॉनकाइट की आवाज़ पर बैले करते थे।

पाओलो : और गर्मी की छुट्टियाँ याद है? हम अपनी पुरानी कार में साथ गाँव जाते थे।

अरामिंथा : माँ अगली सीट पर बैठ, पीछे मुड़-मुड़कर हमें कहानियाँ सुनाती थी। उससे हमारा ध्यान केले से हटता था।

पाओलो : केला?

अरामिंथा : आपको याद नहीं? आप पूरे रास्ते केला खाते थे। माँ उन्हें छील-छील कर आपको देती थी, ताकि आप सो न जाओ। कार के लिए गैस और आपके लिए केले। मैं और जेमी पीछे बैठकर नाक दबाकर हँसते थे।

पाओलो : *(हँसते हुए)* मुझे याद है जब हम घोड़े पर सवार रॉकीज़ पर्वतों की चढ़ाई करते थे। घोड़ा सँकरे रास्तों पर चलता, किनारे से इंच-भर की दूरी रखकर। तुम तीनों अपने घोड़ों पर निडर बैठे रहते। मेरी तो डर के मारे जान ही निकल जाती थी।

अरामिंथा : हम सबके बीच एक आप ही थे जिसे पता होता हम कितने हज़ार फीट ऊपर हैं। अब पता चला, अधिक जानकार होना किस तरह से इनसान को डरपोक बना देता है!

पाओलो : तुम कोई मौक़ा नहीं छोड़ोगी क्या? *(सोचते हुए)* हाँ, मैं तो भूल ही गया था उन केलों के बारे में। एक साल हम कैलिफ़ोर्निया गए थे—वहाँ एक झील के किनारे ठहरे थे, सिएरा के पहाड़ों पर आठ हज़ार फुट ऊपर। तुम्हारी माँ ने झट से झील के बर्फ़ीले पानी में छलाँग लगा दी और घंटों तैरती रही। उसका बस चलता तो वो किसी पहाड़ी झील के किनारे छोटी-सी झोपड़ी बनाकर ज़िन्दगी बिता देती। जब भी हम छुट्टियों से घर लौटते, अचानक उसकी हँसी कहीं खो जाती। अख़बार में छपने वाली हर डरावनी ख़बर उसकी ज़िन्दगी और सोच का हिस्सा बनती चली जाती।

अरामिंथा : देर रात को जब आप दोनों झगड़ा करते, हम दुबक कर सुनते रहते थे।

पाओलो : झगड़ा कभी-कभी होता था।

अरामिंथा : हाँ। मैं तो आप दोनों को ज़ीउस और एफ्रोडाइट की जोड़ी की तरह देखती थी।

पाओलो : ज़ीउस के बाल झड़ रहे थे क्या?

अरामिंथा : आप ठीक-ठाक दिखते थे।

पाओलो : हाँ, मंगल और शुक्रवार के दिन, जब शाम ढलती थी, तब मैं अच्छा दिखता था।

अरामिंथा : ज़ीउस तो भेष भी बदलता था न?

पाओलो : हाँ। कभी शेर, कभी चील। लेकिन आधा-इटालियन-आधा-यहूदी-वैज्ञानिक कभी नहीं बना होगा।

अरामिंथा : माँ और आपके बीच इतना गहरा प्यार था। फिर क्या हुआ?

पाओलो : उसका डर हम दोनों से बड़ा हो गया। हम सबकी अपनी-अपनी आशंकाएँ हैं, लेकिन उसका डर बेवक़ूफ़ी की हद तक चला गया।

अरामिंथा : *(झल्लाते हुए)* वो बेवक़ूफ़ नहीं है! हमेशा पढ़ती रहती थी। टॉलस्टॉय, हेनरी जेम्स, मार्क ट्वेन। वो आपके तमाम वैज्ञानिक साथियों से ज़्यादा अक्लमन्द है।

पाओलो : *(सोच-सोच कर बोलते हुए)* हाँ, मगर उसका रवैया काफ़ी... अलग था।

अरामिंथा : *(मज़ाक़ उड़ाते हुए)* अलग रवैया? यही सुनना बाक़ी था...

पाओलो : सच। लोग उसकी खिल्ली उड़ाने लगे थे। मानो उसका दुनिया से विश्वास उठ गया हो। वो अपने किसी गृह में रहने लगी थी। शायद वीनस में। सूरज से नज़दीक। धरती से अधिक रोशन और गर्म। उसकी हालत बिगड़ती चली गई। लोगों ने सोचा वो पागल हो गई है।

अरामिंथा : *(चिल्लाते हुए)* मेरी माँ है वो! *(अपने पिता पर झपटती है। पाओलो उसके हाथ पकड़ लेता है और सर पर हाथ फेरते हुए उसे शान्त करने लगता है)*

पाओलो : न बेटी!

[अरामिंथा ढीली पड़ जाती है, रोते हुए पिता के गले लगती है। अचानक दरवाज़े की घंटी बजती है। पाओलो झिझकता है।]

पाओलो : दरवाज़ा खुला है!हिंद

[जॉन लेंडल का प्रवेश। लम्बा, चौड़ा, सूट-बूट पहने, हाथ में अटैची।]

पाओलो : अरे जॉन, अन्दर आओ।

[वे हाथ मिलाते हैं। अरामिंथा चेहरा पोंछ, अपने बाल ठीक करती है।]

लेंडल : तो ये है तुम्हारी बेटी। *(मुस्कुराते हुए)*

[अरामिंथा सर हिलाती है।]

अरामिंथा : *(सीढ़ियाँ चढ़ते हुए)* मैं जा रही हूँ ऊपर जेमी के साथ टीवी देखने।

लेंडल : मैं ग़लत समय पर तो नहीं...

पाओलो : अरे नहीं, बैठो। क्या पिओगे? अपना कोट उतार लो।

लेंडल : *(कोट उतारते हुए)* अगर तुम्हारे पास स्कॉच है तो...पाओलो, बड़े दिनों बाद मिलना हुआ।

[पाओलो ड्रिंक्स लगाते हुए हामी भरता है।]

लेंडल : मुझे आज भी याद है। तुमने हवाई जहाज़ की विंग के सँकरे कोनों में घुसकर सर्किट ठीक किया था। तुम अकेले वैज्ञानिक थे जो उसमें घुस पाए थे।

पाओलो : और मुझे लगा कि मैं मिशन का हिस्सा अपनी वैज्ञानिक दृष्टि की वजह से था, अपनी पतली कमर की वजह से नहीं।

लेंडल : *(हँसते हुए)* हाँ, लेकिन ऐसे ऐतिहासिक क्षणों में दिमाग़ का पता नहीं, मगर पतला होना ज़रूर फ़ायदेमन्द होता है। और तुम तो एंटी मिसाइल डिफेंस पर सन्देह रखते हुए भी हमारी टीम का हिस्सा बन गए थे।

पाओलो : सन्देह नहीं, मैं एंटी मिसाइल के ख़िलाफ़ था। मुझे याद है, तुम भी एंटी मिसाइल तकनीकों से कुछ ख़ास प्रभावित नहीं थे।

लेंडल : हाँ। और जब पहली बार हमारा टेस्ट कामयाब हुआ था, जब आसमान में जलता आग का गोला नज़रों से ओझल तक नहीं हुआ था, मुझे याद है कि तुमने धीरे-से कहा था—''नसीब अच्छा है कि इस बार कामयाब हो गए। हमें और टेस्ट्स करने चाहिए।'' तुम सही थे पाओलो। वो टेस्ट नकली था, अवाम को बहलाने के लिए। और तुमने कहा था, ''एक जीप मिल सकती है? मैं जा रहा हूँ रेडिएशन लेवल्स चेक करने।''

पाओलो : तुम्हारी याददाश्त अच्छी है।

लेंडल : कितनी पुरानी बातें हैं, लेकिन ऐसा लगता है जैसे कल की बात हो।

[वो हँसते हुए ड्रिंक्स लेते हैं।]

पाओलो : मैंने सुना था कि तुम रिसर्च छोड़कर वर्ल्ड फ़ेडेरलिस्ट्स से जुड़ गए थे?

लेंडल : *(गहरी साँस लेते हुए)* तीन साल शान्ति और विश्व निरस्त्रीकरण के लिए आन्दोलन करता रहा। लेकिन उनकी लड़ाई बेकार है। उन्ही दिनों मुझे समझ में आया कि गन्दगी में घुसे बिना उसे साफ़ नहीं किया जा सकता।

पाओलो : तो तुम वापस सरकार से जुड़ गए?

लेंडल : रैंड कारपोरेशन से जुड़ा। वो सरकारी कॉन्ट्रैक्ट पर काम करती है। हाल ही में उन्होंने मुझे अपना चीफ़ सिक्योरिटी अफ़सर बनाया, और मैं तुमसे मिलने चला आया। तुम्हारी प्रतिभा की वहाँ सख़्त ज़रूरत है।

पाओलो : तुम तो जानते ही हो कि मैं इन चीज़ों से दूर रहना चाहता हूँ। मैंने कहा था उनसे कि अन्तरिक्ष मिसाइलें काम नहीं करेंगी, लेकिन उनकी हथियारों की दौड़ में उन्होंने महसूल अदा करनेवालों के कितने पैसे समन्दर में बहा दिये। उन्हीं पैसों से पूरे देश के बच्चों को पढ़ाया जा सकता था, बीमार लोगों का इलाज कराया जा सकता था।

लेंडल : पाओलो, इन सबके बावजूद तुमने रेडिएशन से जुड़ी समस्याओं पर काम करना स्वीकारा था।

पाओलो : मुझे लगा मैं सीधे-सादे बेगुनाह लोगों की जान बचा पाऊँगा।

लेंडल : और यही वजह है कि इस मिशन से भी मैं तुम्हें जोड़ना चाहता हूँ। *(रुककर)* ये लोग एक नया शस्त्र बना रहे हैं।

पाओलो : नया शस्त्र? पहले बनाए हुए सभी शस्त्रों का अगर इस्तेमाल कर दिया जाए, तो भी तबाह करने के लिए पूरी दुनिया कम पड़ जाएगी। ये पागल तो नहीं हो गए?

लेंडल : पागलपन नहीं, सच्चाई है ये।

पाओलो : मैं इन सबसे अलग ही ठीक हूँ।

लेंडल : इनसे अलग कोई कैसे रह सकता है? हमें रहना तो इसी धरती पर है न? हमारे बच्चे भी तो इसी आसमान के नीचे रहेंगे। मानता हूँ शीतयुद्ध ख़त्म हो गया। लेकिन अब इन्होंने एक नए दुश्मन को ईजाद किया है—आतंकवाद। इसी को वजह बनाकर ये लोग नए हथियार बनाते रहेंगे, क्योंकि इसी में इनका फ़ायदा है। अब ये नया शस्त्र बना रहे हैं, जिसे एक नए सैन्य अड्डे से लॉन्च किया जा सके।

पाओलो : *(खड़े होते हुए)* ये पागलपन है! सनक है! हमारे सैन्य अड्डे तो सौ से भी अधिक देशों में हैं।

लेंडल : हाँ, मगर उन सभी देशों में एक ही दिक़्क़त है।

पाओलो : यही न कि उनमें से कोई नहीं चाहता कि हम उनके मामलों में दख़ल डालें।

लेंडल : सरकारों पर तो फिर भी दबाव डाला जा सकता है। लेकिन अवाम पर काबू नहीं पाया जा सकता। अब तो लोग खुलकर सामने आने लगे हैं। कोरिया, जापान, मध्य पूर्वी देशों में। और जब लोग भड़ककर शस्त्रीकरण के ख़िलाफ़ आते हैं, हम उन्हें आतंकवादी क़रार देते हैं। तो अब सवाल यह है कि हम कहाँ सैन्य अड्डा बनाएँ जहाँ लोग दख़ल न दे सकें?

[पाओलो कन्धा झटकते हुए ऊपर की तरफ़ देखता है।]

लेंडल : *(चहकते हुए)* बिलकुल सही! ऊपर अन्तरिक्ष में। हम अन्तरिक्ष में यान और उपग्रह तो भेजते रहे हैं, लेकिन आज तक कोई शस्त्र नहीं भेजा। किसी ने नहीं भेजा। यह एक रोमांचक मिशन है।

पाओलो : रोमांचक? मुझे तो सुन कर ही डर लग रहा है। अन्तरिक्ष में हथियार? इनसान तो इनसान, हम तो भगवान के रहने की जगह में भी घुसते चले जा रहे हैं।

लेंडल : *(हँसते हुए)* तुम कबसे भगवान में विश्वास करने लगे?

पाओलो : मेरी माँ यहूदी थी, और पिता ईसाई। अगर मैं नास्तिक नहीं बनता तो अब तक पागल हो जाता। मज़ाक़ छोड़ो, यह वाकई एक बेहूदा प्लान है। मेरी तो रूह काँप उठी है।

लेंडल : मैं भी ऐसा ही मानता हूँ, कि यह परियोजना ख़तरनाक़ है। मेरे कुछ साथी हैं, जो मुझसे सहमत हैं, और इस मिशन को रोकना चाहते हैं, लेकिन हम खुलकर इसका विरोध नहीं कर सकते। डिप्लोमेसी। और इसीलिए हमें तुम्हारी ज़रूरत है पाओलो। तुम सोच भी नहीं सकते ये शस्त्र कितने विध्वंसक हैं।

पाओलो : हाँ मैंने पढ़ा था 'बंकर बस्टर्स' के बारे में। सुनियोजित परमाणु शस्त्र हैं न?

लेंडल : नहीं, हम उससे काफ़ी आगे निकल चुके हैं। हम ऐसे शस्त्रों की बात कर रहे हैं, जो हमारी सोच और तकनीक से भी आगे हैं।

पाओलो : सुनियोजित परमाणु शस्त्रों से आगे क्या हो सकता है?

लेंडल : इसीलिए तो तुम्हारी ज़रूरत है। उन्होंने हमसे रेडिएशन सम्बन्धी तमाम जानकारियाँ माँगी हैं, और शायद तुम्हारे शोध से उनकी आँखें खुले।

पाओलो : तुम अन्धों की आँखें खोलोगे? तुम्हें लगता है वे रेडिएशन की परवाह करते हैं? उन्होंने हिरोशिमा के वक़्त परवाह की? एजेंट

ऑरेंज याद है न? हमारे कितने सैनिक विएतनाम से लौटकर बीमार पड़ गए थे। यूरेनियम का असर याद है? खाड़ी युद्ध के वक़्त भी उन्होंने सीना तान कर कहा था—"हमें गर्व है कि हमारे कुछ ही सैनिक मारे गए हैं।" अब देखो! हर तीन में से एक सैनिक शारीरिक या मानसिक रूप से विकृत है। उनके बच्चे अपंग पैदा हो रहे हैं!

लेंडल : मैं तुम्हारी बात से सहमत हूँ। उन्हें परवाह नहीं है। लेकिन हमें तो है! हमारे शोध की वजह से ही तो वे अपने नए शस्त्रों के जैविक दुष्प्रभावों की बात करते हैं। रेडिएशन से पैदा होने वाली बीमारियों की बात करते हैं। नए शस्त्र से ऐसी मुसीबतों का पैदा होना उनके फ़ायदे में नहीं है। इस देश के पहले से ही कई दुश्मन हैं। इस शस्त्र की वजह से जैविक प्रलय का खतरा है—अगर हम यह बात साबित कर दें तो हम उन्हें रोक सकते हैं। सरकारें हम वैज्ञानिकों से डरती हैं क्योंकि हम तथ्यों में बात करते हैं। हमारा काम उन्हें डराकर रखना है। अगर हम यह साबित कर दें कि यह शस्त्र नहीं बनाया जाना चाहिए, तो वे इसे नहीं बना पाएँगे। और इसी काम के लिए हमें तुम्हारी ज़रूरत है।

पाओलो : जॉन, तुम्हारा मतलब है कि तुम उनका प्रोजेक्ट रुकवाना चाहते हो? तुम्हें तो इस प्रोजेक्ट को पूरा करने का काम दिया गया है न?

लेंडल : हाँ, लेकिन मेरी अपनी भी तो सोच है। मेरी बातें उन्हें इतनी आसानी से समझ में नहीं आतीं। वे मुझ पर भरोसा करते हैं क्योंकि शीतयुद्ध के वक़्त मैं उनके साथ था। परमाणु की प्रतिरोधक क्षमता से मैंने शान्ति का सपना देखा था। लेकिन ये नई नौटंकी शुरू हो जाएगी, ऐसा कभी नहीं सोचा था। आतंकवाद के ख़िलाफ़ लड़ाई के नाम पर ये दुनिया को तबाह करने पर तुले हैं। आतंकवाद को अस्त्रों से नहीं हराया जा सकता। हम उन्हें मारेंगे। और बचे हुए मासूमों को हमीं आतंकवादी बना देंगे। हम वैज्ञानिक आपस में बात करते हैं, और सभी इस बात से सहमत हैं कि सरकार पागल हो गई है। और हम इसे रोकना चाहते हैं। हम ख़ुद को हाइजनबर्ग ग्रुप कहते हैं। तुम्हें तो याद ही होगा?

पाओलो : कहीं पढ़ा था कि उसने जान-बूझकर ग़लत शोध से जर्मनों को परमाणु अस्त्र बनाने से रोका था।

लेंडल : हाँ, मगर हम उन्हें सही जानकारी देंगे, लेकिन परिणाम वही होगा। हमारी टीम में काफ़ी प्रतिभा है।

पाओलो : और तुम चाहते हो कि मैं इस टीम का हिस्सा बनूँ?

लेंडल : हम चाहते हैं तुम इस टीम के निदेशक बनो।

पाओलो : निदेशक? मगर मैं ही क्यों?

लेंडल : क्योंकि इस काम को तुम सबसे अच्छा कर सकते हो। तुमने इसी काम के लिए नोबेल पुरस्कार भी तो जीता है।

पाओलो : इन दिनों मैं कोलम्बिया में पढ़ा रहा हूँ। तुम तो जानते ही होगे।

लेंडल : तुम इससे ज़्यादा ज़रूरी काम के लिए बने हो। मेरी बात का बुरा मत मानना। पाओलो, कितने दिनों तक ऐसे ही दफ़न रहोगे? कितना काम करना है। शान्ति के लिए। एक बेहतर कल के लिए। तुम्हें आसानी से छुट्टी मिल जाएगी। हम दिला देंगे। हमारा बड़े-बड़े लोगों के साथ उठना-बैठना है। ढेर सारे पैसे हैं।

पाओलो : *(रुक-रुककर बोलते हुए)* कितना पैसा है?

लेंडल : तीन मिलियन डॉलर का बजट है। जितना चाहिए रखो। अपने स्टाफ, और काम करने की जगह ख़ुद चुनो। *(रुककर)* भाभी के बारे में जानकर बुरा लगा। तुम तकलीफ़ में होगे। उनके इलाज का सारा ख़र्च हम देख लेंगे। तुम्हारा बेटा भी तो है। उसके लिए भी अगर अलग से पैसे...

पाओलो : *(हड़बड़ाकर खड़े होते हुए, ग़ुस्से में चश्मा पहनते हुए)* जेमी के लिए हमें अलग से पैसे नहीं चाहिए।

[मंच की रौशनी कम हो जाती है। कैनवास के पीछे अँधेरे में लूसी एक बच्चे से बात कर रही है।]

लूसी : अले लेले ले मेरा राजा बेटा...

पाओलो : लूसी, कितने दिनों तक उसे इस तरह दूध पिलाओगी?

लूसी : *(मंच में प्रवेश करते हुए)* जब रुकना होगा तो ख़ुद-ब-ख़ुद पता चल जाएगा।

पाओलो : मैंने सोचा था दो साल की उम्र के बाद...

लूसी : ज़रूरी नहीं है कि ऐसा ही हो।

पाओलो : तो कैसा होना चाहिए?

लूसी : उम्र, तारीख़ें बेकार की बातें हैं। जब तक मेरा बच्चा ख़ुश है—मैं ख़ुश हूँ।

पाओलो : तुम्हें वो कुछ ज़्यादा ही ख़ुश नहीं लगता? अगर बड़े होने के बाद भी इसका मूड नहीं बदला तो?

लूसी : तो हम दूध पिलाने का नया कीर्तिमान गढ़ेंगे। तुम क्यों परेशान हो रहे हो?

पाओलो : मैं तुम्हारे लिए परेशान हूँ? तुम्हें ज़्यादा फुर्सत मिलेगी।

लूसी : मुझे कहाँ फुर्सत की कमी है? हर जगह तो आती-जाती हूँ। इसे भूख लगती है तो दूध पिला देती हूँ। कहीं भी रहूँ--सिनेमाघर में, ट्रेन में। लेकिन मैंने ग़ौर किया है कि ऐसे समय में तुम थोड़े परेशान हो जाते हो।

पाओलो : बिलकुल नहीं। मुझे अच्छा लगता है जब तुम इसे...खिलाती हो। शायद मुझे थोड़ी ईर्ष्या होती है।

लूसी : *(हँसते हुए)* तुम्हें किसने मना किया है?

पाओलो : लेकिन अच्छा तो नहीं लगेगा न, जब ट्रेन में दो लोग तुमसे चिपके हुए होंगे...*(अपनी ठिठोली पर हँसने के बजाय, गहरी साँस लेते हुए)* मुझे बस यह समझ नहीं आता कि तुम क्यों इसे लेकर इतनी आसक्त हो?

लूसी : मैं नहीं तुम आसक्त हो रहे हो। *(उसकी आवाज़ में नरमी आ जाती है)* पाओलो, सोचो ज़रा?

पाओलो : क्या सोचूँ?

लूसी : शायद यह जेमी के लिए अच्छा हो। मैंने काफ़ी पढ़ा है इसके बारे में। माँ का दूध बच्चे के लिए अमृत होता है।

पाओलो : *(सर हिलाते हुए)* इसका कोई वैज्ञानिक प्रमाण नहीं है। जेमी की हालत को देखते हुए...

लूसी : *(भड़कते हुए)* आपके विज्ञान ने जेमी को दिया ही क्या है? विज्ञान की वजह से ही तो आज उसकी यह हालत हुई है।

पाओलो : *(लूसी को शान्त करते हुए)* इन बातों से किसका भला होगा?

लूसी : सही कहा तुमने। *(हड़बड़ाकर स्क्रीन के पीछे चली जाती है)* अले लेले ले, सो जा मेरा बच्चा। सो जा लल्ला।

[पाओलो धीरे-धीरे चलता हुआ मंच के बीच आता है लूसी अँधेरे में अदृश्य हो जाती है।]

पाओलो : तुम्हें मेरी क्या ज़रूरत है? पिछले शस्त्रों के रेडिएशन के मापदंड नए शस्त्रों पर लागू क्यों नहीं कर सकते?

लेंडल : ऐसा सम्भव नहीं है। हमारे स्केल्स इन शस्त्रों से पीछे छूट गए हैं। हमें नए शोध करने होंगे। यह नया हथियार हमें बिलकुल नए स्तर पर ले जाता है। जब तक तुम इसे देखोगे नहीं, तुम्हें भी विश्वास नहीं होगा। बायोफिज़िक्स का करिश्मा है यह। हमसे जुड़ो पाओलो। उनकी मदद करने के लिए नहीं, इसे रोकने के लिए।

पाओलो : मैं सोचकर जवाब दूँगा जॉन। लेकिन फ़ैसला करने से पहले इस प्रोजेक्ट के बारे में और ज़्यादा जानना चाहूँगा।

लेंडल : तुम्हें मेरी बात अजीब लगेगी, मगर ज़रा सोचो...हम परमाणु बम से हाइड्रोजन बम को ट्रिगर करते हैं, जिससे रेडिएशन का असर हज़ार गुना बढ़ जाता है। है न? हमने सोचा, हाइड्रोजन बम से क्या ट्रिगर किया जा सकता है?

पाओलो : मुझे ऐसे सवाल पसन्द नहीं।

लेंडल : हम सवाल से बहुत आगे निकल चुके हैं पाओलो। *(ब्रीफ़केस से एक फ़ाइल निकालकर पाओलो के हाथ में देते हुए)* इसमें कोई विवरण नहीं है, सिर्फ़ संक्षेप में इस प्रोजेक्ट के बारे में लिखा है। तुम्हें इससे अन्दाज़ा हो जाएगा कि हम किस पैमाने पर काम कर रहे हैं। मैं चाहूँगा कि तुम इसे पढ़ो। उसके बाद शायद तुम फ़ैसला कर पाओ कि हमारे साथ काम करना है या नहीं। मैं सोमवार को फिर आऊँगा।

पाओलो : *(झिझकते हुए, फ़ाइल हाथ में लेकर)* ठीक है। मैं देखकर बताऊँगा।

लेंडल : *(हँसते हुए)* मुझे पता था तुम इस मिशन से ज़रूर जुड़ोगे। तुम्हारी वैज्ञानिक जिज्ञासा ही तुम्हें इस प्रोजेक्ट की तरफ़ खींच लेगी। मगर ध्यान रहे, हमारे बीच हुई इन बातों को राज़ ही रखना। यह गोपनीय से भी बढ़कर है। यह सूचना इतनी गोपनीय है, कि इसका अभी तक वर्गीकरण भी नहीं हुआ है।

पाओलो : टॉप सीक्रेट से भी अधिक गोपनीय काग़ज़ात? और तुम इस फ़ाइल को मेरी मेज़ पर छोड़कर जा रहे हो?

लेंडल : मैं रैंड का चीफ़ सिक्योरिटी अफ़सर हूँ। यह मेरी फ़ाइल है। पाओलो, मुझे तुम पर पूरा भरोसा है।

पाओलो : तुम्हें याद होगा कि मैं फ्यूज़न बम के ख़िलाफ़ था।

लेंडल : ओपनहाईमर भी नहीं चाहता था, परमाणु बम बने। लेकिन जब टेलर ने साबित करके दिखाया कि इसे बनाया जा सकता है, तो

ओपनहाईमर भी उसे निहार रहा था। वही चमक आज मैंने तुम्हारी आँखों में देखी है। ओप्पी ने कहा था—''यह एक तकनीकी चमत्कार है...''

पाओलो : तकनीकी चमत्कार तो है, मगर... *(गहरी साँस लेते हुए)*

लेंडल : *(हड़बड़ाकर)* पाओलो, हम तुम्हारी इसी इंसानियत के कायल हैं। 1985 में तुमने रेगिस्तान में रहने वाले सभी लोगों की जान बचाई थी। तुमने जो अनुमान लगाए थे, वो सभी आज सच साबित हुए हैं। तुमने भविष्यवाणी की थी—''बीस साल बाद देखना...'' मुझे तुम पर तब भी पूरा भरोसा था, और आज भी है।

पाओलो : मैंने पढ़ा कि सरकार इस मामले को अदालत में नहीं उठाने वाली...

लेंडल : बजट की तकलीफें हैं। एक साथ हज़ारों मुक़दमे दर्ज़ करने पड़ेंगे।

पाओलो : *(सोचते हुए)* इस प्रोजेक्ट में सरकार को अपना पक्ष मज़बूत करने के लिए, अपनी साख रखने के लिए मेरे शोध की ज़रूरत पड़ेगी। है न?

लेंडल : हाँ लेकिन इससे सरकार की विश्वसनीयता को तोड़ा भी तो जा सकता है।

पाओलो : और मेरे जैसे आदमी के इस मिशन से जुड़ने से जनता को यक़ीन दिलाना भी तो आसान हो जाएगा? प्रोजेक्ट की गुडविल भी बनी रहेगी, और सेना को भी इससे लादना सम्भव होगा।

लेंडल : हम सेना को रोक भी तो सकते हैं। हाँ, मैं मानता हूँ कि हम यहाँ एक बहुत बड़ा जुआ खेल रहे हैं। *(रुककर)* एक और बात जो मैं तुम्हें बताना भूल गया। इस प्रोजेक्ट के निदेशक होने के नाते तुम राष्ट्रपति के वैज्ञानिक सलाहकार पैनल का हिस्सा बन जाओगे। सीधी पहुँच। हेनरी भी पैनल में है।

पाओलो : हेनरी?

लेंडल : किसिंजर। माफ़ करना, जब किसी के साथ दिन-रात काम करो, तो अक्सर हम भूल जाते हैं कि दुनिया के लिए वे कौन हैं...

पाओलो : और वे यह भूल जाते हैं कि दुनिया क्या है।

[लेंडल हँसता है।]

पाओलो : वैसे...सीधी पहुँच का क्या मतलब है?

लेंडल : हर दूसरे मंगलवार, अमरीका के राष्ट्रपति तुम्हारे साथ नाश्ता करेंगे।

पाओलो : कॉन्टिनेंटल नाश्ता? मुझे भूख ज़्यादा लगती है।

लेंडल : जितना चाहे खा लेना। लगभग एक घंटे तक वो तुम्हारे साथ होंगे। उन्हें सैंडविच पसन्द है। लेकिन उन्हें दाँतों का ध्यान रखना पड़ता है, इसीलिए वे सिर्फ़ पावरोटी खाते हैं।

[पाओलो मुस्कुराता है।]

पाओलो : *(फ़ाइल खोलते हुए)* अभी देख सकता हूँ क्या?

लेंडल : *(चहकते हुए)* हाँ बिलकुल!

पाओलो : *(काग़ज़ात पर आँख गड़ाते हुए)* क्या यह सम्भव है? *(पेंसिल और काग़ज़ लेकर हिसाब लगाते हुए)*

लेंडल : अद्‌भुत है न?

पाओलो : हाँ, सचमुच। *(काग़ज़ पर अपना हिसाब दोबारा देखते हुए, थोड़ी देर सोचकर)* मेरा सेमिस्टर कुछ हफ़्तों में ख़त्म हो जाएगा।

लेंडल : हमने तुम्हारे कॉलेज में तुम्हारी छुट्‌टी की बात कर ली है।

पाओलो : अच्छा?

लेंडल : *(मुस्कुराते हुए)* अब तो यक़ीन कर लो कि हम तुम्हें लेकर सीरियस हैं।

पाओलो : *(हलकी मुस्कान बिखेरते हुए)* हाँ देख रहा हूँ। एक और ड्रिंक लोगे?

लेंडल : मेरी फ्लाइट है। ड्राइवर इन्तज़ार कर रहा होगा। मैं सोमवार को वापस आऊँगा। तुम्हारा फ़ैसला सुनने और अपनी फ़ाइल वापस लेने। (मुस्कुराता है) मैं जानता था कि तुम्हें यह मिशन आकर्षित करेगा पाओलो। सोमवार को डिनर साथ करते हैं। साढ़े आठ बजे?

[लेंडल हाथ मिलाने के लिए बढ़ता है। पाओलो उससे हाथ मिलाता है। लेंडल चला जाता है।]

[पाओलो दोबारा फ़ाइल टटोलता है। थोड़ी देर तक पढ़ने के बाद उसे अपने ब्रीफ़केस में रख लेता है। फिर ब्रीफ़केस को दराज़ में रख, ताला लगाकर रसोई में

प्रवेश करता है। फ्रिज से दूध और बिस्कुट निकाल पीछे मुड़कर देखता है। वहाँ अरामिंथा बैठी किताब पढ़ रही है।]

अरामिंथा : हेलो!

पाओलो : मुझे लगा तुम जेमी के साथ ऊपर बैठी हो।

अरामिंथा : हाँ वो टीवी पर अपनी पसन्द का शो देख रहा है। मैं पढ़ रही थी।

पाओलो : *(झिझकते हुए)* क्या तुम हमारी बातें सुन रही थीं?

अरामिंथा : हाँ थोड़ा बहुत।

पाओलो : ख़ैर! *(सोचकर)* ये बहुत बड़ा फ़ैसला है।

अरामिंथा : बकवास है!

पाओलो : तुम तो बड़ी अक़्लमन्द निकलीं!

अरामिंथा : बकवास को समझने के लिए अक़्ल की क्या ज़रूरत?

पाओलो : इससे तुम्हारी माँ के इलाज का खर्चा एक बार में निकल आएगा।

अरामिंथा : आपका मतलब, उन्हें उस क़ैद में रखने का खर्चा?

पाओलो : जब हमारे तमाम पैसे ख़त्म हो जाएँगे, और तुम्हारी माँ को मदद की ज़रूरत पड़ेगी, तब हम क्या करेंगे? उसे सरकारी अस्पताल भेजेंगे? उस डरावनी काल-कोठरी में?

अरामिंथा : मैंने सोचा था आपने बीमा ले रखा है।

पाओलो : बीमा की बात मत करो। बीमा वाले उन सभी बीमारियों में तुम्हारी मदद करते हैं, जो तुम्हें नहीं हुई होती हैं।

अरामिंथा : तो इस काम को आप सिर्फ़ पैसों के लिए करना चाहते हैं?

पाओलो : ऐसा नहीं है। अगर मुझे परमाणु अस्त्रों पर काम करने को कहा गया होता तो मैं ज़रूर मना कर देता। लेकिन तुमने सुना न? समझ में भी आया होगा...

अरामिंथा : मेरी समझ का मज़ाक़ मत उड़ाइए!

पाओलो : *(टालते हुए, गुस्से से)* तब तो तुम्हें समझ में आया ही होगा कि ये मिशन एक मौक़ा है लोगों की जान बचाने का। अपनी सैन्य ताक़त के ग़ुरूर में पागल लोगों के दिमाग़ में थोड़ी इंसानियत भरने का। उन्हें बताने का कि उनके उपकरणों से बच्चे अपंग जाते हैं, निर्दोष लोग कैंसर से मर जाते हैं, कितनों की आँखें अपने कोटर में ही पिघल जातीं हैं। तुम्हें नहीं लगता कि हुक्मरानों को यह सब बताना ज़रूरी है?

अरामिंथा : उन्हें सब पता है। और उन्हें फ़र्क़ नहीं पड़ता।

पाओलो : मगर मुझे और जॉन लेंडल को पड़ता है। तुम सभी सूट पहनने वालों को एक जैसा क़रार देती हो। मैं जॉन को जानता हूँ। उसे समझता हूँ। वो फेडरलिस्टों के साथ था।

अरामिंथा : मुसोलिनी भी समाजवादी था। निक्सन कितना बड़ा धार्मिक था। और रोनल्ड रीगन तो शायद चाय बेचता होगा।

पाओलो : बकवास!

अरामिंथा : आप इस ख़बर की अच्छे से जाँच कर इसे किसी अख़बार में छपवा क्यों नहीं देते?

पाओलो : मेरे पास उसके साधन नहीं हैं।

अरामिंथा : इसीलिए उन्होंने आपको चुना। आप उनके लिए संसाधन से बढ़कर कुछ नहीं हैं। लॉस अलामोस में भी तो आपने अपने शोध के ज़रिये इनका विरोध किया था। उसका क्या फ़ायदा हुआ? उन्होंने आपकी बातें ठुकरा दीं और आप निराश हो घर लौट आए। आप इन लोगों के लिए काम करते ही क्यों हैं?

पाओलो : किसी को तो इनकी सुरक्षा सीमा की जाँच करनी पड़ेगी। वे तो सैनिकों को परीक्षण स्थल पर भेजने को तैयार थे। मेरी वजह से उनकी जानें बचीं।

अरामिंथा : लेकिन आपके उसी शोध को आगे करके उन्होंने कहा—"सब ठीक है। हमें पता है सैनिकों को परीक्षण स्थल से कितनी दूरी बरक़रार रखनी चाहिए।" आप तो मानते थे कि परीक्षण स्थल से कितनी भी दूर भागो, मौत पीछा नहीं छोड़ती।

पाओलो : *(रुखाई से)* मुझे यथार्थ का सामना करना था। हम सभी भाग कर ग्वाटेमाला नहीं जा सकते। वास्तविक दुनिया में लेंडल जैसे ताक़तवर लोगों से जुड़ना पड़ता है।

अरामिंथा : मैं लेंडल जैसे लोगों से ग्वाटेमाला की अमरीकी एम्बेसी में ही धोखा खा चुकी हूँ। वहाँ की सेना ग़रीब लोगों को मार रही थी। मुझे हमारे गाँव के लिए मदद चाहिए थी...

पाओलो : मैं समझ सकता हूँ अरामिंथा। लेकिन मैं जॉन को जानता हूँ।

अरामिंथा : इसका मतलब आप ये काम करने वाले हैं। आप इनका प्रस्ताव ठुकराकर इनकी पूरी योजना किसी अख़बार में क्यों नहीं छपवा देते?

पाओलो : मैं कोई हीरो नहीं हूँ, अरामिंथा।

अरामिंथा : *(चिल्लाते हुए)* क्यों नहीं? मैं चाहती हूँ मेरा पिता एक हीरो हो!

पाओलो : माफ़ करना। मैं किसी दूसरे ग्रह से नहीं आया। मैं इसी धरती का हूँ, फ्लोरेंस के बाहर एक छोटे से गाँव का। तुम्हारी बात और है। तुम वीनस की गोद में पैदा हुई थी।

अरामिंथा : मैं आपकी बेटी भी हूँ।

पाओलो : तुम ऐसा नहीं मानतीं। तुम्हारी रुखाई मुझे उदास करती है।

अरामिंथा : मेरे पास ख़ुश होने की कोई वजह नहीं है। माँ के पास भी कोई वजह नहीं थी।

पाओलो : वो दुनिया से हताश थी।

अरामिंथा : *(धीरे-से)* उनकी दुनिया आप हो।

पाओलो : *(ग़ुस्से से)* मैं नहीं मानता!

[पाओलो मंच की बाईं तरफ़ मुड़ता है, पियानो का संगीत गूँजने लगता है। लूसी पियानो के सामने बैठी है।]

अरामिंथा : मुझे ताज़ी हवा की सख़्त ज़रूरत है *(बाहर चली जाती है)*

[पाओलो चलता हुआ लूसी के पास पहुँचता है।]

लूसी : *(परेशान होते हुए)* क्या कहा उन्होंने?

पाओलो : *(सोचकर)* उन्होंने कहा दवाइयों से मदद मिल सकती है।

लूसी : क्या मतलब है तुम्हारा?

पाओलो : उसके नर्वस सिस्टम को चोट पहुँची है। इसी वजह से उसे चलने में तक़लीफ़ हो रही है।

लूसी : *(सिसकते हुए)* सीधे-सीधे बात क्यों नहीं कहते? तुम्हारा मतलब है उसका दिमाग़...*(हकलाते हुए)* हे भगवान! उसे ठीक...कैसे किया जा सकता है?

पाओलो : *(धीरे-से)* कुछ कर नहीं सकते। *(होंठ काटते हुए)* जेमी अच्छा लड़का है। उसे सीखने में दिक़्क़तें आएँगी। लेकिन वो ठीक रहेगा।

लूसी : ये नेवाडा में हुआ था न? जब आप वहाँ परमाणु परीक्षण कर रहे थे।

पाओलो : *(हड़बड़ाकर)* नहीं, बिलकुल नहीं। इस तरह की बीमारियाँ तो हज़ारों सालों से मौजूद रही हैं। कुछ बच्चों के साथ ऐसा होता है।

लूसी : ये परीक्षण से ही हुआ है। मैंने महसूस किया था जब वो मेरी कोख में था।

पाओलो : *(परेशान होते हुए)* ऐसा नहीं हो सकता...

लूसी : *(बात काटकर)* मैंने महसूस किया था—ज़हर—कैसे मेरी खाल से गुज़रता हुआ मेरे गर्भ से गुज़रता हुआ मेरे बच्चे की नसों में प्रवेश कर गया था। मैंने महसूस किया था! तुम वहाँ जाना चाहते थे। तुमने कहा था कि हम सुरक्षित रहेंगे। तुम तो विशेषज्ञ थे न। कहा था, "मैं जानता हूँ परीक्षण स्थल से कितनी दूरी बरक़रार रखनी होती है।" मैंने महसूस किया था उस ज़हर को। तुम और तुम्हारे साथी—सबने रात-रात-भर जागकर शराब पी थी, पार्टी की थी। और मैं तुम्हारे बच्चे को अपने गर्भ में पाल रही थी। तुम और तुम्हारे साथी। सब झूठे हो!

पाओलो : हे भगवान, लूसी, ऐसा मत...सब ठीक हो जाएगा। हम कोई रास्ता ढूँढ़ निकालेंगे।

लूसी : झूठे हो तुम सभी!

[मंच की बाईं ओर रौशनी कम पड़ जाती है। पाओलो मंच के बीच चला आता है, और जेमी अपने कमरे से नीचे आता है।]

पाओलो : तुम टीवी देख रहे थे न?

जेमी : मैं आपसे कुछ पूछना चाहता था।

पाओलो : हाँ बताओ?

जेमी : क्या आज रात को आप मेरे साथ सोएँगे?

पाओलो : जेमी, अब तुम बच्चे नहीं रहे। बचपन की बात और थी। अब तुम बड़े हो गए हो।

जेमी : नहीं। मैं बड़ा नहीं हुआ हुआ हूँ। सचमुच।

पाओलो : ऐसा क्यों कहते हो?

जेमी : क्योंकि मुझे कुछ भी याद नहीं रहता। आप ही ने तो कहा था कि मुझे कुछ याद नहीं रहता।

पाओलो : मैं ग़लत था। तुम बड़े हो गए हो।

जेमी : क्या इसीलिए आप मेरे साथ नहीं सोएँगे?

पाओलो : हाँ जेमी, यही वजह है।

जेमी : *(गिड़गिड़ाते हुए)* लेकिन मुझे आपके साथ सोना पसन्द है।

पाओलो : हम हमेशा अपनी पसन्द का काम नहीं कर सकते।

जेमी : आप तो करते हो।

पाओलो : ऐसा क्या?

जेमी : हाँ।

पाओलो : देखो तुम्हें नींद आने तक मैं तुम्हारी बगल में लेटता था। मगर इस बात को कई साल बीत गए हैं।

जेमी : अस्पताल जाने से पहले माँ भी मेरी बगल में लेटती थी। आजकल मुझे अकेले सोना पड़ता है। हाँ, कभी-कभी चार्ल्स मेरे साथ सोता है।

पाओलो : *(सोचते हुए)* चार्ल्स... ?

जेमी : मेरा कंगारू।

पाओलो : ओह, मैं चार्ल्स और रॉबर्ट में गड़बड़ा जाता हूँ।

जेमी : रॉबर्ट मेरा बन्दर है। आपको बन्दर और कंगारू में फ़र्क़ नहीं पता?

पाओलो : पता है। मगर इस रॉबर्ट और चार्ल्स के बीच फ़र्क़ नहीं कर पाता।

जेमी : चार्ल्स मेरा कंगारू है।

पाओलो : आगे याद रखने की कोशिश करूँगा। देखो जेमी, हम सभी की याद्दाश्त कमज़ोर है। तुम अकेले नहीं हो।

जेमी : इसका मतलब अगर मुझे बातें याद न रहें, तब भी मैं बड़ा हो गया हूँ?

पाओलो : हाँ जेमी, बिलकुल।

जेमी : ठीक है। अच्छा लगा जानकर कि मैं बड़ा हो गया हूँ, फिर भी मैं चाहता हूँ कि आप मेरे साथ लेटें। सिर्फ़ मुझे नींद आने तक।

पाओलो : *(हार मानकर)* हाँ जेमी, ठीक है।

[अरामिंथा लौट आई है और दोनों की बातें सुन रही है।]

जेमी : और कल रात?

पाओलो : कल की कल देखेंगे जेमी।

जेमी : वाह! इसी बहाने मुझे कल भी आपसे बात करने को मिलेगा! *(ऊपर चला जाता है।)*

पाओलो : *(थकान ज़ाहिर करते हुए)* मैं कोशिश कर रहा हूँ न अरामिंथा। जेमी का ख़्याल रखना है। तुम्हारी माँ का ख़्याल रखना है।

अरामिंथा : आपका मतलब उन्हें ख़ुद से दूर करने से है? माँ तो चली गई। शायद जेमी भी चला जाए।

पाओलो : पागलों की तरह बात मत करो।

अरामिंथा : यह कैसी दुनिया है पापा? आप समझदार हैं, और मैं पागल हूँ। लेंडल, वो चापलूस! वो ठीक है और माँ पागल है। देश का राष्ट्रपति, जो हम सभी की जान लेने को तैयार है, वो चालाक है, और जेमी, जो किसी चींटी का भी कुछ नहीं बिगाड़ता *(फुसफुसाकर)* कमज़ोर दिमाग़ का है। आप और आपके साथी, तथ्य और आँकड़ों का नंगा नाच करते हैं। शर्म कीजिए!

पाओलो : *(सख़्ती से)* अरामिंथा!

[अरामिंथा हताशा के साथ बैठ गई है। पाओलो उसकी तरफ़ बढ़ता है। मगर वह अपना मुँह फेर लेती है।]

पाओलो : *(थकान ज़ाहिर करते हुए)* कल सुबह मेरा लेक्चर है।

[जेमी नीचे आता है। इस बार भी उसने अलग चश्मा पहन रखा है।]

पाओलो : गुड नाइट, जेमी। *(याद करते हुए)* जब सोने जाओगे तो मुझे बुला लेना।

अरामिंथा : दूध पियोगे, जेमी? तुम्हारी पसन्द की बिस्कुट ख़त्म हो गई? शायद पापा ने खा लिया। *(पाओलो ऊपर चला जाता है)* कोई बात नहीं। दूसरा बिस्कुट खा लेंगे। *(जेमी हामी भरता है। वे चुपचाप बैठ कर खाते हैं, रह-रहकर बिस्कुट के पैकेट को लेकर भाई-बहन में ठिठोली चलती है। जेमी बहुत ख़ुश है। अचानक फ़ोन की घंटी बजती है। अरामिंथा रिसीवर उठाकर सुनती है।)*

अरामिंथा : हाँ! हाँ बिलकुल! हम आ जाएँगे।

पाओलो : *(ऊपर से)* किसका फ़ोन था?

अरामिंथा : एक मिनट होल्ड कीजिए। *(पाओलो से)* मेडोब्रुक। उन्होंने मिलने की अनुमति दे दी है। हम माँ को शनिवार के दिन घर ला सकते हैं।

[लूसी पर हल्की रौशनी पड़ती है। वो पियानो के सामने स्थिर बैठी है।]

पाओलो : वाह, वाह! क्या बात है!

जेमी : अरामिंथा, मज़ाक़ मत करो! माँ सचमुच आ रही है?

अरामिंथा : सिर्फ़ दो दिनों के लिए। *(वो मेज़ के सामने बैठ जेमी की तरफ़ ताकती है)* जेमी, चलो अब मुझे अपने सारे चश्मे दिखाओ। और अपनी तमाम बोतलें और चाबियाँ भी।

जेमी : *(जेब से नया चश्मा निकालकर)* ये देखो, ये चश्मा कैसा है? मेरे पास सौ से भी ज़्यादा चश्मे हैं।

[अरामिंथा चश्मा पहन लेती है और चुपचाप बैठी जेमी की तरफ़ ताकती रहती है। जेमी ने भी चश्मा पहन रखा है और मुस्कुराता हुआ अरामिंथा को देखता रहता है। रौशनी धीमी पड़ जाती है।]

दृश्य दो

[शनिवार का दिन। सुबह का समय। अरामिंथा और जेमी फर्श पर बैठे जेमी के खिलौनों के साथ खेल रहे हैं।]

अरामिंथा : आज डिनर में क्या बनाएँ? माँ को सबसे ज़्यादा क्या पसन्द है?

जेमी : चॉकलेट केक और आइसक्रीम।

अरामिंथा : वो तुम्हें पसन्द है। चलो रेसिपी बुक देखते हैं। *(किताबों की शेल्फ से किताब निकालकर देखते हुए)* ये चिकन की रेसिपी अच्छी लग रही है। दिखने में काफ़ी स्वादिष्ट लगता है। *(पढ़ते हुए)* ''ओवन को प्री हीट करें। फिर उँगलियों और हाथों से चिकन की चमड़ी को शरीर से अलग करें...'' ये किया जा सकता है *(दोनों शक्ल बिगाड़ते हुए)* ''फिर गर्दन में उँगलियाँ डालकर अँतड़ियों को निकालकर, चिकन

की मांसपेशियों को ढीला करें..." *(थोड़ी देर रुककर)* चलो कुछ और बनाते हैं।

जेमी : होटल में खाते हैं। माँ को लसानिया पसन्द है।

अरामिंथा : लसानिया तुम्हें पसन्द है। वैसे ख़्याल बुरा नहीं है। लेकिन हम पैक करवाकर ले आएँगे। फिर हम अपनी पसन्द का डेज़र्ट भी खा सकेंगे।

जेमी : चॉकलेट केक और आइसक्रीम।

[फ़ोन की घंटी बजती है। पाओलो मंच पर प्रवेश कर रिसीवर उठाता है।]

पाओलो : हेलो। जॉन...तुम सोमवार को आ रहे हो न...क्या? आज? नहीं, आज तो हम मेडोब्रुक जा रहे हैं...दोपहर को। मेरी पत्नी को घर लाने की अनुमति मिली है। *(सुनता है)* मेरी दराज़ में है...अरे! यह कैसे हो सकता है। नामुमकिन! *(आवाज़ में सख़्ती आ जाती है)* यक़ीन नहीं होता...नहीं, बिलकुल नहीं। रुको, मैं देखकर बताता हूँ। *(दराज़ खोलकर देखते हुए)* सारे काग़ज़ात यहीं हैं जॉन, मेरे ब्रीफ़केस में। जानता हूँ। ये इत्तेफ़ाक़ भी तो हो सकता है। मुझे भी यक़ीन नहीं होता। हाँ जल्दी आ जाओ। हम चार बजे अस्पताल के लिए निकलेंगे। *(फ़ोन रख, गहरी सोच में डूब जाता है। परेशान, अपने बच्चों की तरफ़ मुड़ता है। पूछताछ के अन्दाज़ में)* कल मेरे घर से जाने के बाद क्या कोई बाहर का आदमी आया था?

[दोनों बच्चे मासूमियत से चुपचाप सर हिलाते हैं।]

पाओलो : *(नज़रें गड़ाकर)* जेमी, सच-सच बताओ, क्या तुमने मेरी दराज़ खोली?

[जेमी चुप है।]

पाओलो : *(धमकाते हुए)* जेमी!

[जेमी खिलखिलाकर हँसता है।]

पाओलो : क्या तुमने मेरी दराज़ खोली?

अरामिंथा : इसमें जेमी की कोई ग़लती नहीं है...

जेमी : हम दोनों की ग़लती है। मेरे पास हर चीज़ की चाबी है। *(हँसते हुए)*

पाओलो : *(ग़ुस्से से)* ये मज़ाक़ नहीं है! *(जेमी का हाथ ज़ोर से दबोच कर)* मज़ाक़ नहीं है ये!

जेमी : *(कराहते हुए)* दर्द हो रहा है!

अरामिंथा : *(चिल्लाकर)* जाने दीजिए उसे!

पाओलो : *(भड़कते हुए)* जेमी, मैंने कहा था न कि अपनी चाबियों से मेरी दराज़ को खोलने की कोशिश कभी मत करना?

जेमी : मैं भूल गया।

पाओलो : तुमसे कितनी बार कहा था...

अरामिंथा : बस कीजिए! मैंने कहा था उसे दराज़ खोलने को।

पाओलो : *(अरामिंथा की तरफ़ मुड़कर आगबबूला होते हुए)* क्यों? मैंने क्या बिगाड़ा है तुम्हारा? तुम पागल हो क्या? तुमने मेरा ब्रीफ़केस भी खोला? क्या जेमी के पास उसकी भी चाबी है?

अरामिंथा : नहीं, ब्रीफ़केस पड़ोस की हार्डवेयर की दुकान में लेकर गई थी। वहाँ जाकर बोला कि पापा ने चाबी खो दी है। उन्होंने ब्रीफ़केस खोलकर दिया...वो आपसे पैसे लेने आएँगे।

पाओलो : पैसे लेने आएँगे? *(ग़ुस्से पर काबू करने की कोशिश करते हुए)* जेमी, जाओ ऊपर जाकर टीवी देखो।

जेमी : *(काँपते हुए)* नहीं जाऊँगा। आपने मुझे चिकोटी काटी। पहले सॉरी बोलिए।

पाओलो : सॉरी जेमी। जाओ अब ऊपर।

जेमी : मुझे नहीं जाना।

अरामिंथा : *(जेमी के कन्धे पर हाथ रखते हुए)* मन नहीं है तो मत जाओ।

जेमी : मैं जा रहा हूँ। *(चला जाता है)*

पाओलो : *(अरामिंथा की तरफ़ मुड़ते हुए)* सच-सच बताओ तुमने उन काग़ज़ात के साथ क्या किया?

अरामिंथा : मैंने उनकी फोटोकॉपी ली। लाइब्रेरी में एक कॉपी मशीन है।

पाओलो : *(चिल्लाते हुए)* तुमने उनकी फोटोकॉपी ली! एक टॉप सीक्रेट डॉक्यूमेंट की! तुम्हारा दिमाग़ ख़राब है? हे भगवान! कितनी कॉपियाँ बनाईं तुमने?

अरामिंथा : सिर्फ़ एक। चिल्लर ख़त्म हो गया था।

पाओलो : चिल्लर ख़त्म हो गया था!

अरामिंथा : आप मेरी हर बात दुहरा क्यों रहे हैं?

पाओलो : मैं दुहरा रहा हूँ...*(गहरी साँस लेते हुए)* तुमने उस कॉपी का क्या किया?

अरामिंथा : टाइम्स के सम्पादक को देना चाहती थी। उसने मिलने से मना कर दिया तो उसके सेक्रेटरी को दे आई। मैंने उसके हाथ में काग़ज़ात दिए और आँख मारकर कहा "असली है"। शायद अब तक सम्पादक तक पहुँच चुका होगा।

पाओलो : हाँ उसे मिल गए वो काग़ज़ात। अरामिंथा, तुम्हें अन्दाज़ा भी है कि तुमने क्या किया है?

अरामिंथा : मैंने आपको उन गधों के लिए काम करने से रोका है।

पाओलो : वो तो तुमने किया ही है। तुमने क़ानून भी तोड़ा है।

अरामिंथा : हाँ बड़ा ख़तरनाक़ काम किया है।

पाओलो : तुम जानती हो इसके लिए तुम्हें जेल जाना पड़ सकता है।

अरामिंथा : फोटोकॉपी करने के लिए?

पाओलो : गोपनीय काग़ज़ात को सार्वजनिक करने के लिए।

अरामिंथा : वे मुझे जेल में नहीं डालेंगे। मैं अभी बच्ची हूँ।

पाओलो : तुमने जॉर्ज स्टिने के बारे में नहीं पढ़ा? चौदह साल की उम्र में उसे मृत्युदंड दिया गया था।

अरामिंथा : वे मेरे साथ ऐसा नहीं करेंगे। मैं मृत्युदंड के ख़िलाफ़ हूँ।

पाओलो : तुम्हें मस्ती चढ़ी है? सब मज़ाक़ लगता है? तुम्हें अन्दाज़ा नहीं है, ये वाइट हाउस के लोग अपने काम की गोपनीयता को लेकर किस हद तक गिर सकते हैं। वे बेहद ख़तरनाक़ लोग हैं।

अरामिंथा : और आप उनके लिए काम करना चाहते हैं?

पाओलो : क्यों कर रही हो मेरे साथ ऐसा?

अरामिंथा : *(उदास होते हुए)* क्योंकि मैं नहीं चाहती कि माँ हमें छोड़कर चली जाए।

पाओलो : तो क्या मैं ऐसा चाहता हूँ? *(परेशान होते हुए)* मगर सिर्फ़ संवेदना से दुनिया नहीं चलती। हमें सिर्फ़ बचे रहने के लिए अपनी पूरी ताक़त, अपना सारा दिमाग़ लगाना पड़ता है। दुनिया में कोई किसी से हमदर्दी नहीं रखता। हमारी ज़िम्मेदारी बनती है कि हम इस दौड़ में उनसे आगे निकल जाएँ। सिर्फ़ बचे रहने के लिए।

अरामिंथा : लेकिन आप सिर्फ़ बचे रहने के लिए तो नहीं बने हो? आपको तो एक और नोबेल पुरस्कार जीतना था न? मैंने लेंडल को सुना। चला है सामूहिक विनाश के नए शस्त्र बनाने! ऐसे लोगों को जेल जाना चाहिए। सबको पता चलना चाहिए वे क्या कर रहे हैं। इसीलिए मैंने आपके काग़ज़ चुराए।

पाओलो : *(नर्म होते हुए)* तुम्हें सारे तथ्य नहीं मालूम अरामिंथा।

अरामिंथा : मुझे थोड़ी-बहुत जानकारी है। मैं अपने दिमाग़ पर तथ्यों का बोझ नहीं डालती। इससे खुलकर सोचने में दिक़्क़त होती है।

पाओलो : तुमने सावोनारोला के बारे में पढ़ा है?

अरामिंथा : क्या आप मेरा इम्तेहान ले रहे हैं?

पाओलो : सावोनारोला फ्लोरेंस में रहता था।

अरामिंथा : आप जानते थे उसे...

पाओलो : पन्द्रहवीं सदी में।

अरामिंथा : आह! कुछ ही सालों का अन्तर रह गया।

पाओलो : संन्यासी था। हमेशा अपने मन की करता था। मगर कमज़ोर था, उसकी अपनी कोई ताक़त, कोई पहुँच नहीं थी। लोगों ने मिलकर उसे ज़िन्दा जला दिया। तुमने मैकियाविली के बारे में सुना है?

अरामिंथा : हाँ, कॉलेज में पढ़ा था।

पाओलो : मैकियाविली ने कहा था—''निहत्थे पैग़म्बर और मुर्दे में कोई फ़र्क़ नहीं।'' हमें हमेशा ताक़तवर बनने की कोशिश करनी चाहिए।

अरामिंथा : मैंने फ़िलॉसोफ़ी की क्लास में मैकियाविली को पढ़ा था। उन्हीं दिनों में मैंने थॉमस मूर को भी पढ़ा था। आपने पढ़ा है थॉमस मूर को?

पाओलो : *(मुस्कुराते हुए)* बदला ले रही हो। हाँ, मूर की यूटोपिया पढ़ी है मैंने। *(रुककर)* बहुत पहले।

अरामिंथा : आप कभी नहीं मानते कि आपने किसी किताब को नहीं पढ़ा है। हमेशा 'बहुत पहले पढ़ा था' बोलकर बात को टाल देते हैं।

पाओलो : मैं तुम्हारी तरह कल पैदा नहीं हुआ। ज़ाहिर है तुमने हर किताब को हाल-फिलहाल में ही पढ़ा है। *(हड़बड़ाकर)* वैसे थॉमस मूर के बारे में क्या कहना चाहती थी?

अरामिंथा : उसने कहा था—''जब आप राजा की सभा का हिस्सा बन जाते हैं, आप ख़ुद-ब-ख़ुद राजा से असहमत होने का अधिकार खो बैठते हैं। और यह आपको कमज़ोर बनाने का सबसे बड़ा षड्यंत्र है।''

पाओलो : मुझे याद नहीं।

अरामिंथा : यही कहा था उसने। आप मुझ पर भरोसा कर सकते हो। मुझे फ़िलोसोफ़ी में पूरे नम्बर मिले थे।

पाओलो : तुम्हें पूरे नम्बर मिले होंगे, मगर थॉमस मूर तो फ़ेल हो गया था। उसका सर कलम कर दिया गया था।

अरामिंथा : उन दिनों परीक्षा में पास करना मुश्किल होता था। मैकियाविली भी तो ज़हर खाकर मरा था।

पाओलो : ज़हर खाकर ? ऐसा मैंने तो नहीं पढ़ा। कैसे मरा था वो ?

अरामिंथा : हुक्मरानों के ज़हरीले तलवे चाटकर।

पाओलो : बुद्धिजीवियों के प्रति इतनी श्रद्धा कहाँ से आई तुम में बेटी ?

अरामिंथा : उनके बीच रहकर। बुद्धिजीवियों का सिर्फ़ इस्तेमाल किया जाता है। मैकियाविली का इस्तेमाल किया गया। सभी का यही हश्र होता है। पहले वे ओपनहाइमर से परमाणु बम बनवाते हैं, फिर आप जैसों को रेगिस्तान में ले जाकर उनका परीक्षण करवाते हैं।

पाओलो : *(भड़कते हुए)* तुम्हें याद भी है मैं उन परीक्षणों में क्या काम करता था ?

अरामिंथा : क्या फ़र्क़ पड़ता है।

पाओलो : तुम्हारी याद्दाश्त कमज़ोर है। मैं वहाँ लोगों की जान बचाने गया था।

अरामिंथा : नहीं, आप वहाँ थे ताकि बेगुनाह लोगों से कहा जा सके—''पाओलो माटेओटी कहता है कि सब ठीक है। हम सुरक्षित हैं।'' ताकि आप लोगों का इस्तेमाल करके और भी ख़तरनाक़, और भी ताक़तवर हथियार बनाए जा सकें।

पाओलो : तो तुम क्या चाहती हो ? मैं रेडिएशन के ख़तरों की जाँच ही न करूँ ? इससे बड़ी बेवकूफ़ी क्या होगी ? इससे किसका भला होगा ?

अरामिंथा : इससे और भी वैज्ञानिकों को प्रोत्साहन मिलेगा कि वे ख़ुद को ऐसी चीज़ों से अलग कर सकें। वे चीज़ें जो रेडिएशन पैदा करती हैं।

पाओलो : तुम सपने में जी रही हो अरामिंथा।

अरामिंथा : आपके हीरो आइंस्टीन ने कहा था—''शासक जंग लड़ना तभी छोड़ेंगे, जब हम उनका हर तरह से सहयोग करना बन्द कर देंगे।'' ऐसा ही कुछ कहा था उसने।

पाओलो : मुझे याद नहीं।

अरामिंथा : आपकी याद्दाश्त कमज़ोर है।

पाओलो : मेरी बात समझने की कोशिश करो अरामिंथा। यह एक मौक़ा है—उन लोगों तक पहुँचने का—जो इन फ़ैसलों को बन्द कमरों में करते हैं। तुम, और तुम्हारे तमाम साथी, और मेरे तमाम साथी, जो रातों को चिल्लाते हैं, उनकी आवाज़ कहीं नहीं पहुँचती। तुम्हारी माँ कितना चिल्लाई। इसी दुनिया के लिए रोई, लेकिन किसी ने उसकी बात को नहीं समझा। नतीजा क्या हुआ? वो पागल हो गई।

अरामिंथा : *(चिल्लाते हुए)* वो पागल नहीं है।

पाओलो : *(आवाज़ ऊँची कर जवाब देते हुए)* तथ्यों का सामना करो। *(वैज्ञानिक अन्दाज़ में)* अभी वो पागल है...अभी इस वक़्त...

अरामिंथा : ख़बरदार जो आपने एक लफ़्ज़ भी और कहा...

पाओलो : *(अरामिंथा के शान्त होने का इन्तज़ार करते हुए)* ठीक है, ठीक है...देखो अरामिंथा, हम उन ताक़तवरों से ख़ुद को अलग नहीं कर सकते। हमारी ताक़त उतनी नहीं है।

अरामिंथा : हम करोड़ों की तादाद में हैं। वो गिने-चुने हैं।

पाओलो : यह संख्या की नहीं, ताक़त की लड़ाई है अरामिंथा। दुनिया की सारी अच्छाई मिलकर भी ताक़तवर को नहीं हरा सकती। मैंने ज़िन्दगी-भर कोशिशें कीं। नतीजा क्या हुआ?

अरामिंथा : आपने कभी आवाज़ नहीं उठाई।

पाओलो : अकेला चना क्या करेगा?

अरामिंथा : आपने ही तो मुझे बचपन में सिखाया था कि अकेला इनसान लहरों के ख़िलाफ़ लड़ते हुए बहुत आगे निकल सकता है, कि छोटी चीज़ों ने दुनिया के सबसे बेहतरीन चमत्कार किए हैं, कि एक-एक आदमी की मेहनत से ही सबसे सुन्दर विचारों का जन्म और विकास हुआ है।

पाओलो : तुम मेरी बातों को जोड़-तोड़ कर बोल रही हो।

अरामिंथा : जोड़-तोड़! आपको शर्म आनी चाहिए!

पाओलो : यह भाव था, विश्लेषण नहीं।

अरामिंथा : क्या हर बात का विश्लेषण ज़रूरी है?

पाओलो : हाँ, बिलकुल...हाँ...

[पाओलो सोच में डूब जाता है। पियानो का संगीत गूँज उठता है और मंच की बाईं तरफ़ रौशनी पड़ती है।]

लूसी : मज़ा आ गया फ़िल्म देखकर!

पाओलो : तुम्हें इतनी पसन्द आई?

लूसी : क्यों? तुम्हें पसन्द नहीं आई?

पाओलो : ऐसी कमज़ोर, भावुक फ़िल्में मुझे अच्छी नहीं लगतीं।

लूसी : मैं भी तो एक कमज़ोर, भावुक इनसान हूँ।

पाओलो : इस फ़िल्म को यथार्थ के और नज़दीक होना चाहिए था।

लूसी : यथार्थ कितना घिनौना है।

पाओलो : मगर यही ज़िन्दगी का असली रूप है।

लूसी : ऐसा नहीं है। हमारे पास हमारी अपनी काल्पनिक सुन्दर दुनिया है। सपने दिखाना, मामूली चीज़ों से बड़े-बड़े रहस्यमय विचारों को जन्म देना, अनजान रास्तों पर चले जाना—यही तो कला का प्रयोजन है।

पाओलो : *(हँसते हुए)* अब यह मत कहना कि तुम्हें यह फ़िल्म कलात्मक लगी!

लूसी : हाँ। बच्चों को भी पसन्द आई।

पाओलो : चलो अच्छा है। मुझे ख़ुशी हुई जानकर।

लूसी : तुम ख़ुश लग तो नहीं रहे।

पाओलो : देखो इस फ़िल्म में एक लॉजिकल ग़लती है। याद है शुरू में जब...

लूसी : बस करो पाओलो! तुम फ़िल्म का मज़ा ख़राब कर रहे हो। मैं नहीं चाहती कि हमारे बच्चे यह सब सुनें।

पाओलो : हमारे बच्चों की न्यायशक्ति, तर्कशक्ति विकसित होनी चाहिए। इससे वे क्रिटिकली सोच पाएँगे। सच कहूँ तो यह एक बेहद घटिया फ़िल्म थी। इसमें जो सब हुआ वो असम्भव है।

लूसी : *(चिल्लाते हुए)* नहीं! नहीं! असम्भव कुछ भी नहीं!

पाओलो : मगर...

लूसी : बस करो पाओलो, मत बोलो, चुप हो जाओ! *(लगभग रो पड़ती है)*

पाओलो : हे भगवान! लूसी, तुम ठीक हो, क्या हुआ, क्या हुआ?

[मंच पर रौशनी होती है। लूसी अँधेरे में खो जाती है। पाओलो चलता हुआ मंच के बीच में आता है।]

अरामिंथा : आपने और माँ ने हमेशा मुझे यही सीख दी है, कि ख़ुद की सोच पर भरोसा करो।

पाओलो : ज़ाहिर है, तुमने अपनी सोच का इस्तेमाल नहीं किया। चली गई काग़ज़ात लेकर प्रेस के पास। तुम्हारी वजह से कुछ अच्छा करने का यह मौक़ा मेरे हाथ से निकल गया।

अरामिंथा : क्या फ़र्क़ पड़ता है?

पाओलो : तुम्हें शिकायत थी न कि वाशिंगटन अँधेरे में चलते हुए फ़ैसले लेता है—जंग और अमन के फ़ैसले। मैं उनके रास्तों में थोड़ी रौशनी कर सकता था।

अरामिंथा : भूल-भुलैया में रौशनी करने का क्या फ़ायदा? आप ख़ुद रास्ता भटक जाते।

पाओलो : मैं इतनी आसानी से नहीं भटकता। तुम्हें इन व्यावहारिक बातों की समझ बिलकुल नहीं है। मैं तुमसे उम्मीद भी नहीं करता हूँ। मगर मेरी सोचो। इन दिनों मेरी पूरी तनख़्वाह तुम्हारी माँ की देखभाल में चली जाती है।

अरामिंथा : आप घूम-फिरकर पैसे पर क्यों टिक जाते हैं?

पाओलो : *(भड़कते हुए)* पैसा ज़रूरी है! पैसे थे इसीलिए तुम्हें पढ़ा सका, तुम्हें साइकिल दिला सका, तुम्हारे कपड़े ख़रीद सका, ये जो दूध और बिस्कुट तुम लोग खाते हो, इन्हें ख़रीद सका। और तुमने अपनी चोरी में अपने भाई जेमी तक को शामिल कर लिया?

अरामिंथा : उसका मन था।

पाओलो : उसे पता भी था कि वो क्या कर रहा है?

अरामिंथा : वो आपसे ज़्यादा अक्लमन्द है। आप उसे क्यों ख़ुद से इतना अलग समझते हैं। सिर्फ़ इसलिए न कि वो बड़ा होकर आप जैसा वैज्ञानिक नहीं बन पाएगा?

पाओलो : बस करो।

अरामिंथा : मैं सच कह रही हूँ। है न?

पाओलो : जेमी के सिलसिले में कुछ तथ्यों को समझना ज़रूरी है।

अरामिंथा : आँखें खोलकर देखिए! जेमी जीता-जागता इनसान है। क्या उसे तथ्यों में तौलना इतना ज़रूरी है?

पाओलो : तुम्हें अपने अपराध में जेमी को शामिल नहीं करना चाहिए था। वो ऐसे बातों में अच्छा-बुरा नहीं समझ सकता। सच-सच बताओ ऐसा क्यों किया अरामिंथा?

अरामिंथा : मैं नहीं चाहती थी कि माँ घर लौटकर आपको दोबारा इस तरह के काम करते हुए देखे।

पाओलो : लेकिन तुम्हें विदेशी जासूस कहकर अगर पुलिस ले जाती है और मैं बेवक़ूफ़ की तरह खड़ा रह जाता हूँ, तो यह देखकर तुम्हारी माँ बेहद ख़ुश होगी। है न?

अरामिंथा : आपको बेवक़ूफ़ की तरह खड़ा देखकर शायद माँ की तबियत दुरुस्त हो जाए!

पाओलो : इतना आसान नहीं है।

अरामिंथा : आप ही ने कहा था कि इनसान के दिमाग़ का सन्तुलन बिगड़ने के लिए ज़रा-सी ठोकर काफ़ी है।

पाओलो : हाँ, मगर इसी सन्तुलन को वापस लाने के लिए इससे कहीं ज़्यादा मेहनत लगती है।

अरामिंथा : सन्तुलन तो उन लोगों का बिगड़ा हुआ है, जिनके साथ आप काम करने चले थे। वरना कौन इतने ख़तरनाक़ बम बनाएगा? इनसे तबाह करने को दुनिया कम पड़ जाएगी।

पाओलो : वो पागल नहीं हैं, बस रास्ता भटक गए हैं।

अरामिंथा : उनके मिसाइल भी कहीं रास्ता भटककर हमारे घरों में न घुस आए।

पाओलो : हर आदमी इतना बुरा नहीं है। हमारा राष्ट्रपति भी एक इनसान है।

अरामिंथा : इनसान रहा होगा, लेकिन राष्ट्रपति बनते ही शायद उसका ख़ुद के साथ यह सम्पर्क टूट गया। मैंने उसे टीवी पर देखा है, मुस्कुराकर भाषण देते हुए। मैं यही सोचती हूँ, कि मेरे जीने-मरने से इसे क्या फ़र्क़ पड़ेगा?

पाओलो : तुम्हें लगता है कि सभी सरकारें बुरी हैं।

अरामिंथा : मैंने जानती हूँ कि सभी सरकारें बुरी हैं।

पाओलो : मैं उसी सरकार में ऐसे लोगों को जानता हूँ जो अच्छे हैं।

अरामिंथा : उन अच्छे लोगों के साथ क्या होता है? उन्हें निकाल दिया जाता है। आपको आपका मित्र जॉर्ज क्रिस्टी याद है?

पाओलो : राष्ट्रपति की सलाहकार परिषद छोड़कर उसे क्या मिला?

अरामिंथा : माँ तो बताती थी कि उनकी बातों से कई लोग प्रेरित और प्रोत्साहित हो रहे हैं।

पाओलो : कितने लोग? पचास? सौ? हज़ार?

अरामिंथा : आप ही ने तो कहा था...

पाओलो : *(हताश होकर)* भूल जाओ मैंने क्या कहा था।

अरामिंथा : आपने कहा था—''छोटी संख्याओं में ग़ज़ब की ताक़त होती है।'' आपने मुझे जियोमेट्रिक प्रोग्रेशन का सिद्धान्त समझाया था; कि कैसे दो का सोलह हो जाता है, और फिर अचानक यह संख्या बढ़ती हुई करोड़ों तक पहुँच जाती है। परमाणु ऊर्जा भी इसी सिद्धान्त पर काम करती है। आपने कहा था कि इसी सिद्धान्त में जीवन का रहस्य छिपा है।

पाओलो : *(सराहना करते हुए)* मुझे ख़ुशी है कि तुम्हें मेरी बातें याद हैं।

अरामिंथा : लेकिन आपने फ़ैसला कर लिया है...

पाओलो : शायद मैं कुछ भला कर पाऊँ। कुछ ज़रूरी सवाल उठा सकूँ।

अरामिंथा : उन्हें आपके ज़रूरी सवालों से कोई फ़र्क़ नहीं पड़ेगा। वे बड़े ख़तरनाक़ जानवर हैं। आपके बाक़ी साथियों की तरह वे आपको भी निगल जाएँगे।

पाओलो : कोशिश करने में क्या हर्ज़ है?

अरामिंथा : इसका मतलब है कि आप ये नौकरी करने वाले हैं। आप लेंडल से कन्धे झटककर कहेंगे कि मेरी बेटी थोड़ी पागल है। यह सब उसी का किया-धरा है। फिर आप उनके साथ वाशिंगटन में पार्टी करेंगे।

[दरवाज़े की घंटी बजती है।]

अरामिंथा : ये लेंडल होगा।

[पाओलो दरवाज़े की तरफ़ बढ़ता है। अरामिंथा मुँह फेर लेती है।]

अरामिंथा : कह दीजिए उसे कि उसने आपकी बाईस साल की बेटी को हरा दिया। *(आँसू पोंछते हुए)* उसे घर से जल्दी निकालिए। हमें माँ को लेने चार बजे जाना है।

[पाओलो अरामिंथा को सँभालने की कोशिश करता हुआ उसके कन्धे की ओर हाथ बढ़ाता है। वो पीछे हट जाती है।]

अरामिंथा : *(आवाज़ लगाते हुए)* जेमी! चलो बाहर टहलकर आते हैं!

[जेमी दौड़कर सीढ़ियों से नीचे आता है।]

अरामिंथा : *(जाते हुए)* हम वक़्त रहते लौट आएँगे।

लेंडल : *(प्रवेश करता है)* हेलो पाओलो *(हाथ मिलाते हुए)* तो यह सब तुम्हारे बच्चों का किया-धरा है?

पाओलो : हाँ। बैठो...

[लेंडल अपना कोट उतारता है, उसे ध्यान से मोड़कर कुर्सी पर रखता है और फिर ख़ुद भी बैठ जाता है।]

पाओलो : मैं चाहता था कि वह ख़ुद तुम्हें पूरी बातें समझाए। मगर...

लेंडल : मुझे इस बात की ख़ुशी है कि इस मामले की जड़ में तुम और तुम्हारा परिवार है। इस रहस्य पर से पर्दा तो उठा। हमें सफ़ाई देनी पड़ेगी मगर काम बन जाएगा। वैसे हुआ क्या था पाओलो...

पाओलो : बात थोड़ी अजीब है। ड्रिंक लोगे? *(व्हिस्की और गिलास निकालता है। लेंडल के सामने ड्रिंक्स लगाते हुए)* मेरी बेटी इन दिनों काफ़ी परेशान है। घर की हालत ठीक नहीं...समझने की कोशिश करो। मेरा बेटा चाबियाँ इकट्ठी करता है, यह उसका शौक है। उन्होंने मिलकर मेरी दराज़ खोली और मेरा ब्रीफ़केस निकालकर ताला खोलने वाले के पास ले गए। फिर ब्रीफ़केस से काग़ज़ात निकालकर उनकी फोटोकॉपी ली, और ब्रीफ़केस वापस दराज़ में रख दिया। अगर तुम मुझे फ़ोन नहीं करते तो मुझे कभी पता नहीं चलता।

लेंडल : *(ड्रिंक लेते हुए)* उन्होंने कितनी कॉपियाँ बनाईं?

पाओलो : एक। उनके चिल्लर कम पड़ गए थे।

लेंडल : *(ठहाका लगते हुए)* चलो, पूँजीवादी व्यवस्था का कुछ तो फ़ायदा हुआ। अगर सभी चीज़ें फ्री होतीं, तो हम ऐसी हरकतों पर नियंत्रण नहीं कर पाते।

पाओलो : अगर सभी चीज़ें फ्री होतीं, तो नियंत्रण की ज़रूरत ही क्यों पड़ती?

लेंडल : ताकि लोग अपनी आज़ादी का ग़लत फ़ायदा न उठा सकें।

पाओलो : तब तो आज़ादी नकली हुई...

लेंडल : *(हँसते हुए, व्हिस्की का नया पेग बनाते हुए)* पाओलो, मुझे याद है। पुराने दिनों में मैं और तुम अक्सर ऐसी बहसें किया करते थे।

पाओलो : टाइम्स ने काग़ज़ात का क्या किया?

लेंडल : कुछ नहीं।

पाओलो : अरे! इतने आश्वस्त होकर कैसे कह सकते हो?

लेंडल : काग़ज़ात हाथ लगते ही उन्होंने हमें और पेंटागन को फ़ोन किया। ऐसे राष्ट्रीय सुरक्षा से जुड़े विषयों पर वे हमारा पूरा सहयोग करते हैं। ऐसी ख़बरों को हम सार्वजनिक नहीं होने दे सकते।

पाओलो : हाँ जनता ने ऐसी बातों को पढ़ा तो खलबली मच जाएगी। मैं ख़ुद इन्हें पढ़कर बुरी तरह से डर गया हूँ।

लेंडल : डरना ही चाहिए। मुझे यक़ीन है कि हमारी छोटी-सी टीम के शोध की वजह से हम कई लोगों को रेडिएशन से बचा पाएँगे। पाओलो, तुम जानते ही हो कि रेडिएशन की वजह से कैसे लोगों के शरीर के पोरों से ख़ून बहने लगता है। कैंसर जैसी बीमारियाँ हो जाती हैं।

पाओलो : लेकिन अगर हथियार ही न बनाया जाए तो? रेडिएशन का सवाल ही नहीं आएगा। हम तो अपने काम से इन शस्त्रों को सम्भव कर रहे हैं। हम रेडिएशन को कम कर रहे हैं, ख़त्म नहीं।

लेंडल : वे हमारे बिना भी अपने शस्त्र बनाकर रहेंगे। हम बस उनके बुरे प्रभाव को कम कर सकते हैं।

पाओलो : पहले विश्व युद्ध के बाद जब जिनेवा अधिवेशन में कुछ हथियारों पर रोक लगाने के लिए दुनिया-भर के देशों के नेता इकट्ठा

हुए थे, तब आइंस्टीन ने कहा था कि युद्ध का मानवीकरण असम्भव है। युद्ध पर हमेशा के लिए रोक लगा देना ही शान्ति की ओर पहला क़दम है। और हमारे इस खौलते हुए इतिहास ने आइंस्टीन को सही साबित किया है।

लेंडल : इतिहास मेरा मार्गदर्शक नहीं पाओलो। छह अगस्त, 1945 को हमने इतिहास को काफ़ी पीछे छोड़ दिया। हाँ, आइंस्टीन ने सही कहा था कि जंग में इंसानियत नहीं बचती। मगर हमारी कोशिशों से इन हथियारों को हैवानियत से बचाया जा सकता है।

पाओलो : मेरी बेटी को लगा कि इसी काम को वो अपने तरीक़े से अंजाम दे सकती है।

लेंडल : हाँ मुझे ताज्जुब नहीं हुआ। उसके अतीत से हम अनजान नहीं हैं।

पाओलो : अरे साफ़-साफ़ कहो कि तुम उसका अतीत जानते हो। 'अनजान नहीं हैं' जैसे भारी शब्द भाषा को मरोड़ने का काम करते हैं *(हँसते हुए)* ख़ैर...तुमने उसके स्कूल से पता किया?

लेंडल : हाँ, मगर अब हालात बेहतर हैं। पचास के दशक और शीतयुद्ध वाली बात अब नहीं रही। परमाणुविरोधी आन्दोलन में तुम्हारी पत्नी की सक्रियता के बारे में भी हम जानते हैं। इसमें कोई ग़लत बात नहीं। मेरी पत्नी भी शायद यही करती।

पाओलो : और मेरी सक्रियता का क्या?

लेंडल : *(चौंकते हुए)* तुम्हारे बारे में तो कोई दस्तावेज़ मौजूद नहीं।

पाओलो : *(मुस्कुराते हुए)* तुम्हारे गुप्तचर काफ़ी कामचोर हैं। लूसी के उकसाने पर एक बार मैं ऐसी रैली में गया था। बेवक़ूफ़ों की तरह चला जा रहा था, इस उम्मीद में कि मुझे कोई झंडा या पोस्टर न पकड़ना पड़े। फिर अचानक, एक जवान लड़की ने मेरे हाथ में यह प्लेकार्ड थमा दिया। आधे घंटे तक उसे लेकर चलने के बाद मेरी हिम्मत हुई कि घुमाकर देखूँ क्या लिखा है। उस पर लिखा था--"होबोकेन के समलैंगिकों का परमाणु विरोध।"

[लेंडल ठहाका मारकर हँसता है।]

पाओलो : तो मैंने वो बोर्ड बगल में चल रही एक बुढ़िया को थमाया और कहा—"मैं होबोकेन से नहीं हूँ।" उन दिनों लूसी काफ़ी बदली हुई सी थी...

[रौशनी बदलती है और लूसी का प्रवेश होता है।]

लूसी : तुम्हारे घर लौटने से पहले एक कॉल आया था।

पाओलो : पहले क्यों नहीं बताया?

लूसी : अभी बताया न।

पाओलो : कौन था?

लूसी : वही जिसने पिछले हफ़्ते भी फ़ोन किया था। नाम नहीं बताया। कहा कि दोबारा कॉल करेगा। मुझे उसके बात करने का तरीक़ा पसन्द नहीं आया।

पाओलो : दोबारा कॉल करेगा? आज रात को?

लूसी : शायद।

पाओलो : तुम्हें पूछना चाहिए था।

लूसी : मैं आपकी सेक्रेटरी नहीं हूँ।

पाओलो : ऐसा तो मैंने नहीं कहा।

लूसी : मुझे वो आदमी अच्छा नहीं लगा। उसे तुमसे क्या काम है?

पाओलो : पता नहीं। ख़ैर छोड़ो इन बातों को। *(किताब उठाकर पढ़ता है)*

लूसी : तुम्हें अन्दाज़ा भी है हमारी कितनी शामें ऐसे ही बीती हैं?

पाओलो : झगड़ा करते हुए?

लूसी : नहीं। पढ़ते हुए। तुम अपनी किताब के साथ और मैं अपनी किताब के साथ।

पाओलो : हाँ, कई महीनों से ऐसा ही चला रहा है। क्यों? क्या पढ़ना ग़लत है?

लूसी : तुम्हें क्या लगता है?

पाओलो : तुम्हारे सवाल पूछने के तरीक़े से मैं समझ सकता हूँ कि तुम क्या कहना चाहती हो। मुझे ताज्जुब हो रहा है। मैंने सोचा था कि तुम्हें किताबें पढ़ना पसन्द है।

लूसी : हाँ मुझे किताबें पसन्द हैं, मगर ज़रा सोचो...हमनें आख़िरी बार साथ में डांस कब किया था?

पाओलो : मुझे तो लगता है कि मैंने कुछ दिनों पहले ही डांस किया है।

लूसी : मेरे साथ तो नहीं किया।

पाओलो : हाँ, इतनी सारी लड़कियाँ मेरे साथ नाचने को उतावली जो हो रही हैं। ख़ैर चलो, अभी डांस करते हैं।

लूसी : मैं नहीं चाहती कि मेरे कहने पर आप डांस करें। आपका भी मन होना चाहिए। मैं चाहती हूँ कि बिलकुल नैसर्गिक और स्वाभाविक ढंग से आपको भी कभी मेरे साथ डांस करने का मन करे।

पाओलो : अभी मन कर रहा है...बिलकुल नैसर्गिक और स्वाभाविक ढंग से!

[पाओलो गुनगुनाने लगता है और लूसी का हाथ थाम लेता है। वे संगीत की ताल पर डांस करते हैं। गाना ख़त्म होने पर लूसी दोबारा अपनी किताब पढ़ने लगती है।]

लूसी : *(ख़ुश होते हुए)* मज़ा आ गया!

पाओलो : अरे तुम तो वापस किताब पढ़ने लगी?

लूसी : मेरा मन भर गया। थैंक यू, पाओलो।

पाओलो : मन भर गया? यह तो धोखा है। पहले तो तुमने मुझे उकसाया और अब...*(लूसी के कन्धे को हाथों से सहलाते हुए)*।

लूसी : जाओ अपनी किताब पढ़ो। मुझे इस किताब को आज पूरा करना है।

[पाओलो लूसी की गर्दन और कन्धे को चूमता है। लूसी अपनी किताब में डूबी हुई है।]

लूसी : मुझे ये हिस्सा ख़त्म कर लेने दो प्लीज़।

[पाओलो नहीं रुकता। लूसी किताब गिराकर उसकी तरफ मुड़ती है। अचानक फ़ोन बज उठता है।]

लूसी : रहने दो। मत उठाओ।

पाओलो : शायद उसका...

लूसी : क्या फ़र्क़ पड़ता है? जाने दो।

[वे आलिंगन में हैं। फ़ोन बजता रहता है।]

पाओलो : मुझे चिढ़ हो रही है।

लूसी : ध्यान मत दो।

पाओलो : एक सेकेंड...

[पाओलो फ़ोन की तरफ़ बढ़ता है। फ़ोन का बजना रुक जाता है। वो लूसी की तरफ़ मुड़ता है। लूसी करवट बदलकर अपनी किताब पढ़ रही है। पाओलो लूसी को देखता रहता है। रौशनी कम पड़ जाती है और मंच के बीच उजाला हो जाता है।]

पाओलो : लेंडल, एक और ड्रिंक लेना चाहोगे?

लेंडल : अरे बहुत पी लिया! मगर एक और पेग पी सकता हूँ। *(पीते हुए, यादों में खोये हुए)* तीन साल पाओलो, तीन साल मैं विश्व शान्ति के लिए काम करता रहा। फ़ायदा क्या हुआ? ये व्हाइट हाउस और पेंटागन वाले किसी की नहीं सुनते। इनकी भूगोल की जानकारी के पार तो इनके शस्त्र पहुँच जाते हैं।

पाओलो : तुम तो कवि होते जा रहे हो।

लेंडल : *(मुस्कुराते हुए)* पाओलो, हमारा साथ अच्छा रहेगा। पुराने दिनों की तरह। *(गिलास नीचे रखते हुए)* मगर ध्यान रहे, हम भले ही शान्तिप्रिय लोग हों और नैतिक तर्क पर विश्वास करते हों, लेकिन वे बड़े ख़तरनाक़ लोग हैं।

पाओलो : *(चिढ़ाने के अन्दाज़ में)* हाँ, एक से बढ़कर एक हरामी।

[लेंडल सकपकाता है। उसे नहीं पता कि मुस्कराना है, या परेशान होना है। दरवाज़े की तरफ़ से आवाज़ आती है।]

पाओलो : *(रुककर)* मैंने कॉलेज में छुट्टी की बात कर ली है।

लेंडल : अच्छी बात है! वैसे, तुम्हें कहीं जाना था न?

पाओलो : मेडोब्रूक। चार बजे निकलना है।

[अरामिंथा और जेमी का प्रवेश। जेमी हड़बड़ाकर ऊपर चला जाता है।]

लेंडल : हेलो अरामिंथा, तुम्हारे पापा और मेरी लम्बी बात हुई।

अरामिंथा : मुझे यक़ीन है कि आप दोनों बात कर रहे थे तो बात लम्बी ही हुई होगी।

पाओलो : एक मिनट रुको। जॉन बैठो। अरामिंथा तुम भी। मैं चाहता हूँ तुम जॉन लेंडल से मिलो।

लेंडल : यह पता करने के लिए कि मैं कितना बड़ा राक्षस हूँ। *(हँसते हुए)* मेरे बच्चे भी अक्सर मुझसे नाराज़ रहते हैं। मेरा यक़ीन करो, अरामिंथा, कभी-कभी तो मुझे लगता है कि दुनिया के सभी लोग राक्षस हैं।

[अरामिंथा लेंडल के कोट पर बैठने लगती है।]

लेंडल : रुको, मैं कोट हटा लेता हूँ।

अरामिंथा : कोई बात नहीं। *(कोट हटाने लगती है। कोट काफ़ी भारी मालूम पड़ता है। अरामिंथा कोट टटोलती है। कोट की जेब से एक रिवाल्वर निकलता है।)*

अरामिंथा : साला! ये तो बन्दूक़ है!

लेंडल : ये कोई खिलौना नहीं। लाओ मुझे दो। *(हाथ बढ़ाता है। अरामिंथा पीछे हट जाती है।)*

पाओलो : उसे वापस रख दो, अरामिंथा।

अरामिंथा : अरे वाह! असली है! *(वो रिवाल्वर तान कर झूमने लगती है।)* आप बन्दूक़ लेकर घूमते हो?

लेंडल : पूरे न्यूयॉर्क का यही हाल है। मेरे पास लगभग हमेशा ऐसे दस्तावेज़ होते हैं जो राष्ट्रीय सुरक्षा के नज़रिये से ज़रूरी और गोपनीय होते हैं। न चाहते हुए भी इसे रखना पड़ता है।

पाओलो : इसे डॉ. लेंडल की जेब में वापस रख दो, अरामिंथा।

अरामिंथा : मैं बस थोड़ी देर के लिए इसे पकड़ना चाहती हूँ। आप बुरा तो नहीं मान रहे हैं डॉ. लेंडल?

लेंडल : तुम्हें मुझसे पूछे बिना मेरी जेब से रिवाल्वर नहीं निकालना चाहिए था।

अरामिंथा : आपको भी पूछे बिना मेरे घर में रिवाल्वर नहीं लाना चाहिए था।

पाओलो : रखो उसे वापस! *(वो अरामिंथा की ओर बढ़ता है।)*

लेंडल : नहीं पाओलो, उसमें गोलियाँ भरी हुई हैं। धक्का-मुक्की में मत पड़ो। वो ख़ुद वापस कर देगी।

अरामिंथा : मैं इसे किसी की तरफ़ तान तो नहीं रही हूँ। वो क्या कहते हैं आप लोग? मैं इस अस्त्र का प्रसार कर रही हूँ। इससे हमारी ताक़त बढ़ेगी।

पाओलो : बस करो!

अरामिंथा : चलिए ऐसा मान लीजिए कि मैं आप लोगों की रक्षा कर रही हूँ। हमारा मोहल्ला सुरक्षित नहीं है। आप लोग यही तो कहते

हैं। "हम तुम्हारी रक्षा के लिए सुरक्षा के इन्तेज़ामात कड़े कर रहे हैं। डरने की कोई वजह नहीं है।" मैं भी वही कर रही हूँ।

लेंडल : *(गहरी साँस लेते हुए)* पाओलो, इसे तुम्हीं सँभालो यार।

अरामिंथा : अरे आप क्यों घबरा रहे हैं? अब पता चला, हम आपके बमों के बारे में कैसा महसूस करते हैं?

लेंडल : दोनों परिस्थितियों में फ़र्क़ है अरामिंथा। तुमने आज तक किसी रिवाल्वर को हाथ नहीं लगाया है। हमारे शस्त्र विशेषज्ञों के हाथ में होते हैं।

अरामिंथा : मैंने पढ़ा था कि स्पेन में आपके 'विशेषज्ञों' ने चार परमाणु बम खो दिये थे।

पाओलो : तुम्हें बात करनी है, अरामिंथा? रिवाल्वर रखकर बात करो।

अरामिंथा : नहीं, हाथ में हथियार हो तो लोगों को आपकी बात सुनाई पड़ती है।

लेंडल : लेकिन इस तरह से तो हम बराबर नहीं हुए। तुम्हारे पास रिवाल्वर है और हमारे हाथ ख़ाली हैं।

अरामिंथा : हाँ, लेकिन आपका वजन तो मुझसे दोगुना है। अगर मेरे हाथ में रिवाल्वर नहीं होता तो आप अपने ख़ाली हाथों से ही मुझे मसल देते। वैसे, वजन कितना है आपका?

पाओलो : *(भड़कते हुए)* अब मुझे ग़ुस्सा आ रहा है, अरामिंथा।

लेंडल : शान्त हो जाओ पाओलो। ठंडे दिमाग़ से बातचीत की जा सकती है। अरामिंथा समझदार लड़की है।

अरामिंथा : चलिए मैं इतना तो कह ही सकती हूँ कि मैं लेंडल जितनी समझदार हूँ। क्या इससे आपका भरोसा बढ़ा? ज़ाहिर है, जिसके पास हथियार होता है, वो समझदार दिखने लगता है।

लेंडल : अगर तुम यथार्थ को दर्शाना चाहती हो, तो मेरे हाथ में भी एक रिवाल्वर होना चाहिए।

अरामिंथा : लेकिन फिर हममें से कोई एक बोलेगा कि तुम्हारे पास छह गोलियाँ हैं, और मेरे पास नौ। मुझे दस गोलियों वाली बन्दूक़ चाहिए। *(मुस्कुराते हुए)* ये कोई नहीं सोचता कि किसी की जान लेने के लिए एक गोली काफ़ी होती है।

लेंडल : तुम एक जटिल सवाल का सरलीकरण कर रही हो।

अरामिंथा : अच्छा? मैं जटिल सवाल का सरलीकरण कर रही हूँ? आतंकवादी और सेना। पश्चिम और पूरब। सभ्य और जंगली।

हम और वे। आज़ादी के लिए मारना। देश के लिए जान दे देना। क्या यह सब जटिल सवाल नहीं हैं? मैं ग्वाटेमाला से अभी-अभी लौटी हूँ। वहाँ बच्चों का पेट भरने के लिए पैसे नहीं हैं और आप हज़ारों करोड़...

लेंडल : हज़ार करोड़ नहीं अरामिंथा। सही संख्या...

अरामिंथा : *(झल्लाते हुए)* नहीं जानती मैं सही संख्या। जानना भी नहीं चाहती।

पाओलो : *(लेंडल से)* हमें अब निकलना चाहिए। मेडोब्रुक जाना है।

अरामिंथा : अभी थोड़ा वक़्त है।

लेंडल : अरामिंथा, ऐसी जटिल बातों पर अपनी राय रखने के लिए तुम्हारी तथ्यों की समझ अभी काफ़ी कम है। तुम्हें ऐसे भावुक फ़ैसले नहीं...

अरामिंथा : *(बात काटते हुए)* मैं कुछ नहीं जानती। आप सब जानते हैं। आपके तमाम तथ्य, अनुमान, जानकारियाँ, संख्याएँ सही हैं। फिर क्यों दुनिया की हालत इतनी ख़राब है?

लेंडल : तुम्हारे पास यह साधन हैं कि चाय पीते हुए नतीजे की परवाह किए बिना तुम अपना गला फाड़ सकती हो। हमारे नेता, जिन्हें ज़रूरी फ़ैसले लेने पड़ते हैं, वे तीस करोड़ अमरीकियों के प्रतिनिधि हैं। तुम किसका प्रतिनिधित्व कर रही हो?

अरामिंथा : *(रुककर, धीरे-से)* मैं अपनी माँ की तरफ़ से बोल रही हूँ।

लेंडल : *(कुछ पल रुककर, सहानुभूति जताते हुए)* अरामिंथा, मैं समझ सकता हूँ कि तुम बेहद परेशान हो। तुम डॉक्टर के पास क्यों नहीं जाती।

अरामिंथा : तो मैं पागल हूँ। क्यों? क्योंकि मैंने पाँच मिनट के लिए दो लोगों के सामने बन्दूक़ उठा ली है? और आप सभ्य हैं, जो सदियों से दुनिया को बन्दूक़ की नोक पर नचा रहे हैं? आप जिम्मेदार नागरिक हैं, और मैं बच्ची हूँ। लेकिन आपकी वजह से हमेशा ये बच्चे ही क्यों मारे जाते हैं?

लेंडल : *(पहली बार गुस्से में)* मेरे ख़ुद के भी बच्चे हैं अरामिंथा। मेरी बेटी भी तुम्हारी उम्र की है, और मैं उससे बेहद प्यार करता हूँ। उसी की ख़ुशी के लिए मैं काम करता हूँ।

अरामिंथा : क्या वो भी ऐसा ही सोचती है? आप होते कौन हैं उसके लिए यह तय करने वाले? और क्या यह आपकी कमज़ोरी नहीं कि

अपने काम को सही साबित करने के लिए आपको अपनी बेटी के पीछे छिपना पड़ता है? आपकी बेटी अपनी ज़िन्दगी के फ़ैसले शायद ख़ुद लेना चाहती हो। शायद मैं अपने फ़ैसले ख़ुद लेना चाहती हूँ। आप, और देश के राष्ट्रपति, और वे टीवी में चिल्लाने वाले जोकर होते कौन हैं यह तय करने वाले कि किसे कहाँ और किस तरह मरना चाहिए? हम कमज़ोर नहीं हैं। हम अपना बचाव करने का कोई न कोई रास्ता ढूँढ़ लेंगे। आतंकवादियों से, और आपसे भी। हम शान्तिप्रिय हैं मगर कायर नहीं। कायर आप हैं जो बेवजह बम और बन्दूक़ लेकर सड़कों पर घूमते-फिरते हैं। आप कमज़ोर हैं। हम नहीं। *(रो पड़ती है)*

लेंडल : *(खड़े होते हुए)* बहुत हो गया। मैं तीन तक गिनता हूँ। मेरी रिवाल्वर वापस करो।

पाओलो : *(धीरे-से, उसकी आवाज़ गंभीर हो गई है)* उससे दूर रहो जॉन।

अरामिंथा : और हर बार आप लोग तीन तक ही क्यों गिनते हैं? कोई सात तक क्यों नहीं गिनता?

लेंडल : एक...

पाओलो : *(चिल्लाते हुए)* जॉन!

अरामिंथा : मुझे माफ़ कर दीजिए! *(दौड़कर बाथरूम में चली जाती है और दरवाज़ा अन्दर से बन्द कर लेती है)*

पाओलो : *(दौड़कर उसके पीछे जाता है, दरवाज़ा खटखटाते हुए)* अरामिंथा! प्लीज़ बाहर निकलो, कोई ग़लत काम मत करना।

[थोड़ी देर बाद अरामिंथा मुस्कुराती हुई निकलती है। उसके हाथ ख़ाली हैं।]

पाओलो : रिवाल्वर कहाँ गया?

अरामिंथा : मैंने फ्लश कर दिया।

लेंडल : क्या?!

अरामिंथा : *(हँसते हुए)* मगर वो नीचे नहीं गया। पापा, आपको टॉयलेट की मरम्मत करवानी थी। *(कन्धे झटकते हुए)* और मैं बन्दूक़ों को फ्लश करने की विशेषज्ञ तो हूँ नहीं। *(लेंडल से)* अब करो जो करना है। मैं निहत्थी हूँ।

[पाओलो अन्दर जाकर रिवाल्वर लेकर आता है और लेंडल को थमाता है। लेंडल नाक सिकोड़कर उँगलियों से अपना रिवाल्वर वापस लेता है।]

पाओलो : *(चहकते हुए)* घबराओ मत। इस बार पानी साफ़ था। आम तौर पर जब हमारा टॉयलेट जाम होता है...

लेंडल : *(कोट पहनते हुए, बात काटकर)* पाओलो, जब तुम्हारा परिवार थोड़ा शान्त हो जाए तब बात करते हैं। आज का दिन थोड़ा अजीब रहा है। अगले हफ़्ते मिलते हैं।

[पाओलो चुप है।]

लेंडल : *(पाओलो की तरफ़ देखते हुए)* मेरा यक़ीन करो। भूल जाओ आज जो भी हुआ। *(रुमाल से माथा पोंछते हुए)* मैं भी भूलने की कोशिश करूँगा। मगर यह नौकरी का प्रस्ताव तुम्हारे लिए अब भी खुला है। मैं सचमुच तुम्हारे साथ काम करना चाहता हूँ।

पाओलो : लेंडल, तुमने वो कहावत सुनी है? अगर मछली पकड़ने जाओ, तो कम से कम यह तय कर लो कि तुम काँटे में फँसे कीड़े नहीं हो?

लेंडल : यह एक बड़ा मौक़ा है पाओलो। उन बड़े मछुवारों की जमात में शामिल होने का। हम बड़े काम कर सकते हैं पाओलो। बाहर से कितना बदलाव लाया जा सकता है? मैं अन्दर से काम करने की बात कर रहा हूँ। मैं असली पहुँच की बात कर रहा हूँ। मैं...

पाओलो : जॉन, तुमने थॉमस मूर को पढ़ा है?

लेंडल : *(परेशान होते हुए)* मूर की यूटोपिया? हाँ *(रुककर)* बहुत पहले पढ़ा था।

[पाओलो और अरामिंथा एक दूसरे की तरफ़ देखकर मुस्कुराते हैं।]

लेंडल : *(हक्का-बक्का सा, जाने को तैयार होता है, फिर मुड़कर)* सच कहूँ पाओलो, तुम्हारा पूरा परिवार थोड़ा अजीब है...अगले हफ़्ते मिलते हैं।

[पाओलो हामी भरता है। लेंडल चला जाता है।]

पाओलो : मुझे एक ड्रिंक की ज़रूरत है।

अरामिंथा : दूध-बिस्कुट खाएँगे?

पाओलो : *(चहकते हुए)* मैं भी वही कह रहा था। *(आवाज़ लगाकर)* जेमी! नीचे आ जाओ।

अरामिंथा : हमारे पास अभी आधा घंटा और है।

[जेमी नीचे आता है। उसने नए कपड़ों के ऊपर कोट, मफलर, दस्ताने पहन रखे हैं।]

पाओलो : अभी थोड़ा वक़्त है। तैयार होने की ज़रूरत नहीं थी।

[मंच की बाईं ओर रौशनी बढ़ने लगी है। लूसी पियानो के सामने बैठी है।]

जेमी : मैं तैयार रहना चाहता हूँ। कहीं हमें देर हो गई, और माँ को घर नहीं लाने दिया तो?

पाओलो : हमें देर नहीं होगी। वैसे, घर लौटकर डिनर करने में देर हो सकती है। चलो अभी कुछ खा लेते हैं।

[जेमी बैठ जाता है, जेब से अरामिंथा की लाई हुई टोपी निकालकर पहन लेता है। पाओलो उसे चुपचाप देखता है।]

अरामिंथा : माँ सिर्फ़ दो दिनों के लिए आ रही है।

जेमी : *(जेब से चश्मा निकाल कर पहनते हुए)* अगर माँ को लसानिया और मेरी नई टोपी पसन्द आ जाए, और रुक जाए तो?

[अरामिंथा उसे गले लगा लेती है।]

पाओलो : *(थोड़ा रुककर)* चलो चलकर तुम्हारी माँ को वापस लाते हैं। थोड़ा जल्दी पहुँच भी गए तो क्या हर्ज़ है?

[पाओलो अपने दोनों बच्चों को गले लगा लेता है। पियानो के संगीत के साथ नाटक का समापन होता है।]

एमा

दृश्य एक

[जर्मन गीत 'मेन रूहे प्लात्ज़' की धुन बजती है। अँधेरे में एक फैक्ट्री की सीटी सुनाई पड़ती है। मंच पर धीरे-धीरे रौशनी बढ़ती है। चार लड़कियाँ—एमा, रोज़, जेनी और डोरा; अपनी काल्पनिक सिलाई मशीनों पर काम कर रही हैं। उनके पाँव पेडल पर लयबद्ध चलते हुए, एक हाथ कपड़े को मशीन में डालता, और दूसरा हाथ मशीन का चक्का घुमाने में व्यस्त। काम रोके बिना उनमें से एक लड़की हड़बड़ाकर अपने माथे से पसीना पोंछती है। वे चुपचाप काम कर रही हैं। मशीन और उनके पैरों की ताल के अलावा कोई आवाज़ नहीं। अचानक उनमें से एक लड़की 'मेन रूहे प्लात्ज़' की धुन गुनगुनाने लगती है। वह थोड़ी देर गाती है, कि वोगेल—फैक्ट्री का फोरमैन—चिल्लाता है।]

वोगेल : कितनी बार कहा है कि काम के वक़्त गाया मत करो।

[लड़की गाना बन्द कर देती है। वोगेल मंच पर प्रवेश करता है। वह डरावना दिखने की कोशिश करता है, मगर अपनी जिम्मेदारी और जवाबदेही से ख़ुद भी डरा हुआ-सा लगता है।]

वोगेल : जिसे गाना है वो नाटक मंडली में भर्ती हो जाए।

[वोगेल चला जाता है। लड़कियाँ चुपचाप अपना काम जारी रखती हैं। आपस में बात भी करती हैं तो काम की लय तोड़े बिना।]

जेनी : तुम्हें याद है कचिन्स्की की दुकान में कितनी भयानक आग लगी थी ?

डोरा : कैसे भूल सकती हूँ? अट्ठारह लड़कियों की जान चली गई थी। कुछ तो आग में ही झुलसकर मर गईं। कुछ ने खिड़कियों से कूदकर अपनी जान दे दी।

जेनी : आज के अख़बार में पढ़ा कि वे पिछले दरवाज़े से बाहर नहीं निकल सकीं।

डोरा : मतलब ?

जेनी : अरे वो दरवाज़ा बाहर से बन्द था। कचिन्स्की ने बन्द करा दिया था। कुछ लड़कियाँ थोड़ी हवा खाने के लिए कभी-कभी छुप कर छत पर चली जाती थीं।

डोरा : हरामी साला! और कचिन्स्की ख़ुद को यहूदी कहता है।

रोज़ : यहूदी मालिक बाक़ियों से अलग नहीं होता।

डोरा : यहूदी को अलग होना चाहिए।

रोज़ : सब साले एक जैसे होते हैं। ईसाई, यहूदी, अरबी। मैंने सबके लिए काम किया है।

जेनी : तुम्हें नहीं लगता कि इन दिनों कुछ ज़्यादा ही मज़दूर आग में जलकर मर रहे हैं ? हम भी तो आठवें माले पर काम करते हैं। मुझे तो बहुत डर लगता है। पिछले दिन अख़बार में छपा था कि अग्निशामक विभाग ने अपने हाथ खड़े कर दिये हैं।

डोरा : क्यों ?

जेनी : उनका कहना है कि उनकी सीढ़ी सिर्फ़ छठे माले तक ही पहुँच सकती है। अगर तुम सातवें या आठवें माले पर हो तो भगवान को याद कर लो।

[चारों एक साथ काम बन्द कर देती हैं। चुपचाप बिना आहट किए कुछ देर तक रुककर वे धीरे-धीरे दोबारा काम शुरू करती हैं।]

रोज़ : जानती हो ? इस दूकान का पिछला दरवाज़ा भी बाहर से बन्द है।

जेनी : क्या कह रही हो ?

रोज़ : हाँ, शुरू से ही बन्द है।

डोरा : ये तो ग़लत है। सरासर अन्याय है।

रोज़ : इन चीज़ों के बारे में न सोचो तो ही अच्छा।

जेनी : किसी को तो वोगेल से बात करनी पड़ेगी।

डोरा : कौन करेगा ? बात करेंगे तो मुसीबत में पड़ जाएँगे।

[सभी लड़कियाँ चुपचाप काम जारी रखती हैं।]

एमा : *(सबको चौंकाते हुए अचानक ज़ोर से चिल्लाती है।)* मिस्टर वोगेल! प्लीज़! क्या आप पीछे का दरवाज़ा खोल सकते हैं ? अगर आग लगी तो...

वोगेल : *(गुस्से से)* अपने काम से मतलब रखो! *(मंच पर प्रवेश करते हुए)* अपनी-अपनी सिलाई करो। यह मिस्टर हैंडलिन की दुकान है। मुझे दरवाज़ों से क्या लेना-देना? और तुम एमा, इन लड़कियों में सबसे छोटी होकर भी...यहाँ तुम्हारा बचपना नहीं चलेगा।

एमा : *(खड़े होते हुए)* अगर दरवाज़ा बन्द रहेगा तो मैं काम नहीं करूँगी।

वोगेल : *(भड़कते हुए)* अच्छी बात है! निकलो यहाँ से! जाओ! तुम्हारी ज़रूरत किसे है? डोरा, तुम रात को देर तक रुककर एमा का काम पूरा करोगी। इसकी अलग मजूरी मिल जाएगी। मगर काम आज ही पूरा होना चाहिए। वरना मिस्टर हैंडलिन नाराज़ होंगे।

डोरा : *(धीरे-से)* मैं नहीं रुक सकती।

वोगेल : *(नज़र चुराते हुए)* और जेनी तुम?

जेनी : मुझे आज समय पर घर पहुँचना है।

वोगेल : *(सख़्ती के साथ)* रोज़!

[रोज़ सर हिलाती है।]

वोगेल : *(चिल्लाते हुए)* तुम लोगों को हो क्या गया है?

रोज़ : दरवाज़ा। आपको दरवाज़ा खोलना पड़ेगा।

वोगेल : मुझे इसकी इजाज़त नहीं है। ये मेरा काम नहीं है।

[एमा जाने लगती है।]

डोरा : एमा, रुको मैं भी आ रही हूँ। *(खड़े होते हुए)* मिस्टर वोगेल, माफ़ी चाहती हूँ मगर मुझे आग से बहुत डर लगता है।

जेनी : मुझे भी *(खड़ी हो जाती है।)*

रोज़ : मिस्टर वोगेल, अगर आग लगी तो आप भी नहीं निकल पाएँगे। मैं तो कहती हूँ कि आप भी चलिए हमारे साथ।

वोगेल : तुम सब पागल हो!

[सभी लड़कियाँ जाने लगती हैं।]

वोगेल : *(गिड़गिड़ाते हुए)* क्यों कर रही हो ऐसा? तुम लोगों की वजह से मेरी नौकरी चली जाएगी। मेरे बाल-बच्चे हैं। प्लीज़ अपना काम पूरा करो। मिस्टर हैंडलिन को ये आर्डर आज रात पहुँचाना है।

एमा : दरवाज़ा खोलो!

सब : *(एक साथ)* दरवाज़ा खोलो!

वोगेल : *(चिल्लाते हुए)* ठीक है! ठीक है! *(चला जाता है। दरवाज़ा खुलने*

की आवाज़ आती है।) जिस दिन मेरी नौकरी चली जाएगी उस दिन तुम लोगों को चैन मिलेगा। वापस लगो अपने-अपने काम पर!

[चारों लड़कियाँ बैठकर काम करने लगती हैं। पाँव पेडल पर लयबद्ध चलते हुए, एक हाथ कपड़े को मशीन में डालता हुआ, और दूसरे हाथ से मशीन का चक्का घुमाते हुए। थोड़ी देर तक कोई कुछ नहीं बोलता।]

डोरा : मेरी एक सहेली ने कचिन्स्की की दुकान को जलते देखा था। दसवें माले की खिड़की पर एक लड़की आई। उसके कपड़े जल रहे थे। बेतहाशा चिल्लाती हुई वो कूद गई। उसके पीछे कई लड़कियाँ कूदने लगीं। एक ज़मीन पर पहुँचती नहीं कि अगली कूद जाती। फिर एक साथ कई लड़कियाँ एक दूसरे का हाथ पकड़कर कूदने लगीं।

[चारों लड़कियाँ चुपचाप मशीनों पर काम करती हैं। फिर उनमें से एक लड़की 'मेन रूहे प्लात्ज़' गाने लगती है। बाक़ी लड़कियाँ भी उसके साथ गुनगुनाने लगती हैं। मशीनों की लयबद्ध आवाज़ जारी रहती है।]

दृश्य दो

[मंच पर अँधेरा। एक यहूदी गीत बजता है। मंच पर रौशनी बढ़ती है और गोल्डमन परिवार की रसोई दिखाई पड़ती है। एमा और उसकी बहन हेलेना गाने की धुन पर नाच रही हैं। उनकी माँ खाना बना रही है। पिता बैठकर गाने का आनंद ले रहे हैं। तभी मिस्टर लेविन का प्रवेश होता है। लेविन गोल्डमन परिवार का दूर का रिश्तेदार है। ढंग और पहनावे से वह काफ़ी अमीर जान पड़ता है।]

पिता : हेलो, मिस्टर लेविन! एमा...

[एमा मुड़ती है]

पिता : नाचना बन्द करो और मिस्टर लेविन को नमस्ते बोलो। हेलेना, तुम भी!

[हेलेना ठिठक जाती है। दोनों बहनें लेविन में दिलचस्पी लिए बिना एक दूसरे की तरफ़ उदास होकर देखती हैं।]

लेविन : *(आगे बढ़कर दोनों लड़कियों को कस कर गले लगाते हुए)* आह, तुम्हारी बेटियाँ तो उम्र के साथ और भी ख़ूबसूरत होती जा रही हैं।

पिता : बैठो, बैठो। लड़कियों, जाओ रसोई में अपनी माँ की मदद करो।

[लड़कियाँ अपनी माँ के पास जाकर उनकी मदद करने लगती हैं। ठिठोली में एक दूसरे को चिकोटी काटते और पुचकारते हुए कहती है—''मिस्टर लेविन आ गए!'']

पिता : *(एमा की माँ को बुलाते हुए)* टौबे! टौबे! सूप कहाँ है?

[एमा पिता की नक़ल उतारती है—''टौबे खाना लगाओ!'' हेलेना हँसती है।]

पिता : तुम दोनों मिलकर क्या बातें कर रही हो? यहाँ आकर इनसानों की तरह बैठो।

[दोनों लड़कियाँ सूप परोस कर मेज़ के दूसरे छोर पर बैठती हैं।]

लेविन : मिसेज़ गोल्डमन, आपको रोचेस्टर कैसा लग रहा है?

पिता : *(बात काटते हुए)* न्यूयॉर्क से हज़ार गुना बेहतर है।

एमा : *(फुसफुसाते हुए, हेलेना से)* माँ को बोलने तो दीजिए। माँ अपनी बात ख़ुद कह सकती है।

हेलेना : माँ को पापा से बेहतर कौन समझ सकता है!

पिता : यहाँ रोचेस्टर में हरियाली है। बग़ीचे हैं। मैदान हैं।

एमा : बग़ीचे जिनमें फूल नहीं खिलते। मैदान जहाँ बच्चे नहीं खेलते।

[हेलेना खिलखिलाकर हँसती है।]

पिता : और यहाँ न्यूयॉर्क जितनी भीड़ भी नहीं है...

एमा : हाँ एक कमरे में सिर्फ़ सात लोग रहते हैं।

पिता : *(सख़्ती से)* तुम लोग आपस में क्या बातें कर रही हो?

लेविन : यहाँ काम मिलने में कोई तकलीफ़ तो नहीं हुई?

पिता : अरे नहीं, बिलकुल नहीं।

[दोनों लड़कियाँ मुँह बनाकर पिता की बातों का मज़ाक़ उड़ाती हैं।]

पिता : *(उनकी तरफ़ मुड़कर चिल्लाते हुए)* तुम दोनों क्यों इतना शोर मचा रहे हो? क्या तुम्हें टेबल पर बैठने की तमीज़ सिखानी पड़ेगी? *(लेविन से)* तुम तो जैकब को जानते ही होगे। एमा का पति। वो एक बड़ी फैक्ट्री में काम करता है। चारपाई बनाने का काम है।

एमा : *(इस बार आवाज़ ऊँची कर)* हफ़्ते के छह डॉलर मिलते हैं। हर रोज़ बारह घंटे का काम। अभी तक घर नहीं लौटा है।

पिता : *(बात टालते हुए)* एमा का काम भी अच्छा है। सिलाई का काम करती है। एमा, मिस्टर लेविन को अपने काम के बारे में बताओ।

एमा : क्या बताऊँ? घटिया काम है।

[हेलेना हँसती है।]

एमा : हफ़्ते के सिर्फ़ ढाई डॉलर मिलते हैं। हम काम करते हुए गाना भी नहीं गा सकते। हमारा फोरमैन लड़कियों को छेड़ता है। पिछली बार उसने मुझे हाथ लगाने की कोशिश की, तो कान के नीचे घुमाकर बजाया। *(हाथ घुमाकर दिखाती है। लेविन डर जाता है। हेलेना हँसती है।)* क्या करें? हमें बात करने की इजाज़त नहीं...

पिता : कितनी मुँहफट हो गई है! ये उन प्रदर्शनियों और मंडलियों में जाने का नतीजा है। ये कम्युनिस्ट, सोशलिस्ट, अनार्किस्ट साले कुछ नहीं जानते। इन्हें अन्दाज़ा भी नहीं होगा कि रूस में हमारी क्या हालत थी।

एमा : वहाँ भी मैं एक फैक्ट्री में ही काम करती थी। मुझे तो कोई फ़र्क़ नहीं दिखता। बस यहाँ और जल्दी-जल्दी काम करना पड़ता है। इनकी बिक्री ज़्यादा है। ये विकसित देश है न।

पिता : *(ग़ुस्से से)* कम से कम यहाँ वे यहूदियों को जान से नहीं मारते!

एमा : ज़रूरत नहीं पड़ती। यहाँ यहूदी ख़ुदकुशी कर लेते हैं, मशीनों पर।

पिता : यहाँ हमारे पास रहने को घर है।

एमा : इस लकड़ी के अस्तबल को आप घर कहते हैं? यहीं पड़ोस में पिछले हफ़्ते एक घर जल गया। पूरा परिवार जलकर राख हो गया। अपने आलीशान महल में बैठे रॉकफेलर को पता भी है हम मज़दूरों को किन तक़लीफ़ों से गुज़रना पड़ता है?

लेविन : यहाँ आग बुझाने वाले भी तो हैं।

एमा : मगर यहाँ इतनी आग लगती ही क्यों है?

पिता : *(भड़कते हुए)* हमारी क़िस्मत अच्छी है कि हम रोचेस्टर में हैं। तुम्हें लगता है कि न्यूयॉर्क इससे बेहतर है? किराये के घर में रहना और अपने बच्चों को डिप्थीरिया, चेचक से मरते देखना?

एमा : कम से कम वहाँ लोग विरोध कर रहे हैं...

पिता : तो जाओ जाकर न्यूयॉर्क में रहो। दुनिया-भर के आवारा और आलसी वहीं जाते हैं मरने के लिए। दिन-भर लोफ़रों की तरह घूमते हैं और फिर चिल्लाते हैं "अमरीका अच्छा देश नहीं।" *(टेबल पर हाथ पटकते हुए)* उन्हें इस देश की कोई कद्र नहीं! *(सब ख़ामोश हो जाते हैं।)*

माँ : *(माहौल को सँभालते हुए)* एमा, चलो खाना लगाते हैं।

[एमा खाना परोसने लगती है।]

लेविन : *(विषय बदलने की कोशिश करते हुए)* मैं तुम्हारे लिए यहूदी अख़बार लाया हूँ।

पिता : शुक्रिया शुक्रिया। कोई नई ख़बर?

लेविन : तुम्हें याद है शिकागो के हेमार्केट में कुछ लोगों ने बम फेंका था जिससे कुछ पुलिसवाले मारे गए थे?

एमा : *(आवाज़ ऊँची कर)* किसी को नहीं मालूम कि वो बम किसने फेंका था। तो उन्होंने आठ अराजकतावादियों को गिरफ़्तार कर लिया—एक छपाई का काम करता है, एक फ़ैक्ट्री में मज़दूर है, एक बढ़ई है...

पिता : देखो! इसे सब पता है। बस करो, मिस्टर लेविन कुछ कह रहे थे।

लेविन : मैं बस वही कह रहा हूँ जो अख़बार में लिखा है। कल इनमें से चार लोगों को फाँसी पर लटका दिया गया।

[लेविन की बात सुनकर एमा सिसकने लगती है। हेलेना उसे सँभालती है।]

पिता : किसके लिए रो रही हो?

लेविन : वे अराजकतावादी थे। उनके साथ यही होना था।

एमा : *(चिल्लाते हुए)* बस करो!

पिता : *(डराते हुए)* बड़ों की इज़्ज़त करना सीखो!

लेविन : *(कन्धे झटकते हुए)* इसमें रोने की क्या ज़रूरत है? उन्होंने ग़लत काम किया था। जो हुआ अच्छा हुआ।

एमा : झूठ बोलता है हरामी! *(बग़ल में रखा प्याला उठाकर लेविन के मुँह पर सूप फेंकती है।)*

[पिता भड़ककर अपनी बेल्ट निकाल एमा को मारने की कोशिश करता है। उनकी माँ बीच में आकर उन्हें रोकती है।]

माँ : माफ़ कर दीजिए उसे। बच्ची है। माफ़ कर दीजिए।

एमा : ए! हाथ उठाया तो मेरा भी हाथ चल जाएगा!

पिता : *(ग़ुस्से से)* क्या कहा?

एमा : वही जो तुमने सुना!

पिता : *(बेल्ट लहराते हुए)* आज तुम्हें सबक सिखाना पड़ेगा।

माँ : हेलेना, तुम्हारे पापा इसकी जान ले लेंगे। इसे अन्दर ले जाओ।

[हेलेना एमा को लेकर चली जाती है। माँ लेविन को चेहरा पोंछने के लिए तौलिया देती है।]

पिता : वो लड़की पागल है, दिमाग़ ख़राब है उसका!

माँ : श्श्श्श! श्श्श्श!

[रसोई में अँधेरा हो जाता है। रौशनी वापस आने पर एमा और हेलेना एक चारपाई पर बैठे हैं। मद्धिम रौशनी। पृष्ठभूमि में हलकी ध्वनि में 'मेन रूहे प्लात्ज़' बजता है।]

एमा : आज मेरे साथ ही सो जाओ, हेलेना।

हेलेना : क्यों? जैकब तुम्हारे साथ नहीं सोता?

एमा : नहीं। पहली रात से ही अलग सोते रहे हैं। मुझे उससे शादी नहीं करनी चाहिए थी।

हेलेना : तो क्यों की?

एमा : मैं अकेली थी।

हेलेना : ये भी कोई वजह है?

एमा : मैं बेवक़ूफ़ थी।

हेलेना : ये सही वजह है।

एमा : मगर अब और नहीं। मेरी ज़िन्दगी के साथ अब कोई खिलवाड़ नहीं कर सकता। मैंने फ़ैसला कर लिया है। मैं न्यूयॉर्क जा रही हूँ।

हेलेना : अपना घर, परिवार, नौकरी—सब छोड़कर?

एमा : सबकुछ।

हेलेना : काश मुझमें तुम्हारे जितनी हिम्मत होती।

एमा : तुम्हें क्यों जाना है। तुम्हें तो अपना पति पसन्द है।

हेलेना : तुम्हारे जितनी हिम्मत होती तो शायद अपने पति को थोड़ा कम पसन्द करती।

[दोनों बहनें थोड़ी देर तक हँसकर चुप हो जाती हैं। फिर हेलेना खिलखिलाकर हँसने लगती है।]

एमा : क्यों हँस रही हो?

हेलेना : वो सूप! तुमने पापा की शक्ल देखी?

एमा : तुमने लेविन की शक्ल देखी?

[दोनों हँसती हैं। फिर थोड़ी देर तक दोनों ख़ामोश हो जाती हैं।]

एमा : हेलेना, मुझे तुम्हारी बहुत याद आएगी।

हेलेना : *(आँसू रोकते हुए)* न्यूयॉर्क में अपना ख़्याल रखना। तुमने सुना न पापा ने क्या कहा? न्यूयॉर्क में दुनिया-भर के लोफ़र और आलसी मरने जाते हैं।

[वे हँसते हुए गले मिलती हैं, और रो पड़ती हैं। रौशनी कम होती है, पृष्ठभूमि में गाना चलता रहता है।]

दृश्य तीन

[मेनहट्टन डाउनटाउन में सैश का कैफ़े। एक आदमी बीच में बैठा पियानो बजा रहा है। उत्साह का माहौल। जवान लड़के-लड़कियाँ मज़े में वाइन पीते हुए खाने का आनंद रहे हैं। मिस्टर सैश पियानोवादक के साथ मोर्रा खेल रहे हैं जिसमें वे अपने हाथ एक साथ आगे कर उँगलियों को गिनते हैं।]

सैश : क्वाट्रो! डूए! ओट्टो! ऊनो!

[एमा का प्रवेश। उसके साथ उसका नया साथी वीटो है। एमा काफ़ी अलग़ दिखती है, पहले से ज़्यादा बेपरवाह और ख़ुशमिजाज़। वीटो पतला और नाटा-सा है। उसके हाथ में सिगरेट है।]

एमा : अरे वाह! ये तो बहुत अच्छी जगह है।

वीटो : ये हमारा अड्डा है। हम अक़्सर यहाँ काम के बाद शाम को मिलते हैं। यहाँ कितनी योजनाएँ बनी हैं। यहीं से कितनी क्रान्तियाँ शुरू हुई हैं।

[फेड्या बग़ल की टेबल पर ऍना मिनकिन के साथ बैठा है। ऍना सिगरेट पी रही है।]

फेड्या : कितनी बोतलें खुली हैं!

[एमा और वीटो हँसते हैं।]

फेड्या : बैठो वीटो। ये कौन है तुम्हारी ख़ूबसूरत दोस्त?

[एमा और वीटो बैठते हैं।]

वीटो : *(ऑर्डर देते हुए)* मिस्टर सैश, दो बियर! *(फेड्या की तरफ़ मुड़ते हुए)* ये एमा गोल्डमन है। रोचेस्टर से आई है।

फेड्या : मोहतरमा, आप उससे पहले कहाँ रहती थीं?

एमा : कॉभनो, रूस।

फेड्या : आह...कॉभनो, रूस।

ऍना : इसे बिलकुल नहीं मालूम कि कॉभनो कहाँ है। अगर तुम कहती 'काज़ान' तो फेड्या कहता—'आह...काज़ान!'

फेड्या : तो आप रोचेस्टर से हैं। मैंने सुना है वह फूलों का शहर है?

एमा : वहाँ सिर्फ़ फैक्ट्रियाँ हैं।

फेड्या : *(हँसते हुए)* और न्यूयॉर्क में सिर्फ़ गटर।

वीटो : फेड्या कभी नहीं भूल सकता कि मैं गटर में काम करता हूँ।

ऍना : वीटो तुम भले ही जमादार हो, मगर हमारी नज़र में तुम हमेशा दार्शनिक ही रहोगे।

वीटो : क्या दोनों में कोई फ़र्क़ है? हाँ मगर तुम्हारी बात में दम है। यहाँ हर कोई कुछ और है। ऍना सिलाई का काम करती है मगर असलियत में क्या है? असलियत में वो तमाम सिलाईकर्मियों की यूनियन की संचालक है। फेड्या बेरोज़गार है मगर असलियत में क्या है? असलियत में वो एक कलाकार है।

फेड्या : असलियत में भी मैं बेरोज़गार ही हूँ।

एमा : गटर का काम कैसा होता है?

वीटो : ये रोज़ का काम नहीं है। हाँ, अगर न्यूयॉर्क में सबको एक साथ कब्ज़ हो जाए तो हम बर्बाद हो जाएँगे।

[ऍना हँसते हुए हामी भरती है।]

वीटो : मार्क्सवादी सिद्धान्त अगर सही है तो जैसे-जैसे पूँजीवादी संकट गहराता जाएगा, अमीर क़ब्ज़ से, और ग़रीब खाना न मिलने की वजह से हगना बन्द कर देंगे। उस दिन से मैं भी गटर साफ़ करना बन्द कर दूँगा। फिर हम जमादारों का संगठन, सर्वहारा वर्ग का प्रतीक बनकर गटर से निकलेगा *(नाटकीय रूप से खड़े होते हुए)* हम न्यूयॉर्क की नालियों से निकलकर...

सैश : बन्द करो अपनी नौटंकी। यहाँ लोग खाना खाने आते हैं...

वीटो : नौटंकी नहीं मिस्टर सैश। आप ख़ुद देखेंगे।

सैश : तुम जिस दिन अपनी बियर का पैसा भरोगे, उस दिन से मैं देखना शुरू करूँगा।

वीटो : शुक्रवार को पगार मिलते ही सारा बकाया चुका दूँगा।

सैश : तब तक मेरा परिवार क्या खाएगा? *(उँगलियों पर गिनते हुए)* सोमवार, मंगलवार, बुधवार...

वीटो : और तब तक मैं क्या खाऊँगा?

सैश : अरे! तुम्हें खाने की क्या ज़रूरत? तुम तो महान क्रान्तिकारी हो। हवा खाकर काम चलाओ।

[सब हँसते हैं। सैश दोबारा पियानोवादक के साथ मोर्रा खेलने लगता है।]

फेड्या : हँस लो, मगर जब क्रान्ति आएगी, हम इस जगह को सामूहिक कर देंगे। और फिर...

ऍना : फ्री बियर!

[सब मिलकर नारा लगाते हैं : ''फ्री बियर! फ्री बियर!'' सैश चिढ़ते हुए चला जाता है।]

एमा : *(मुस्कुराकर, वीटो से)* अच्छा! तो न्यूयॉर्क में क्रान्ति की तैयारी ऐसे की जाती है।

वीटो : हम दिन-भर काम करते हैं, और फिर शाम को...

ऍना : हाँ, दिन-भर हम पूँजीवादियों के यहाँ काम करते हुए उन्हें गाली देते हैं और शाम को बियर पीते हुए एक दूसरे को। यहाँ तुम्हें मार्क्सवादी मिलेंगे, बाकुनिनवादी मिलेंगे, क्रोपोत्किनवादी, डी-लीओनवादी सब मिलेंगे।

एमा : और तुम?

ऍना : मैं? आह, जब मैंने पहली बार मार्क्स को पढ़ा! मैनिफेस्टो! आँखों के सामने क्रान्ति तैर गई। *(कुर्सी पर खड़े होते हुए)* दुनिया-भर के मज़दूरो, एक हो! इस पूँजीवादी व्यवस्था ने कुछ लोगों के लिए बहुत सारी सम्पत्ति बनाई है मगर अधिकतर लोगों को ग़रीबी की आग में झोंक दिया है। ये पूँजीवादी सरकारें जब हमें रोज़गार नहीं दे पातीं तो हमारा ध्यान बाँटने के लिए एक दूसरे से बेमतलब जंग छेड़ देती हैं। और इससे भी अमीरों का फ़ायदा और ग़रीबों का नुकसान ही होता है। इस व्यवस्था को जड़ से उखाड़कर हमें एक नए समाज की स्थापना करनी है, जो अमन पर विश्वास करती हो, जहाँ लोग काम और उससे बनाया गया पैसा बराबर बाँटते हों, और इनसानों की तरह जीते हों। *(सभी तालियाँ बजाते हैं। ऍना नेता की तरह हाथ लहराती है। थोड़ी देर रुक कर...)* फिर मैंने बाकुनिन को पढ़ा।

[वीटो चिढ़ते हुए मुँह फेर लेता है।]

ऍना : पहले तो मुझे ग़ुस्सा आया कि कोई मार्क्स को कैसे ललकार सकता है! फिर मैंने सोचा, कौन है ये आदमी जो मार्क्स को ललकार सकता है? फिर मैंने और पढ़ा। बाकुनिन ने कहा कि सर्वहारा की तानाशाही और बूर्जुआ की तानाशाही में कोई फ़र्क़

नहीं। सर्वहारा की तानाशाही अपने आप ख़त्म नहीं होगी। वह भी अत्याचारी बन जाएगी। बाकुनिन ने कहा कि हर तरह की सरकार जनविरोधी है। एक बराबर समाज में किसी सरकार, किसी धर्म या किसी मालिक की कोई जगह नहीं।

[एमा और फेड्या ताली बजाते हैं।]

वीटो : बाकुनिन रोमांटिक था, ख़्वाबों में जीता था। मार्क्स का सिद्धान्त इतिहास और यथार्थ से जुड़ा है।

फेड्या : बाकुनिन ज़िन्दाबाद!

वीटो : कार्ल मार्क्स ज़िन्दाबाद!

फेड्या : *(धमकाते हुए)* बाकुनिन!

वीटो : मार्क्स!

ऐँना : *(हँसते हुए)* क्रोपोत्किन!

वीटो : एंगेल्स!

सैश : *(सबको बीच की उँगली दिखाते हुए)* क्रान्ति!

[साशा का प्रवेश। उसके बाल काले, चेहरा लम्बा है। उसने चश्मा पहन रखा है।]

वीटो : हेलो साशा!

[फेड्या और ऐँना भी एक साथ 'हेलो साशा!' बोलते हैं। साशा सर हिलाता हुआ बग़ल की टेबल पर बैठ जाता है।]

वीटो : *(एमा से)* इसका नाम एलेक्सेंडर बर्कमन है। जब तक इसका पेट नहीं भर जाता, ये बात नहीं करता।

साशा : मिस्टर सैश! एक बड़ा स्टीक, और एक बोतल बियर।

फेड्या : भाई साशा, कौन मरते हुए अपनी जायदाद तुम्हें दे गया?

साशा : आज पगार मिली।

वीटो : *(एमा से)* ये सिगार के कारख़ाने में काम करता है। अन्दाज़ा लगाकर बताओ इसकी उम्र कितनी होगी?

एमा : पैंतीस?

वीटो : इक्कीस।

एमा : ये तो मुझसे भी छोटा है!

वीटो : साशा हम सबसे बड़ा है। *(पुकारते हुए)* साशा, हमारी नई कामरेड साथी से मिलो। एमा गोल्डमन, रोचेस्टर से आई है।

साशा : *(खाना जारी रखते हुए)* कल संगीत अकादमी में जोहान मोस्ट का भाषण है। *(जेब से पैकेट निकालते हुए)* ये रहे उसके पर्चे।

एमा : जोहान मोस्ट ख़ुद भाषण दे रहा है?

साशा : *(सर उठाकर पहली बार एमा को ग़ौर से देखते हुए)* तुमने जोहान मोस्ट को नहीं सुना है?

एमा : नहीं, मगर अख़बार में उसके लेख पढ़ती रहती हूँ।

साशा : *(हामी भरते हुए)* पश्चिम की तरफ़ पर्चे बाँटने कौन जाएगा?

वीटो : *(एमा से)* साशा को बात करके समय बर्बाद करना पसन्द नहीं। *(साशा से)* मैं चला जाऊँगा लंच ब्रेक में।

[साशा उसे कुछ पर्चे थमा देता है।]

ऍना : मैं यूनियन स्क्वायर सँभाल लूँगी। काम के बाद चली जाऊँगी।

फेड्या : मैं भी आ जाऊँगा। तुम्हारा हाथ बँटाने।

साशा : कल लंच ब्रेक के वक़्त भी मुझे काम करना है। मैं सुबह काम से पहले ब्रूम स्ट्रीट चला जाऊँगा।

ऍना : साशा! तब तो तुम्हें सुबह पाँच बजे से पहले उठना पड़ेगा...

साशा : तो?

ऍना : तो कुछ नहीं। क्रान्ति के बाद हम ब्रूम स्ट्रीट में तुम्हारी एक मूर्ति लगा देंगे। *(खड़े होकर एक स्थिर मुद्रा में)* सुबह-सुबह पर्चे बाँटते साशा की मूर्ति।

एमा : मैं ब्रूम स्ट्रीट के पास ही रहती हूँ। मैं तुम्हारी मदद करूँगी।

साशा : सुबह के पाँच बजे?

एमा : अगर तुम आ सकते हो तो मैं क्यों नहीं?

वीटो : साशा के साथ पर्चे बाँटने का अपना मज़ा है। *(कुछ पर्चे हाथ में लेकर खड़ा होता है, आवाज़ में वज़न लाते हुए, किसी चलते हुए आदमी से बात करने के अन्दाज़ में)* "साथी, क्या तुम जानते हो, आज जोहान मोस्ट तुमसे बात करने आ रहा है? इसे पढ़ो।" *(फेड्या को पर्चे थमाकर अन्दाज़ बदलते हुए)* "कौन? क्या? अरे मियाँ मेरे पास वक़्त नहीं है।" *(वापस साशा की नक़ल करते हुए)* "तुम्हारे पास वक़्त नहीं है?" दिन के बारह घंटे अपने ज़ालिम पूँजीवादी मालिक को दे सकते हो मगर एक

घंटा अपनी आज़ादी के लिए नहीं निकाल सकते? बेवकूफ़!''
(पर्चा फेड्या के पेट पर ठाँसते हुए।)

[फेड्या हाँफता है। सब हँसते हैं। साशा मुस्कुराता है।]

वीटो : और जब फेड्या पर्चे बाँटता है... *(कलाकार के अन्दाज़ में, बिलकुल शिष्ट होकर)* ''माय डिअर मैडम, मैं आपके लिए कुछ लेकर आया हूँ। अरे डरिये मत मोहतरमा। मेरे हाथों में एक बहुत बड़े संगीत समारोह का फ्री टिकट है। आप पूछेंगे संगीतकार कौन है? अरे वही! महान जोहान मोस्ट। ये शब्दों की सिम्फनी है। आज़ादी का जश्न है। आइएगा ज़रूर!'' *(झुककर सलाम करते हुए, फिर एमा को एक पर्चा थमाकर गुनगुनाने लगता है।)*

साशा : मज़ाक़ बन्द करो।

वीटो : अरे मज़ाक़ कौन कर रहा है! *(एक और पर्चा फेड्या के पेट में मारते हुए।)*

साशा : मुझे लगता है कि हम लोगों को अलग-अलग जगह जाना चाहिए। फेड्या और ऍना को एक साथ नहीं जाना चाहिए। मुझे और हमारी साथी मिस गोल्डमन को भी एक साथ नहीं जाना चाहिए। इस काम को करने के लिए एक इनसान काफ़ी है। हम अलग-अलग जाएँ तो और भी लोगों तक अपनी बात पहुँचा सकते हैं।

एमा : ऐसा नहीं है। अगर पुलिस आ गई तो उन्हें दो लोगों को पकड़ने में ज़्यादा दिक़्क़त होगी।

ऍना : सही कहा।

एमा : और दो लोगों के जाने पर हम संगठित भी तो दिखते हैं।

ऍना : बिलकुल सही।

साशा : *(चिढ़ते हुए)* क्या सही? ये लड़की रोचेस्टर से अभी-अभी आई है, और न्यूयॉर्क में हमें पर्चे बाँटना सिखा रही है?

एमा : साला जगहवाद का नमूना!

साशा : *(भड़कते हुए)* क्या कहा तुमने?

एमा : नमूना।

साशा : नहीं, उससे पहले क्या कहा?

एमा : जगहवाद।

साशा : ऐसा कोई शब्द नहीं है।

[थोड़ी देर तक सब शान्त मगर परेशान रहते हैं।]

एमा : *(धीरे-से)* तुम ख़ुद को अराजकतावादी मानते हो?
साशा : *(गुस्से से)* हाँ!
एमा : और अन्तर्राष्ट्रवादी भी?
साशा : बिलकुल!
एमा : जगहवाद अन्तर्राष्ट्रवाद का उल्टा है।

[सब हँसते हैं।]

साशा : तुम मेरी तौहीन कर रही हो!
ऍना : सही तो कह रही है।
साशा : ''ये सही है, ये सही है!'' बस करो तुम लोग।
वीटो : साशा, ज़रूरी तो नहीं हर बहस में तुम्हारी ही जीत हो?
एमा : पाँच बजे मिलेंगे साशा, ब्रूम स्ट्रीट पर, टैक्सी स्टैंड के पास।

[एमा हाथ मिलाने को बढ़ाती है। साशा उसकी तरफ़ दिलचस्पी लेकर देखता है। फिर धीरे-से हाथ उठाता है। वे हाथ मिलाते हुए मुस्कुराते हैं।]

दृश्य चार

[पृष्ठभूमि में क्रान्तिकारी गीत बजता है। डचवेरियन हॉल में जोहान मोस्ट पर स्पॉटलाइट पड़ती है। वह मंच के बीचोंबीच खड़ा है। उसने कोट और टाई पहन रखी है। लम्बा, छोटे बाल, काली घनी दाढ़ी। बचपन की किसी दुर्घटना की वजह से चेहरे की बाईं तरफ़ चोट का निशान। जर्मन रीचस्ताग का सदस्य। क्रान्तिकारी आन्दोलन का अनुभवी दिग्गज। कई बार जेल जा चुका है। आवाज़ में काफ़ी जोश है मगर श्रोता का ध्यान खींचने के लिए अक़्सर धीमी आवाज़ में बोलने का हुनर रखता है। मंच के चारों तरफ़ पुलिसवालों का घेरा है। हर सिपाही के हाथ में डंडा है।]

मोस्ट : मेरे कामरेड साथियो! और न्यूयॉर्क पुलिस के जांबाज़ सिपाहियो। *(जनता ठहाके मारकर हँसने लगती है। मोस्ट नज़रें गड़ाकर श्रोताओं की तरफ़ देखता है।)* अरे वाह! इंस्पेक्टर सुलिवन

भी मौजूद हैं, चौथी पंक्ति में बैठे हैं, नोट्स ले रहे हैं। अच्छा है! *(जनता हँसती है, ताली बजाती है।)* इंस्पेक्टर, प्लीज़ मेरे नाम में वर्तनी की कोई ग़लती मत कीजिएगा। मेरा नाम है जोहान मोस्ट। *(मोस्ट दोनों हाथ उठाता है, उसकी आवाज़ बदलने लगती है, चेहरे से मुस्कान ग़ायब हो जाती है।)* साथियो, हम यहाँ शान्ति और एकता की बात करने आए हैं। यहाँ हम मज़दूर, उनकी बीवियाँ और बच्चे इकट्ठे हुए हैं। *(ग़ुस्से से)* फिर भी हम चारों तरफ़ से पुलिसवालों से घिरे हुए हैं। क्या यही है हमारी बोलने की आज़ादी? *(जनता में बड़बड़ाहट बढ़ने लगती है।)* पुलिसवाले भाइयो, आप यहाँ क्यों आए हैं? शायद आपको ख़बर मिली है कि यहाँ अराजकतावादियों की सभा होने वाली है। *(जनता हँसती है।)* हाँ, हम अनार्किस्ट हैं! *(तालियों की गड़गड़ाहट गूँज उठती है।)* आपसे कहा गया होगा कि हम मज़दूर उपद्रव, अशान्ति और नियमहीनता में यक़ीन रखते हैं। ग़लत! हम नियम में विश्वास करते हैं। मगर किसी बनावटी व्यवस्था, किसी नकली नियम में नहीं। जिसे लागू करने के लिए बन्दूक़, हवालात, अदालत और डंडों की ज़रूरत पड़े। हम विश्वास करते हैं उस प्राकृतिक व्यवस्था में जिसमें हम बराबरी और आज़ादी के साथ मिल-जुलकर रह सकें, काम कर सकें, जश्न मना सकें! आपसे किसने कहा कि हम उपद्रव और अव्यवस्था में यक़ीन करते हैं? उन पूँजीपतियों ने जिन्होंने दुनिया-भर में उपद्रव मचा रखा है? जो जंग की आग में झोंक कर पूरी दुनिया को बर्बाद करने पर तुले हैं! *(आवाज़ में नरमी आ जाती है)* इंस्पेक्टर साहेब, पुलिसवाले भाइयो, चलिए आज हम आपको बता देते हैं, हम अराजकतावादी क्यों बने। *(रुककर)* पहले तो हमने देखा कि हम उन नियमों के तहत अपनी ज़िन्दगी जी रहे हैं, जिन्हें हमने नहीं बनाया। जहाँ हमारी मर्जी के ख़िलाफ़, हमारे तरीक़ों के ख़िलाफ़ हमसे रहने को, काम करने को कहा जाता है। फिर हमने अपने शहर को देखा। देखा कि किस तरह सुबह पाँच बजे उठकर एक मज़दूर दिन की पहली और आख़िरी गहरी साँस लेता है। फिर दिन-भर किसी मशीन के पुर्ज़े की तरह किसी अमीर के कारख़ाने में घिसता रहता है। आपने

देखा है सर्दी के मौसम में कैसे सड़कों पर हमारी लाशें बिछ जाती हैं? हमारे बच्चे गर्मी में हैजे से मर जाते हैं। हमारे पास रहने को घर नहीं, पहनने को कपड़े नहीं, खाने को खाना नहीं है! *(सन्नाटा। मोस्ट एक क़दम आगे बढ़ता है। उसकी आवाज़ में ग़ज़ब का जोश आ जाता है)* फिर हमने कुछ और देखा। देखा कि इसी शहर की सात सौ इमारतें एक ही परिवार के नाम पर हैं, अस्टोर्स, जिसकी जायदाद सौ मिलियन डॉलर है। हमने देखा कि जे गोल्ड की हडसन नदी के किनारे पाँच सौ एकड़ ज़मीन है, और फिफ्थ एवेन्यू में एक बहुत बड़ा बंगला है। हमने देखा रॉकफेलर ने किस तरह पूरे देश के तेल पर कब्ज़ा कर रखा है। क्या इस देश के प्राकृतिक संसाधनों पर सभी नागरिकों का हक़ नहीं? ख़ैर, हमने देखा कि किस तरह इस देश के कुछ अमीरों ने मिलकर सदियों से हम ग़रीब मज़दूरों की मेहनत से ख़ुद को और अमीर कर लिया है। अभी कुछ दिन पहले एक कुत्ते के लिए उन्होंने दावत रखी थी। हाँ, एक कुत्ते के लिए! उसे गहनों से सजाया गया था। और वहीं बग़ल में चेरी स्ट्रीट पर एक औरत अपनी बच्ची के लिए दूध तक नहीं ख़रीद पा रही थी। *(ग़ुस्से से मोस्ट का दम घुटने लगता है। गहरी साँस लेकर। आवाज़ धीमी कर)* हमने ये भी देखा कि यही अमीर उद्योगपति हमारी सरकार चुनते हैं। हमारा राष्ट्रपति, हमारे सांसद, अदालतों के जज, चर्चों के पादरी से लेकर हमारे अख़बार, हमारे स्कूल, कॉलेज सब इनके कब्ज़े में हैं। *(पुलिसवाले एक साथ डंडा बजाने लगते हैं। मोस्ट आवाज़ ऊँची कर बोलने लगता है)* हर साल पैंतीस हज़ार मज़दूर इनके मिलों, कारख़ानों और खदानों में मारे जाते हैं। हर बार जंग ये छेड़ते हैं, और मरना हमारे बच्चों को पड़ता है। और वे हमें हिंसक कहते हैं? *(रुक कर, एक-एक शब्द पर ज़ोर देते हुए)* चलिए आज हम अपनी पॉलिटिक्स स्पष्ट किए देते हैं। निर्दोष लोगों के ख़िलाफ़ हिंसा? कभी नहीं। अत्याचारी का प्रतिरोध? हमेशा! *(लोग ताली बजाते हैं)* आप नोट कर रहे हैं न इंस्पेक्टर सुलिवन? हमें आपके जवाब का इन्तज़ार रहेगा। *(जनता में कुछ लोग हँसते हैं)* मगर याद रखिये, एक दिन ऐसा भी आएगा जब आपको

हमारा जवाब मिलेगा! और वो दिन अब दूर नहीं। *(मोस्ट झुककर जनता का अभिवादन करता है। तालियों की गड़गड़ाहट के बीच चलता हुआ बाहर जाता है। पुलिसवाले अभी तक डंडे बजा रहे हैं। भीड़ से निकलकर ऍना और एमा मंच पर आते हैं।)*

ऍना : मीटिंग अच्छी रही!

एमा : तो ये है जोहान मोस्ट। इसका जेल आना-जाना क्यों लगा रहता है।

साशा : *(प्रवेश करते हुए)* हेलो ऍना! हेलो एमा!

[फेड्या भी प्रवेश करता है। उसने एक महँगी बूटेदार कमीज़ पहन रखी है। साशा उसे देखकर मुँह फेर लेता है।]

साशा : अपनी कमीज़ देखो। देखकर ही पता चल जाता है कि तुम एक कलाकार हो।

फेड्या : साशा को मेरी कमीज़ पसन्द नहीं।

एमा : मुझे तो तुम्हारी कमीज़ पसन्द आई।

साशा : अपनी-अपनी पसन्द है। मगर जब हमारे आन्दोलन को पैसों की इतनी ज़रूरत है, क्या हमें इस तरह के कंपड़ों में पैसे बर्बाद करने चाहिए?

एमा : ये सुन्दर चीज़ें ही हमें याद दिलाती हैं कि कल की दुनिया कितनी ख़ूबसूरत होगी। क्या हमें ख़ुद को इन से भी अलग कर लेना चाहिए?

साशा : जब इतने लोग भूख से मर रहे हैं, क्या एक अराजकतावादी को ऐसे मौज करनी चाहिए?

ऍना : ये यहूदी साले जब भी बात करते हैं, सिर्फ़ सवाल पूछते हैं। जवाब कोई नहीं देता।

एमा : क्या क्रान्तिकारी बनने के लिए संगीत, फूलों की ख़ुशबू जैसी ज़िन्दगी की छोटी-छोटी ख़ुशियों को भी त्याग देना चाहिए?

ऍना : *(फेड्या से)* देखा?

साशा : किसने कहा फूल और संगीत छोड़ने को? मगर ऐसी महँगी कमीज़...

फेड्या : तुम्हारी नज़र में कला की क्या जगह है?

साशा : पर्सनली मत लेना फेड्या, मगर सब जानते हैं कि कलाकार अपने आसपास की ग़रीबी को सजा-सँवारकर अमीरों को लुभाने का काम करते हैं।

फेड्या : मैं क्यों पर्सनली लूँगा? मैं तो पर्सन ही नहीं हूँ।

एमा : साशा तुम्हारी सोच में कहीं कुछ तो ग़लत है। समझाना बहुत मुश्किल है मगर...

साशा : अगर तुम सही होती, तो अपनी बात समझा पाती।

एमा : *(धीरे-से)* बड़े ज़ाबिर हो।

साशा : *(मज़ाकिया होते हुए)* तुमने अभी जो कहा उसका मुझे मतलब तो नहीं पता। चलो मान लेता हूँ कि तुमने फिर से मेरी तौहीन की है।

ऍना : शायद वो कहना चाहती है साशा कि क्रान्ति आने तक हम सबको तुम्हें ऐसे ही झेलना पड़ेगा।

साशा : तुम नहीं समझ रही...

ऍना : मैं समझ गई हूँ, और अब मैं घर जा रही हूँ—झेलने! तुम चलोगी एमा?

एमा : तुम बढ़ो। मैं आती हूँ। मुझे इन पोस्टरों पर तारीख़ें बदलनी हैं। मोस्ट दो हफ़्ते बाद फिर से भाषण देने वाला है।

ऍना : जब तक एमा को एक अच्छी नौकरी नहीं मिल जाती, वो मेरे साथ ही रहने वाली है।

[ऍना जाने लगती है। फेड्या को कोहनी मारकर चलने का इशारा करती है।]

फेड्या : *(जम्हाई लेने का नाटक करते हुए)* मैं भी बहुत थक गया हूँ। *(एमा से)* मोहतरमा, आप की तरह मेहनती तो मैं हूँ नहीं। *(ऍना से)* चलो ऍना मैं तुम्हें घर छोड़ दूँगा।

[ऍना और फेड्या चले जाते हैं।]

साशा : *(जाते हुए फेड्या को घूरकर)* थक गया है? दिन-भर सोने के बावजूद? आलसी कहीं का! *(हिचकिचाकर, एमा की तरफ़ मुड़कर, धीरे-से)* थोड़ा टहलकर आएँ?

एमा : मुझे इन पोस्टर्स का काम ख़त्म करना है।

साशा : और आज से हमारी बहस बन्द। हम कामरेड्स हैं।

एमा : क्यों? कामरेड्स बहस नहीं करते?

साशा : अब तुम बहस पर भी बहस करना चाहती हो?

[थोड़ी देर तक दोनों चुप रहते हैं। एमा पोस्टरों पर काम करती है।]

साशा : चलो लाइम सोडा पीकर आते हैं।

एमा : *(मज़ाक़ उड़ाते हुए)* क्यों पैसा बर्बाद करना?

साशा : *(रुककर)* सिर्फ़ सोडा... ?

एमा : और अगर मुझे चॉकलेट खाने का मन कर जाए तो?

साशा : *(खुश होते हुए)* मैं उतना ज़िद्दी नहीं हूँ जितना तुम सोचती हो। चॉकलेट खाने का मन है तो क्यों नहीं खा सकते?

एमा : *(धीरे-से)* क्या हुआ साशा? तुम ऐसे कैसे बने?

साशा : तुम्हारा मतलब, इतना ज़ाबिर?

एमा : हाँ...नहीं...मेरा मतलब, कठोर। तुम्हारे विचार...हमारे विचार... मैंने सुना तुम सिगार बनाने वाले मज़दूरों को संगठित कर रहे हो?

साशा : तेरह साल का था, जब स्कूल से निकाल दिया गया। एक लेख लिखने के लिए।

एमा : लेख के लिए?

साशा : लेख का शीर्षक था—''भगवान मर चुका है''।

[दोनों हँसते हैं।]

एमा : तेरह साल की उम्र तक तो मैं सैंट पीटर्सबर्ग के एक कारख़ाने में काम करने लगी थी। नहीं जानती थी कि भगवान क्या है? पूँजीवाद, समाजवाद, देश क्या है? जानने की ज़रूरत भी कहाँ थी, जब तुम हर रोज़ अपनी हड्डियों में महसूस कर सकते हो।

साशा : तुमने नहीं सोचा कि अमरीका में हालात अच्छे होंगे?

एमा : रोचेस्टर के कारख़ाने में काम करते हुए मुझे तो कोई फ़र्क़ महसूस नहीं हुआ। हाँ, अमरीका में संविधान है। मगर वो कारख़ानों के अन्दर लागू नहीं होता।

साशा : उन पर भी लागू नहीं हुआ जिन्हें हेमार्केट के बाद सूली पर लटका दिया गया।

एमा : मेरी भी आँख हेमार्केट के बाद ही खुली...

साशा : अदालत में उनके आख़िरी शब्द मैं कभी नहीं भूल सकता— "ये मेरे विचार हैं। मेरे अस्तित्व का हिस्सा हैं। मैं ख़ुद को इनसे अलग नहीं कर सकता। कर सकता तब भी शायद नहीं करता। अगर सच का साथ देने के लिए मुझे सूली पर ही लटकना है तो बुलाओ अपने जल्लाद को!"

[दोनों शान्त हो जाते हैं।]

साशा : जब मेरा समय आएगा, काश मुझमें इतनी हिम्मत हो।

एमा : *(नज़दीक आकर, साशा का हाथ कसते हुए)* साशा! मरने के लिए अभी तुम काफ़ी छोटे हो।

साशा : मगर एक दिन आएगा जब हमें या तो इन मालिकों के सामने झुकना होगा, या सब कुछ कुर्बान कर देना पड़ेगा। शायद ज़िन्दगी भी...

एमा : मैं भी अपने विचारों के लिए अपनी ज़िन्दगी कुर्बान करना चाहती हूँ, मगर एक झटके में, किसी नायक की तरह नहीं। लड़ते हुए अगले पचास साल तक हर रोज़ मैं अपनी ज़िन्दगी कुर्बान करना चाहती हूँ। आन्दोलन को ज़िन्दा रखने के लिए हमारा ज़िन्दा रहना ज़रूरी है। मरना तो आसान होता है।

साशा : अब शायद हमारे पोते-परपोते ही अपनी ज़िन्दगी पूरी तरह से जी पाएँगे।

एमा : मैं नहीं मानती। हमें अपनी ज़िन्दगी को जीना है। अच्छे से, ताकि हम दूसरों को बता सकें कि ज़िन्दगी कैसे जी जानी चाहिए!

[अपने उत्साह की वजह से एमा ने साशा का हाथ अभी तक पकड़ रखा है। वह साशा के और नज़दीक आ गई है। अचानक दोनों को इस बात का एहसास होता है और दोनों झटके से पीछे हट जाते हैं।]

साशा : (हिचकिचाते हुए) कल तुम्हें क्या काम है?

एमा : कल रेलवे स्टेशन जाना है। सिलाई मशीन लेने।

साशा : तुम रोचेस्टर से अपनी सिलाई मशीन लेकर आई हो?

एमा : हाँ, मैं इन फैक्ट्रियों में काम करके थक गई हूँ। ख़ुद से कुछ करना चाहती हूँ। सोच रही हूँ एक सहकारी सिलाई दुकान शुरू करूँ। जैसे 'व्हाट इज़ टू बी डन' की नायिका ने किया था?

साशा : ओह, तुमने चेर्नीश्येवस्की को पढ़ा है?

एमा : इसमें हैरान होने की क्या बात है?

साशा : इतनी कम उम्र में?

एमा : मैं तुमसे बड़ी हूँ।

साशा : मगर मैं एक मर्द हूँ।

एमा : *(ग़ुस्सा होते हुए)* और मैं एक औरत हूँ।

साशा : तुम बेहद संवेदनशील हो।

एमा : और तुम बेहद संवेदनहीन!

साशा : *(गहरी साँस लेते हुए)* क्या हम दोनों कभी अच्छे दोस्त बन पाएँगे?

एमा : *(धीरे-से)* क्या हम अभी अच्छे दोस्त नहीं हैं? *(रुककर)* साशा, किसी और दिन लाइम सोडा पिएँगे। ऍना मेरा इन्तज़ार कर रही होगी। मेरी वजह से उसे देर तक जागना पड़ेगा।

साशा : ठीक है! कल मैं तुम्हारे साथ स्टेशन चलूँगा। मैं शहर की तमाम गलियाँ जानता हूँ। उसके बाद, अगर तुम चाहो तो हम ब्रुकलिन ब्रिज से होकर लौटेंगे। वहाँ नदी के ऊपर ग़ज़ब की हवा चलती है।

एमा : *(नज़रें गड़ाकर)* मैंने तो नहीं कहा तुम्हें साथ चलने के लिए! तुम्हें कल काम पर नहीं जाना?

साशा : *(थोड़ा घबराते हुए)* आज फैक्ट्री में पर्चे बाँटता हुआ पकड़ा गया। फोरमैन ने कहा कि कल से मत आना। तो सोचा कि तुमसे मिलने चला आऊँ।

[एमा कुछ बोलने को होती है। साशा उसकी बात काटता है।]

साशा : मैं जानता हूँ ऍना कहाँ रहती है। कितने बजे आना है?

[एमा जवाब नहीं देती।]

साशा : कितने बजे?

एमा : दस बजे।

साशा : अच्छी बात है। तुमसे मिलने से पहले मैं सुबह-सुबह नौकरी भी ढूँढ़ सकता हूँ।

एमा : मैंने देखा है कि तुम कितना खाते हो। तुम्हें नौकरी की सख़्त ज़रूरत है।

साशा : एमा...तुम बड़ी...ज़ाबिर हो। *(मुड़कर जाने लगता है। रुककर पीछे मुड़ता है।)*

[दोनों मुस्कुराते हैं। साशा चला जाता है।]

दृश्य पाँच

[ऍना का अपार्टमेंट। पृष्ठभूमि में बाँसुरी की धुन सुनाई पड़ती है। हलकी-सी रौशनी। एमा और साशा दबे पाँव चलते हुए अन्दर आते हैं। एमा ने जहाज़ियों जैसी टोपी पहन रखी है।]

एमा : अन्दर आ जाओ। थोड़ी देर और साथ रहो न प्लीज़।

साशा : ऍना जाग गई तो?

एमा : अभी बम फट जाए या ये अपार्टमेंट ढह जाए तब भी ऍना नहीं जागेगी। *(अपनी बात साबित करने के लिए फ़र्श पर ज़ोरों से पैर पटकती है।)* देखा!? *(वे धीरे-से गले मिलते हैं।)*

ऍना : *(बग़ल के कमरे से, नींद में)* हल्ला मत करो! सो जाओ...

[एमा और साशा घबराकर अलग हो जाते हैं। एमा मुस्कुराते हुए कन्धे झटकती है। थोड़ी देररुक कर दोनों दोबारा गले मिलते हैं, और एक दूसरे को चूम लेते हैं। पृष्ठभूमि में बाँसुरी बजती रहती है।]

दृश्य छह

[ऍना के अपार्टमेंट में मस्ती का माहौल। पियानो पर उल्लासपूर्ण संगीत बजता है। एमा और साशा बैठकर चाय पी रहे हैं। धीरे-धीरे चाय की चुस्कियाँ लेता हुआ साशा काफ़ी ख़ुश नज़र आ रहा है। ऍना और फेड्या प्रवेश करते हैं।]

साशा : देखो, इसने आज भी वही शर्ट पहन रखी है!

एमा : *(साशा से, धीमी आवाज़ में)* ऍना को कौन बताएगा? तुम या मैं?

साशा : मैं बताता हूँ।

ऍना : क्या बताना है?

एमा : उफ़्फ़! इस लड़की को सब कुछ सुनाई देता है।

ऍना : हाँ, सब कुछ। *(हँसते हुए एमा को गले लगाती है।)*

एमा : ऍना, टोबी गोल्डन का घर ख़ाली हो रहा है। महीने के पाँच डॉलर। साशा और मैं वहाँ रहने के बारे में सोच रहे हैं।

ऍना : *(चिढ़ाते हुए)* कैसी सहेली हो? मुझे छोड़कर साशा के साथ रहने जा रही हो?

एमा : ऍना, यह घर एक ही इनसान के लिए ठीक है। दो लोग रहेंगे तो तुम्हें प्राइवेसी की दिक़्क़त होगी।

ऍना : हाँ। जबसे साशा घर आने लगा है, मुझे प्राइवेसी कहाँ मिलती है? *(एमा को चिढ़ाते हुए आहें भरने लगती है)* हाँ *(एमा से लिपटते हुए)* तुम्हें एक चारदीवारी की ज़रूरत है। मैंने देखा है टोबी गोल्डन का घर। इस अपार्टमेंट का दोगुना होगा, है न?

साशा : हाँ। इस घर का दोगुना होगा।

ऍना : तब तो मैं भी वहाँ आराम से रह सकती हूँ!

साशा : देखो ऍना...

ऍना : अरे तुम्हीं तो कहते थे कि हमें और एकजुट होना चाहिए। साम्यवाद, मंडलीकरण वगैरह।

साशा : हाँ बिलकुल, मगर...

ऍना : *(भाषण की मुद्रा में, साशा की नक़ल करते हुए)* बूर्जुआ व्यक्तिवाद हमारा सबसे बड़ा शत्रु है। यह हमें दूषित और भ्रष्ट कर देता है। हमें एक नई तहज़ीब को मुकम्मल करना हैं। जिसमें हर इनसान मिल बाँटकर रहता है, जिस समाज में हर किसी का योगदान है।

एमा : ऍना सही कह रही है।

साशा : *(मायूस होते हुए)* हाँ सही कह रही है।

फेड्या : *(जो अब तक कमरे में सजी तस्वीरों को देख रहा था, रुक कर)* मैं जानता हूँ टोबी को। उसके घर में तीन बड़े कमरे हैं।

ऍना : देखा?

फेड्या : हाँ, मैं भी वहाँ रह सकता हूँ।

ऍना : तुम भी?

फेड्या : *(ऍना की नक़ल उतारते हुए)* हमें एक नई तहज़ीब को मुकम्मल करना है कामरेड्स। बाइबिल कहता है अपने पड़ोसी से प्रेम

करो। मार्क्स कहता है दुनिया के मज़दूरो, एक हो। क्रोपोत्किन कहता है एक आज़ाद समाज का निर्माण करो। फेड्या कहता है फेड्या के लिए जगह बनाओ!

ऍना : मगर हमारा रिश्ता एमा और साशा के रिश्ते जैसा नहीं है। हम दोनों सिर्फ़ दोस्त हैं।

फेड्या : हाँ। और हम दोस्त की तरह ही साथ रहेंगे। वो क्या कहते हैं? *(दोबारा भाषण देने की मुद्रा में)* एक मर्द और औरत के बीच कई क़िस्म के रिश्ते होने चाहिए—साहचर्य, दोस्ती, वासना...

ऍना : दुश्मनी! हत्या! *(मज़ाकिया होकर फेड्या पर झपटती है।)*

एमा : *(चहकते हुए)* वाह! हम चारों एक साथ एक घर में!

साशा : *(जो अभी तक कोने में उदास खड़ा था, जोश में आते हुए)* चार ही क्यों? मेरा एक दोस्त है युस्सेल मिलर। उसे बाथरूम में रखेंगे। वो खड़े-खड़े सोएगा।

एमा : *(हताश होते हुए)* साशा!

साशा : और कुछ बोलने की ज़रूरत नहीं। *(आगे बढ़कर सबके कन्धे पर हाथ रखता है)* तुम सही हो। मैं ग़लत हूँ। जब ग़लत हूँ तो स्वीकार करूँगा। हम एक साथ संघर्ष कर रहे हैं। साथी हैं। कामरेड्स हैं। हमें साथ रहना चाहिए। आने वाले समय में सबको मिलकर रहना है। अगर हम शुरुआत नहीं करेंगे तो कौन करेगा? *(वह ख़ुश नहीं लग रहा।)*

ऍना : *(उछलते हुए)* वाह! वाह!

फेड्या : *(अपने झोले से एक वाइन की बोतल निकालते हुए)* इसी बात पर एक-एक जाम हो जाए।

साशा : *(सर हिलाते हुए)* बेवड़ा कहीं का!

फेड्या : *(साशा के मुँह के सामने ज़ोर से बोतल खोलते हुए)* एमा तुम गिलास लगाओ। मैं वाइन उड़ेलता हूँ।

[एमा कन्धे झटककर चली जाती है।]

साशा : हम बराबर-बराबर किराया भरेंगे।

एमा : *(गिलास सजाते हुए)* नहीं। अपनी-अपनी क्षमता के मुताबिक़ हम सब किराया देंगे। ऍना और मैं सिलाई का काम करती हैं। तुम सिगार के कारख़ाने में काम करते हो।

साशा : और फेड्या अपनी शर्ट बेच देगा। उससे एक महीने का भाड़ा आराम से निकल आएगा।

ऍना : हँसो मत। जब फेड्या अपनी एक पेंटिंग बेचता है, वो मेरी एक हफ़्ते की मज़दूरी से ज़्यादा कमा लेता है।

साशा : भाई फेड्या, आख़िरी बार तुमने अपनी पेंटिंग कब बेची थी?

फेड्या : आज कौन-सा दिन है।

ऍना : बुधवार।

फेड्या : *(उँगलियों पर गिनते हुए)* मंगल...सोम...लगभग एक साल पहले...

साशा : इससे हमारा पेट भर जाएगा।

फेड्या : पेट भरने की बात मत करो साशा। तुम्हारे जितना तो हम तीनों मिलकर नहीं खाते।

एमा : हर किसी को उसकी ज़रूरत के मुताबिक़ मिलना चाहिए। साशा को ज़्यादा खाना होता है। फेड्या सुबह देर तक सोता है। मुझे बिना किसी खलल के किताब पढ़ना पसन्द है। और ऍना *(उसकी तरफ़ मुड़कर शरारती मुस्कान बिखेरते हुए)* ऍना को हर सुबह बाथरूम में एक घंटा बिताना होता है।

ऍना : इस तरह से कोई किसी के बीच भी नहीं आएगा। फेड्या सो रहा होगा। साशा खा रहा होगा। एमा पढ़ रही होगी। और मैं बाथरूम में...और थोड़ी-थोड़ी देर बाद हम जगह बदलते रहेंगे।

फेड्या : हमारी ज़रूरतों के नाम एक-एक जाम हो जाए!

[एमा सबके लिए वाइन उड़ेलती है। साशा उत्साहित होकर एक घूँट में अपना गिलास ख़ाली कर देता है।]

साशा : हम टोबी की बिल्डिंग के रहने वाले सभी मज़दूरों को संगठित कर सकते हैं।

एमा : हम चारों मिल जाएँ तो क्या नहीं कर सकते!

[फेड्या दोबारा सबके गिलास भरता है। साशा दोबारा एक घूँट में गिलास ख़ाली कर देता है। फेड्या हँसते हुए तीसरी बार उसका गिलास भरता है। ऍना एक यहूदी गीत 'मेन ग्रीनेह कुज़ीने' गाने लगती है। वो एमा का हाथ थामकर उसे मंच के बीचोंबीच लाती है। दोनों

थिरकते हैं। फिर एमा फेड्या का हाथ पकड़ उसे भी अपने नृत्य में शामिल कर लेती है।]

एमा : तुम भी आओ साशा!

साशा : हर किसी को उसकी ज़रूरत के मुताबिक़! मुझे वाइन पीना है। *(वो अपना गिलास ख़ुद भरता है। बाक़ी उसके चारों तरफ़ नृत्य कर रहे हैं। अचानक साशा भी थिरकने लगता है।)* लगता है मुझे थोड़ी चढ़ गई है! *(साशा ख़ुशी से मुस्कुराता है, अचानक चीख़ता है)* फेड्या, मुझे अपनी शर्ट दो! *(फेड्या अपनी कमीज़ उतारकर साशा की तरफ़ फेंकता है। साशा उसकी कमीज़ से अपना चेहरा ढक लेता है। 'मेन ग्रीनेह कुज़ीने' की धुन पर चारों थिरकते रहते हैं।)*

दृश्य सात

[फेड्या रसोई की मेज़ पर बैठा चित्रकारी कर रहा है। वह अचानक चौंकता है। एमा प्रवेश करती है। वह काफ़ी थकी हुई लगती है। अन्दर आते हुए अपना बैग ज़मीन पर पटकती है।]

एमा : कितनी गर्मी है, फेड्या! तुम काम कैसे कर पा रहे हो?

फेड्या : मोहतरमा आज आप जल्दी आ गईं। सब ठीक तो है?

एमा : कर्गमन को पता चल गया कि हम लोग कर्मचारियों को संगठित कर रहे थे। हम तीनों को नौकरी से निकाल दिया गया। काफ़ी हंगामा हुआ। बाक़ी लड़कियाँ भी शटर बन्द कर निकलना चाहती थीं, मगर हमने उन्हें रुकने को कहा। आज शाम यूनियन की मीटिंग है। देखते हैं क्या होता है...उफ़्फ़... कितनी गर्मी है यहाँ!

[अपनी कमीज़ उतार देती है। उसने अन्दर स्लिप पहन रखा है।]

फेड्या : एमा, ये आप क्या कर रही हैं?

एमा : *(हँसते हुए)* फेड्या डार्लिंग, तुमने मुझे इस तरह पहले कभी नहीं देखा?

फेड्या : हाँ देखा है, मगर सबकी मौजूदगी में। इस तरह अकेले में...

एमा : अगर तुम नर्वस हो रहे हो तो मैं अपनी कमीज़ वापस पहन लेती हूँ।

फेड्या : *(हकलाते हुए)* मैं नर्वस क्यों होऊँगा भला? मैं एक कलाकार हूँ। सेटलमेंट हाउस में हमने कई नंगी तसवीरें बनाई हैं। न्यूड के माध्यम से हम लोगों को कला देखने की तमीज़ सिखाते हैं। पहले हम मॉडलों के साथ काम करते थे, मगर अब इतने पैसे नहीं हैं। तो इन दिनों अपनी याददाश्त पर ज़ोर डालकर पेंटिंग्स बनानी पड़ती हैं। *(मुस्कुराते हुए)* वैसे मेरी याददाश्त काफ़ी ख़राब है।

एमा : अगर तुम चाहते हो कि मैं तुम्हारे लिए पोज़ करूँ तो कभी भी कह सकते हो।

फेड्या : आप मज़ाक़ कर रही हैं...

एमा : मज़ाक़ क्यों करूँगी? मेरे शरीर पर मेरा हक़ है। हम दोस्त हैं, कामरेड्स हैं। *(झुककर फेड्या के गालों को चूमती है।)*

[फेड्या परेशान होकर कमरे के चक्कर काटने लगता है।]

एमा : क्या हुआ?

फेड्या : मुझे ख़ुशी होगी अगर आप मेरे लिए पोज़ करेंगी एमा, मगर... पता नहीं...

एमा : बताओ क्या बात है?

फेड्या : *(रुककर, एमा के पास आकर)* मैं बहुत दिनों से परेशान हूँ। *(सर हिलाते हुए)* साशा मेरा दोस्त है, मगर फिर भी...मैं तुम्हारे बारे में सोचता रहता हूँ...पता नहीं क्यों... *(एमा का हाथ थाम लेता है।)*

एमा : *(उसके बालों पर हाथ फेरते हुए)* फेड्या! सब ठीक है। सब ठीक है। इसमें कुछ भी ग़लत नहीं। हम दोनों साशा को पसन्द करते हैं। मगर साशा मेरा मालिक नहीं है, और न मैं उसकी।

फेड्या : *(एमा के दोनों हाथों को कसते हुए)* एमा...तुम्हें लगता है कि... ?

एमा : हम क्यों जी रहे हैं? क्यों लड़ रहे हैं, संगठित हो रहे हैं? इस संघर्ष का लक्ष्य क्या है? इस शोरगुल में अक्सर भूल जाती हूँ और फिर ख़ुद को याद दिलाना पड़ता है कि ज़िन्दगी को खुलकर जीना चाहिए। यही तो है आज़ादी! मैं नौ साल की थी।

रूस में। पड़ोस में एक किसान का बेटा मेरा दोस्त था। वो ग़ज़ब की सुरीली बाँसुरी बजाता था। एक दिन वो मुझे खेतों में ले गया। हम हरी घास पर बैठकर डूबते सूरज को देखते रहे। फिर उसने मुझे अपनी बाँहों में उठाया और हवा में उछाल कर लपक लिया। वक़्त जैसे रुक-सा गया हो। हर तरफ़ दूब की ख़ुशबू। हम वहाँ शाम ढलने तक बैठे रहे। उस दिन मेरी रूह पिघल गई थी।

[फेड्या एमा के बालों को चूम लेता है।]

एमा : कई सालों के बाद, मैं अपनी आंटी के घर कोनिग्स्बर्ग गई थी। वो मुझे एल ट्रोवाटोर का ओपेरा दिखाने ले गई। आह! वो मदहोश कर देने वाली आवाज़। वो दीवाना बना देने वाला संगीत। मैं पहली बार थिएटर गई थी, मगर ऐसा लग रहा था कि ये सब मेरी ही ज़िन्दगी का हिस्सा है। वहाँ बालकनी में मुझे लगा कि मैं किसी दूसरी दुनिया में प्रवेश कर गई हूँ। मेरे आँसू रुक नहीं रहे थे। जब संगीत ख़त्म हुआ, पूरा थिएटर तालियों से गूँज उठा। सब उठकर जा रहे थे। आंटी मुझे पुकार रही थी। मगर ओपेरा ख़त्म होने के बाद भी मैं वहाँ बैठी रही...बाद में, जब हम अमरीका के लिए रवाना हुए, मुझे लगा मेरी पूरी ज़िन्दगी पीछे छूट गई है। मगर जहाज़ में बैठी मैं उस किसान के लड़के और ओपेरा हाउस को याद करती रही। मैं बहुत छोटी थी। दुनिया के नियम क़ानून मालूम नहीं थे। मगर उसी वक़्त मैं समझ गई थी कि मैं कैसी ज़िन्दगी जीना चाहती हूँ...

[एमा सिसकती हुई फेड्या के गले लग जाती है। काफ़ी देर तक दोनों एक दूसरे से लिपटे रहते हैं। फेड्या काफ़ी परेशान हो जाता है।]

एमा : क्या हुआ?

फेड्या : मैं साशा का दोस्त हूँ।

एमा : ये तो और भी अच्छी बात है!

फेड्या : शायद मैं साशा को धोखा दे रहा हूँ।

एमा : तुम साशा से कुछ भी छीन नहीं रहे हो। मैं और वो साथ थे, हैं, और रहेंगे।

फेड्या : क्या साशा भी ऐसे ही सोचेगा?

एमा : तुम तो साशा को जानते हो। पहले थोड़ा ग़ुस्सा करेगा।

फेड्या : हाँ, साशा ग़ुस्सा करेगा!

एमा : कुछ कुर्सियाँ तोड़ेगा।

फेड्या : शायद कुछ हड्डियाँ भी तोड़ दे...

एमा : और फिर कहेगा...

फेड्या : *(साशा की नक़ल करते हुए)* मैं ग़लत हूँ—तुम सही हो। मैं ग़लत हूँ। जब ग़लत होता हूँ तो स्वीकार करता हूँ। किसी का किसी पर कोई अधिकार नहीं होता। हम सभी आज़ाद हैं। हमें आज़ाद लोगों की तरह जीना चाहिए।

एमा : हाँ, बिलकुल ऐसा ही कहेगा।

फेड्या : साशा ज़िन्दाबाद!

[संगीत के साथ दृश्य समाप्त होता है।]

दृश्य आठ

[कर्गमन की फैक्ट्री के बाहर धरने का दृश्य। महिलाओं की भीड़ है। ऍना और एमा भी हाथ में प्लेकार्ड लेकर नारा लगाते हुए चल रहे हैं। एक धरना देने वाले के सर पर पट्टी बँधी है। बग़ल में एक पुलिसवाला खड़ा है। उसके हाथ में डंडा है।]

भीड़ : *(एक साथ)* स्ट्राइक! स्ट्राइक! स्ट्राइक! स्ट्राइक! कर्गमन के लिए काम नहीं करेंगे! नहीं करेंगे! नहीं करेंगे! स्ट्राइक! स्ट्राइक! स्ट्राइक! स्ट्राइक!

[एक लड़की दौड़ती हुई मंच पर आती है।]

लड़की : नई लड़कियाँ आ रही हैं। गद्दार कहीं की! उन्होंने हमारी नौकरी इन नई लड़कियों को दे दी है।

[नई कर्मचारियों की एक छोटी-सी भीड़ मंच पर प्रवेश करती है। एक सूट-बूट पहना आदमी उनकी अगुवाई करता है। जिस लड़की ने अभी-अभी घोषणा की थी वो ग़ुस्से से एक पत्थर उठाती है। एमा उसे रोक लेती है।]

एमा : नहीं। रुको!

[धरना देने वाली लड़कियाँ फैक्ट्री के गेट का घेराव करती है। नई लड़कियाँ भी रुक जाती हैं।]

एमा : देखो इन्हें! अभी-अभी नाव से उतरी हैं। देखो इनकी शक्लें। ये भी भूखी हैं। हमारी तरह! *(सूट-बूट पहना आदमी एमा को धक्का मारकर गिरा देता है। घेराव से निकलकर कुछ लड़कियाँ एमा की मदद करने को आगे बढ़ती हैं। पुलिसवाला अपना डंडा हवा में लहराता है। लड़कियाँ पीछे हट जाती हैं। एमा उठकर नई लड़कियों से बात करने लगती है।)*

एमा : बहनो! मेरी बात सुनो! इन लोगों ने तुम्हें शायद नहीं बताया होगा कि यहाँ हम, यहाँ के पुराने कर्मचारी, हड़ताल पर हैं। तुम हमारी नौकरियाँ छीन रही हो।

[सूट-बूट वाला आदमी ग़ुस्से से एमा का हाथ पकड़ लेता है।]

आदमी : *(धमकाते हुए)* भाग यहाँ से। इससे पहले कि हम तेरा मुँह तोड़ दें।

[एमा ग़ुस्से से अपना हाथ छुड़ा लेती है। बाक़ी लड़कियाँ भी आगे बढ़कर एमा के साथ खड़ी हो जाती हैं। भीड़ से कोई एक बक्सा निकालकर एमा के सामने रख देता है। एमा पहले थोड़ा हिचकिचाती है। फिर हिम्मत करके उस पर खड़ी हो जाती है।]

एमा : *(आवाज़ ऊँची कर)* बहनो! मैं जानती हूँ तुम्हें काम चाहिए। तुम्हारे परिवार भूखे हैं। हमारे परिवारों की तरह। कर्गमन ने तुमसे कहा होगा कि वो तुम्हें अच्छी तनख़्वाह देगा। मगर हमारी बात समझने की कोशिश करो। हम कर्गमन को अच्छी तरह से जानते हैं। वो एक बेईमान और मक्कार आदमी है। इसे तुमसे बेहतर कौन समझ सकता है? उसने तो तुमसे कहा तक नहीं कि यहाँ एक हड़ताल चल रही है! उसने तुम्हें धोखा दिया! ठीक उसी तरह जैसे वह हमें धोखा देता रहा है। वो तुम्हें अच्छी तनख़्वाह देगा। मगर सिर्फ़ इस स्ट्राइक के टूटने तक।

एक बार हम चले जाएँगे, फिर क्या होगा ? वो तुम्हारी तनख़्वाह कम कर देगा, जैसा उसने हमारे साथ किया। वो तुमसे और तुम्हारी बहनों के साथ बुरा बर्ताव करेगा, जैसा उसने हमारे साथ किया। फिर तुम क्या करोगी ? वही जो हमने किया— स्ट्राइक। हड़ताल। जिसे वो अपने गुंडों, पुलिसवालों, बन्दूक़ों और लाठियों की मदद से तोड़ने की कोशिश करेगा, जैसा आज वो हमारे साथ कर रहा है। और फिर तुम्हारी कमर तोड़ने के लिए वो नई लड़कियों को लाकर तुम्हारे सामने खड़ा कर देगा। क्या ये सही है ?

[पुलिसवाला एमा की तरफ़ बढ़ता है और अपना डंडा उठाता है। एमा अपना प्लेकार्ड उठाकर पीछे हट जाती है।]

एमा : बहनो ! *(उसका साहस बढ़ रहा है। यह उसका पहला भाषण है।)*

[सूट-बूट पहना आदमी गुस्से से नई लड़कियों की ओर दहाड़ता है। उन्हें अन्दर धकेलने की कोशिश करता है। नई लड़कियाँ अनिश्चित होकर सन्देह से उसकी तरफ़ देखती हैं।]

एमा : *(चिल्लाकर, अपनी पूरी ताक़त से)* बहनो !

[पूरी भीड़ उसकी तरफ़ मुड़ जाती है।]

एमा : अगर तुम लोग अन्दर जाने की कोशिश करती हो तो बेवजह यहाँ लड़ाई शुरू हो जाएगी। हमें आपस में नहीं लड़ना चाहिए। मिलकर हम अपनी ज़िन्दगी अच्छी कर सकते हैं। सुनो। हम अकेले नहीं हैं। पूरी दुनिया के मेहनतकश लोग एक हो रहे हैं। अभी, इस वक़्त पेनासिलवेनिया में तीन हज़ार मज़दूरों ने अमरीका के सबसे अमीर आदमी ऐंड्रू कार्नेगी के ख़िलाफ़ स्ट्राइक का ऐलान किया है। पता है क्यों ? क्योंकि वो अपने मज़दूरों को लोहे की भट्टियों में बारह घंटे रोज़ झोंकता है। उस नरक की गर्मी में जलने के उन्हें चौदह सेंट्स मिलते हैं। तीन हज़ार मज़दूर कार्नेगी के कारख़ाने के बाहर एक होकर खड़े हैं, एक दूसरे को धोखा देने के बजाय, एक दूसरे से लड़ने के बजाय एक दूसरे की ताक़त बनकर साथ खड़े हैं...हम क्यों नहीं एक

होकर लड़ सकते! बहनो...*(लगभग फुसफुसाते हुए)* कर्गमन के लिए काम मत करो।

[नई लड़कियाँ अपनी जगह पर ठिठक जाती हैं। सूट-बूट पहना आदमी उन पर चिल्लाता है। डराता-धमकाता है। मगर कोई लड़की टस से मस नहीं होती। फिर उनमें से एक लड़की आगे बढ़ती है और एमा के नज़दीक आती है। एमा रो रही है। वो अपने हाथ आगे बढ़ाती है। एमा उसके हाथ को थाम लेती है। नई लड़कियाँ आगे बढ़कर बाक़ी प्रदर्शनकारियों के साथ एक हो जाती हैं।]

भीड़ : *(पहले से बड़ी और ज़्यादा जोशीली)* कर्गमन के लिए काम नहीं करेंगे! नहीं करेंगे! नहीं करेंगे! स्ट्राइक! स्ट्राइक! स्ट्राइक! स्ट्राइक!

दृश्य नौ

[बिज़ेट कारमेन का संगीत बजता है। साशा रसोई की मेज़ पर बैठा लिख रहा है। काफ़ी गहरी सोच में डूबा हुआ लगता है। एमा अपनी धुन में कोई गीत गुनगुनाती हुई प्रवेश करती है। उसके हाथ में फूलों का गुलदस्ता है। साशा के कन्धे से लिपटकर, उसके गालों को चूमती है।]

एमा : कर्गमन के यहाँ आज ग़ज़ब का धरना हुआ!

साशा : *(बिना सर उठाये, लिखना जारी रखते हुए)* ऍना ने बताया। आज तुमने अपना पहला भाषण दिया। काफ़ी अच्छा बोला तुमने...*(सर उठाते हुए)* तुम पूरी शाम ग़ायब थी।

एमा : हाँ *(गुनगुनाना जारी रखती है।)*

[साशा कुछ नहीं कहता, लिखना जारी रखता है।]

एमा : इतनी रात को क्या काम कर रहे हो?

साशा : *(सर उठाये बिना)* पिट्सबर्ग की स्ट्राइक के लिए पर्चे लिख रहा हूँ। तुमने सुना वहाँ क्या हुआ?

एमा : नहीं।

साशा : कार्नेगी ने फ्रिक को इंचार्ज बनाया है। तुमने सुना होगा। हेनरी क्ले फ्रिक। गुंडा साला! अमरीका में स्ट्राइक तोड़ने की सबसे बड़ी एजेंसी है उसकी—पिंकर्टन। दो हज़ार सिपाही हैं। आधुनिक हथियारों से लैस।

एमा : ग़ैरसरकारी फ़ौज?

साशा : और फ्रिक पिट्सबर्ग में अपनी इसी फ़ौज का इस्तेमाल करेगा। उन साथियों को हमारी मदद चाहिए। उन्हें पैसे चाहिए, हथियार चाहिए, वरना उन्हें कुचल दिया जाएगा। मुझे ये पर्चे आज रात तक पूरे करने हैं। *(एमा की तरफ़ देखते हुए)* तुम पूरी शाम कहाँ थी?

एमा : जोहान मुझे ओपेरा दिखाने ले गया था। मेट्रोपॉलिटन ओपेरा हाउस। हमने कारमेन देखा।

साशा : जोहान? *(गुस्से से)* कौन जोहान?

एमा : जोहान मोस्ट।

साशा : अच्छा! अब वो जोहान बन गया है! ओपेरा दिखाने ले गया! क्या मोस्ट इस तरह संगठन का पैसा बर्बाद कर रहा है? *(सोचकर)* मगर ओपेरा तो कई घंटे पहले ख़त्म हो गया होगा।

एमा : हम उसके बाद एक रेस्टोरेंट गए थे।

साशा : रेस्टोरेंट! तुमने वाइन भी पी होगी।

एमा : *(भड़कते हुए)* हाँ, हमने वाइन पी।

साशा : हाँ, मोस्ट को महँगी वाइन पसन्द है। साला, हमारा महान क्रान्तिकारी नेता।

एमा : मोस्ट एक अच्छा आदमी है। तुम्हीं ने तो कहा था। उसने जर्मन संसद में अपनी सीट कुर्बान कर दी और क्रान्तिकारी बन गया। कितने साल जेल में बिताए हैं उसने। उसने अपनी ज़िन्दगी मज़दूरों को उनका हक़ दिलाने की लड़ाई में कुर्बान कर दी!

साशा : *(रुखाई से)* हमारा आन्दोलन दिग्गजों के लिए कोई रियायत नहीं रखता। बड़े-बड़े अनुभवी क्रान्तिकारी बाद में भ्रष्ट हो जाते हैं। इतिहास यही बताता है।

एमा : तब तो मैं भी भ्रष्ट हुई। ओपेरा देखने और वाइन पीने की वजह से?

साशा : नहीं! तुम मोस्ट से भी ज़्यादा बेईमान हो। इतनी महत्त्वकाँक्षा! इतना दिखावा! आन्दोलन के हर क्रान्तिकारी को अपनी छाती से लगाती हुई...

एमा : बस करो!

साशा : तुम जानती हो कि मैं सच कह रहा हूँ। और यह तुम्हारे हाथ में क्या है?

एमा : *(ताना मारते हुए)* ये फूल हैं। हाँ मैं जानती हूँ कि जब लोग भूख से मर रहे हों, तो फूल ख़रीदना पैसों की बर्बादी है। मगर ये सुन्दर हैं, और मुझे फूल पसन्द हैं। *(उन्हें गुलदस्ते में सजाते हुए)*

साशा : मुझे घिन्न होती है तुम्हारे इन फूलों को देखकर जब वहाँ पिट्सबर्ग में इतने परिवार भूख और ज़लालत से मर रहे हैं।

एमा : *(भड़कते हुए)* और तुम क्या कर रहे हो पिट्सबर्ग के लिए? पर्चा लिख रहे हो!

साशा : हाँ, हमें पर्चे लिखने पड़ेंगे।

एमा : हमें आन्दोलन को पर्चे से ज़्यादा देना है।

साशा : *(चिल्लाते हुए)* मैं आन्दोलन को अपना सबकुछ देने को तैयार हूँ।

एमा : और मैं भी तैयार हूँ। और जोहान मोस्ट भी तैयार है।

साशा : हम देखेंगे।

एमा : क्या मतलब है तुम्हारा?

साशा : हम देखेंगे।

एमा : *(नरम होते हुए)* समझने की कोशिश करो साशा। हम दुनिया के सबसे दयनीय इनसान की तरह नहीं जी सकते। इन संघर्षों के बीच भी हमें अपनी ज़िन्दगी में थोड़ी-सी ख़ुशियाँ चाहिए।

साशा : तुम सोचती हो मोस्ट को तुम्हारी ख़ुशियों से मतलब है? तुम्हें क्या लगता है, जब मोस्ट ने तुम्हें ये फूल दिये, उसके दिमाग़ में क्या चल रहा था?

एमा : तुम क्यों इतने शक्की, इतने ईर्ष्यालु होते जा रहे हो साशा? मुझे लगा तुम सुधर गए हो। मुझे लगा था कि तुम व्यक्तिगत आज़ादी में विश्वास करते हो।

साशा : आज़ाद और चरित्रहीन होने में फ़र्क़ होता है। फेड्या की बात अलग है। हम दोनों फेड्या को पसन्द करते हैं, उस पर विश्वास करते हैं। मगर मोस्ट! वो तुम्हारे लिए ठीक नहीं एमा!

एमा : *(ग़ुस्से से)* और इसका फ़ैसला किसे करना चाहिए? तुम्हें? या मुझे?

साशा : *(शान्त होते हुए)* हाँ तुम्हें तय करना है। *(एमा को बहस जीतते देख अपना हाथ ज़ोर से मेज़ पर पटकता है।)*

ऍना : *(अपने कमरे से बाहर निकलते हुए)* बस करो तुम दोनों। पिछले आधे घंटे से सुन रही हूँ। कल धरने पर जाना है। एमा तुम भी चलना।

[बग़ल के अपार्टमेंट से आवाज़ आती है—''कितना शोर करते हो!'' कोई दीवार पीटता है। कई पड़ोसी जाग उठे हैं। कोई चिल्लाता है—''बन्द करो अपना चिल्लाना!'']

एमा : हाँ, बहुत हुआ। चलो सो जाते हैं।

ऍना : *(एमा से)* तुम्हें कोई परवाह नहीं है। तुम और साशा और फेड्या—किसी को मेरी कोई परवाह नहीं। तुम सब मुझे छोड़कर वोरचेस्टर जा रहे हो। तुम्हें कोई फ़र्क़ नहीं पड़ता।

एमा : *(उसे सुधारते हुए)* वूस्टर।

ऍना : *(एमा से, ज़ोर देते हुए)* वोर चेस टर।

एमा : तुम्हीं ने तो कहा कि तुम हमारे साथ नहीं आना चाहती।

ऍना : वहाँ जाकर मैं क्या करूँगी? आइसक्रीम की दुकान चलाऊँगी? क्रान्तिकारियों की आइसक्रीम दुकान। आज आप कौन से फ्लेवर की क्रान्ति खाएँगे सर? वैनिला? चॉकलेट? अच्छा स्ट्रॉबेरी। हाँ स्ट्रॉबेरी तो लाल भी होता है। अच्छी क्रान्ति है आपकी!

एमा : बस थोड़े दिनों के लिए ऍना। हमें अपनी पत्रिका शुरू करने के लिए पैसों की सख़्त ज़रूरत है।

ऍना : *(मायूस होते हुए)* तुम तीनों मुझे यहाँ अकेला छोड़कर जा रहे हो। *(हकलाने लगती है।)*

साशा : यहाँ रहने का फ़ैसला तुम्हारा था ऍना।

ऍना : मुझे नहीं जाना वोरचेस्टर। *(रो पड़ती है। एमा उसे सँभालती है।)*

एमा : *(थके हुए अन्दाज़ में)* हम क्यों आपस में झगड़ रहे हैं? चलो अब सो जाते हैं।

[पड़ोस से आवाज़ आती है—''सो जाओ कमीनो।'' कोई चिल्लाता है—''बैचलर्स को घर देना ही नहीं चाहिए।'']

साशा : *(चिल्लाकर जवाब देते हुए)* मर जाओ सालो!

ऐंना : तुम इन्हें संगठित करना चाहते थे। अब इन्हीं को गालियाँ दे रहे हो?

साशा : बन्द करो अपनी बकवास और जाओ सो जाओ।

ऐंना : *(एमा से)* तुम कैसे बर्दाश्त करती हो इसे?

[ऐंना जाने लगती है। फेड्या प्रवेश करता है।]

फेड्या : तुम सब इतना शोर क्यों कर रहे हो?

एमा : जाओ सो जाओ!

फेड्या : मैं तब सोऊँगा जब मेरा मन करेगा! *(वापस अपने अन्दाज़ में धीरे-धीरे बोलता हुआ)* आपने सुना पिट्सबर्ग में क्या हुआ?

[ऐंना सुनकर ठिठक जाती है। पीछे मुड़कर सबकी बातें सुनने लगती है।]

एमा : साशा ने बताया। फ्रिक को बुलाया गया है।

फेड्या : फ्रिक पहुँच चुका है। आज काफ़ी ख़ून-ख़राबा हुआ।

साशा : आज?

फेड्या : फ्रिक ने सौ सिपाहियों के साथ आज मज़दूरों पर हमला बोल दिया। उनके पास मशीनगन, राइफलें सब थीं। उन्होंने बच्चे औरतें किसी को नहीं देखा। सीधे भीड़ पर गोलियाँ दागनी शुरू कर दीं। कई साथी घायल हुए। सात लोगों की मौत हुई।

[एमा हाथों से अपने कान बन्द कर लेती है।]

साशा : *(एमा की तरफ़ देख, ग़ुस्से से)* और तुम ओपेरा देख रही थी! *(फूलों का गुलदस्ता ज़मीन पर गिराकर तोड़ देता है।)*

एमा : *(रोते हुए, चिल्लाकर)* और तुम यहाँ बैठे पर्चा लिख रहे थे। ख़ुद को क्या समझते हो!

फेड्या : बन्द करो तुम दोनों! ये सोचो कि हमें अब क्या करना है?

साशा : *(मंच के चक्कर काट, ख़ुद से बात करते हुए)* मुझे हो क्या गया है? मैं पागल तो नहीं हूँ! तुम लोगों के साथ मैसेच्युसेट्स जाकर आइसक्रीम का छकड़ा ठेलने जा रहा हूँ? ताकि हम ये बौद्धिक कचरा छाप सकें? मुझे तो पिट्सबर्ग में होना चाहिए। स्ट्राइकर्स के साथ।

एमा : और पिट्सबर्ग जाकर तुम क्यां करोगे?

साशा : तुम्हीं ने तो कहा, "सिर्फ़ पर्चे से काम नहीं चलेगा।"

एमा : मैंने कहा था मगर...

साशा : मगर! मगर! पिट्सबर्ग में जाकर कुछ तो करना पड़ेगा। *(अब वह एकदम गम्भीर और शान्त हो गया है। बाक़ी सब उसे हैरानी से देखते हैं।)* इन बहरों को सुनाने के लिए धमाके की ज़रूरत है। हमें दुनिया को दिखाना है कि कार्नेगी, रॉकफेलर और फ्रिक भी हाड़-मांस के ही बने हैं। उन्हें भी हराया जा सकता है। हम उनकी तसवीरें अख़बारों में देखते हैं। घमंड में चूर उनके हँसते चेहरे। उनकी आँखों में लालच और ग़रीबों के लिए फैली नफ़रत। हाँ वो तसवीरें। फ्रिक चर्च जा रहा है। फ्रिक वाइट हाउस में राष्ट्रपति से हाथ मिला रहा है, जब मज़दूर मिलों में चक्कर खाकर गिर रहे हैं। फ्रिक कंट्री क्लब में बैठ व्हिस्की पी रहा है जब उसके गुंडे ग़रीब मज़दूरों की औरतों और बच्चों पर गोलियाँ चला रहे हैं। हाँ फ्रिक। पिट्सबर्ग में कुछ तो करना पड़ेगा।

फेड्या : तुम क्या करने की सोच रहे हो?

साशा : फ्रिक को मारना पड़ेगा।

एमा : *(हड़बड़ाकर)* धीरे बोलो। तुम पागल तो नहीं हो गए?

साशा : तुम्हारा दोस्त मोस्ट ही तो कहता था न—"कभी-कभी एक गोली हज़ारों मैनिफेस्टो से ज़्यादा बात कह जाती है।"

एमा : हाँ। हाँ। *(परेशान होते हुए, ख़ुद से बात करने लगती है)* हमने एक दूसरे से कहा था कि जब सही वक़्त आएगा...

फेड्या : *(जोश में आते हुए)* हम तैयार होंगे! हाँ हमने कहा था। हम सबने कहा था। *(उसकी आवाज़ में बेचैनी आ जाती है।)*

साशा : मैं पिट्सबर्ग जा रहा हूँ...

एमा : हम सब चलेंगे। यह सही वक़्त है। कई सौ सालों से उन्होंने हम मज़दूरों का ख़ून बहाया है। आज तक उन्हें इसकी कोई सज़ा नहीं मिली। और इस बार भी वो बच निकलेंगे, अगर हमने उन्हें नहीं रोका तो...इस बार हम सबको दिखा देंगे कि उन्हें भी मारा जा सकता है!

ऍना : *(काँपते हुए)* हम चारों मिलकर इस काम को कर सकते हैं।

फेड्या : इस काम को अच्छे से प्लान करना पड़ेगा। *(वह बेचैन है।)*

एमा : मगर यह बात पूरी दुनिया तक पहुँचेगी। यह सही वक़्त है। हम इस काम को अंजाम दे सकते हैं।

साशा : *(धीरे-से)* जो फ्रिक को मारेगा, अपनी जान से भी हाथ धो बैठेगा।

एमा : *(चिल्लाते हुए)* हमने कहा था कि हम तैयार हैं। याद है हमने क्या कहा था? जब वक़्त आएगा तब हम चारों साथ होंगे।

साशा : मैं अकेला जाऊँगा।

[सन्नाटा। सब हैरान हैं।]

एमा : तुम पागल हो गए हो साशा!

साशा : नहीं, हम उनकी एक जान लेने के लिए अपने चार लोगों को कुर्बान नहीं कर सकते।

एमा : तुम इस काम को अकेले नहीं करोगे!

फेड्या : हमें पिट्सबर्ग जाने के लिए पैसे जुगाड़ने हैं। और क्या चाहिए? एक बम या बन्दूक़? इसके लिए भी पैसे चाहिए।

साशा : फेड्या सही कह रहा है। हमारे पास चार लोगों के जाने का पैसा भी नहीं है।

एमा : अगर एक आदमी के जाने का जुगाड़ कर सकते हैं तो चार के क्यों नहीं? पैसे मैं लाऊँगी।

साशा : *(सर हिलाते हुए, सख़्ती से)* बात पैसों की नहीं है।

एमा : *(लगभग चिल्लाते हुए, फिर अपनी आवाज़ दबाकर)* तो फिर क्या बात है? क्यों करना चाहते हो सब कुछ अकेले? हमारे प्यार, हमारे साथ, हमारी कामरेडशिप को ठोकर मारकर क्यों अकेले चले जाना चाहते हो?

साशा : तुम नहीं समझोगी। अगर फ्रिक मरता है, तो किसी को तो हमारी बात दुनिया को समझानी पड़ेगी। हमने ऐसा क्यों किया, क्या मजबूरियाँ थीं? वरना हर बार की तरह लोग कहेंगे कि हम पागल थे। बेवक़ूफ़ थे।

फेड्या : हम कुछ भी कह लें, जिन्हें हमारे बारे में ऐसा कहना है, वे कहेंगे।

साशा : नहीं। एमा समझा सकती है। उसमें हुनर है। बात करने का कौशल है। वो कर सकती है। और तुम लोगों को मेरे पीछे रुक कर इस सर्वहारा क्रान्ति की अगुवाई करनी है।

फेड्या : *(लगभग रोते हुए)* मगर मेरी क्या ज़रूरत है। मुझे तो बोलना भी नहीं आता। मैं तुम्हारी मदद कर सकता हूँ न साशा। मिलकर हम दोनों...

साशा : नहीं! *(गरजते हुए)* फेड्या हम तुम्हें नहीं खो सकते।

एमा : अपनी आवाज़ नीची रखो। *(वह निराश है।)*

साशा : तुम लोग जानते हो मैं जो कर रहा हूँ, सही कर रहा हूँ। तुम लोग जानते हो ये काम ज़रूरी है। एक वक़्त ऐसा आता है जब कुछ किया जाना चाहिए। जब हम सोचते हैं "बहुत हुआ। बस अब और नहीं!" तुम जानते...

एमा : *(फुसफुसाते हुए)* हाँ साशा...

साशा : *(शान्त होकर)* ठीक है...पैसे। एक ट्रेन टिकट। हथियार...

एमा : *(शान्त होते हुए)* तुम्हें नए कपड़े भी दिलाने पड़ेंगे...एक नया सूट...

ऍना : *(लगभग रोते हुए)* हाँ...

साशा : चलो आराम से बैठकर प्लान बनाएँगे।

[थोड़ी देर रुककर वे गले मिलते हैं। सबने कसकर साशा को पकड़ रखा है। फिर धीरे-धीरे, लगभग स्लो मोशन में वे मेज़ के चारों तरफ़ बैठते हैं। रौशनी धीमी पड़ जाती है।]

दृश्य दस

[अँधेरे में ढोल की आवाज़ आती है। अलग़-अलग़ रंगों की रौशनी से मंच काफ़ी डरावना दिखलाई पड़ता है। फ्रिक एक आदमी के साथ मंच के एक कोने में बैठा है। दूसरे कोने में साशा की परछाईं दिखलाई पड़ती है, जो नया सूट पहन रहा है।]

आदमी : क्या अमरीका में ऐसे ही काम होता है? जब ये मज़दूर बात से नहीं मानते तो हम उन पर गोलियाँ चलवा देते हैं।

फ्रिक : हर बार ख़ून-ख़राबे की ज़रूरत नहीं पड़ती। कुछ माक़ूल तरीक़े भी हैं।

आदमी : हम संसद के नेताओं के पास जाते हैं।

फ्रिक : हम कचहरी जा सकते हैं।

आदमी : हम मेयर के पास जा सकते हैं।

फ्रिक : और ये हमारी बात कभी नहीं ठुकराते।

आदमी : यही तो प्रजातंत्र है...

[साशा खड़ा होता है। पूरी तरह से तैयार, वह फ्रिक के दफ़्तर की तरफ़ बढ़ता है।]

सचिव : *(सिर्फ़ आवाज़)* क्या तुम्हारे पास अपॉइंटमेंट है? मिस्टर फ्रिक तुमसे नहीं मिल सकते। जाओ, मिस ओ'नील से इजाज़त लेकर आओ।

मिस ओ'नील : *(सिर्फ़ आवाज़)* माफ़ कीजिए, मगर मिस्टर फ्रिक अभी व्यस्त... *(चिल्लाते हुए)* आप अन्दर नहीं जा सकते! रुकिए!

साशा : *(फ्रिक के सामने आकर, चिल्लाते हुए)* फ्रिक! *(फ्रिक अपनी कुर्सी से खड़ा होता है। साशा गोली दागता है मगर गोली फ्रिक को नहीं लगती। शोर मच जाता है। दो लोग अन्दर आते हैं और मिलकर साशा को ज़मीन पर गिरा देते हैं। वह उठकर फ्रिक पर झपटता है। उसे चाकू से चोट पहुँचाता है। साशा को दोबारा ज़मीन पर गिरा दिया जाता है। एक आदमी हथौड़े से लगातार उस पर प्रहार करता है। साशा कराहता है। फिर सन्नाटा। अँधेरा।)*

साशा : *(अँधेरे में, उसकी आवाज़ कमज़ोर है, बीच-बीच में कराहता हुआ)* मेरा चश्मा कहाँ है? मैं देख नहीं पा रहा...मैं देख नहीं पा रहा...

प्रस्तावना

रिकार्डेड आवाज़ : एलेक्सेंडर बर्कमन, तुम पर हेनरी क्ले फ्रिक की हत्या के प्रयास का आरोप सिद्ध होता है। तुम्हें बाईस साल के सश्रम कारावास की सज़ा सुनाई जाती है। *(लकड़ी का हथौड़ा पटकने की आवाज़)*

एमा : *(परछाई में खड़ी, मानो पाँच सौ मील दूर से इसे घटित होते देख रही हो)* सा-शा-शा-आ-आ!

दृश्य एक

[जोहान मोस्ट पर रौशनी पड़ती है। वह मंच के बीचोबीच खड़ा है, उसके हाथ श्रोताओं के अभिवादन में उठे हैं। पृष्ठभूमि में एक जर्मन क्रान्तिकारी गीत बजता है।]

मोस्ट : कामरेड्स, यहाँ मौजूद कुछ साथी एलेक्सेंडर बर्कमन की रिहाई की दरख़ास्त कर रहे हैं। मैंने उस पर दस्तख़त करने से इन्कार कर दिया है। मैं समझाता हूँ क्यों। देखिए क्रान्ति और कॉमेडी में फ़र्क़ होता है... *(लोग तालियाँ बजाते हैं। हँसते हैं। मोस्ट शान्त है। वह नहीं मुस्कुराता।)* कामरेड्स! मैंने कभी ये नहीं कहा कि किसी पूँजीवादी को मार गिराओ—मेरा मतलब, खुले आम मत मारो। *(जनता में तालियाँ और हँसी)* मगर अगर तुमने किसी को मारने की ठान ही ली है—तो कम से कम इस काम को अच्छे से करो। *(कुछ लोग हँसते हैं)* मैंने सुना है कि गोली चलाने से पहले उसने सोचा था कि एक बम फोड़कर वह फ्रिक को मारेगा। बस एक छोटी-सी चूक हो गई। उसका बम फटा ही नहीं! *(जनता में ठहाकों की गूँज)* देखो साथियो, मैं नहीं चाहता आप लोग बम बनाएँ—नहीं,

कभी नहीं! *(वह मज़ाक़ कर रहा है—वहाँ मौजूद सभी जानते हैं कि उसने बम बनाने की नसीहत दी है।)* मगर मेरी जानकारी में बम बनाने का सबसे पहला नियम है—उसे फटना चाहिए! मैं जानता हूँ बर्कमन पहले सिगार बनाता था जिससे सिर्फ़ धुआँ निकलता था। *(जनता में हँसी)* चलो ठीक है उसका सिगार—मेरा मतलब है—उसका बम—नहीं फटा। तो उसने जेब से निकाल कर बन्दूक़ चलाई। कामरेड्स! एक छोटी-सी नसीहत देता हूँ। अगर कभी किसी पूँजीवादी पर गोली चलाओ, कम से कम अपनी आँखें मत बन्द करना। *(जनता हँसती है, तालियाँ बजाती है।)* जब उसकी गोली फ्रिक को नहीं लगी, तो उसने अपनी दूसरी जेब से चाकू निकाला। अब इस बात की तारीफ़ तो करनी पड़ेगी। भाई बर्कमन पूरी तैयारी के साथ गया था। *(जनता में ठहाके की गूँज)* बर्कमन को एक गिलोटिन लेकर जाना चाहिए था। फ्रिक से दरख़ास्त करता कि अपना सर उसमें रखे...

[जनता में से एक औरत खड़ी हो गई है। वह सबसे पहली पंक्ति में बैठी थी और अँधेरे की वजह से उसे पहचाना नहीं जा सकता।]

मोस्ट : कामरेड्स! *(गम्भीर होते हुए, एक-एक शब्द पर ज़ोर देते हुए)* हम क्रान्ति की बात कर रहे हैं और इस काम को हमें गम्भीरता से लेना है। *(गुस्से से)* अगली बार मेरे पास उस बेवक़ूफ़ बर्कमन की कोई फ़रमाइश लेकर मत आना! *(तालियों से माहौल गूँज उठता है। वो औरत अभी तक खड़ी है। मोस्ट जनता में आँखें गड़ाकर उसे देखता है। फिर, बड़ी शालीनता के साथ)* कामरेड्स, हमारे बीच एमा गोल्डमन मौजूद हैं, जिन्हें आप जानते होंगे। ये सिलाई कर्मचारियों को संगठित करती हैं। शायद उन्हें कुछ पूछना है...

एमा : *(उसकी आवाज़ कड़क और स्पष्ट है)* मुझे कुछ नहीं पूछना। *(वो खड़ी है।)*

मोस्ट : *(मज़ाक़ का माहौल बनाए रखने की कोशिश करता हुआ)* कुछ नहीं पूछना?

एमा : *(चिल्लाते हुए)* शर्म करो, जोहान मोस्ट!

मोस्ट : *(मज़ाक़ उड़ाने की कोशिश करते हुए)* यह तो कोई सवाल नहीं है...

एमा : *(ग़ुस्से से आवाज़ काँपती है)* शर्म...शर्म करो!

[वह मंच पर चढ़ जाती है और मोस्ट के सामने आकर खड़ी हो जाती है।]

मोस्ट : *(ग़ुस्से से)* तुम्हें कुछ पूछना है?

एमा : *(अपनी शाल से एक चाबुक निकालती है और उससे मोस्ट पर ज़ोर से वार करती है, चिल्लाते हुए)* शर्म करो!

[मोस्ट गिर जाता है और अपना चेहरा ढक लेता है। कराहता है।]

एमा : *(मोस्ट पर कई बार वार करते हुए)* शर्म करो! शर्म करो! शर्म करो! शर्म करो!

[जनता में से कई और आकर उसे रोकते हैं। वह चाबुक मोस्ट की तरफ़ फेंक देती है, फिर जनता की तरफ़ मुड़कर।]

एमा : *(धीरे-से, बेहद दर्द में)* शर्म करो तुम सब!

दृश्य दो

[पियानो पर अमरीकी संगीत बजता है। फेड्या और एमा रेलवे प्लेटफार्म पर खड़े हैं। एमा के हाथ में एक सूटकेस है। उसने अच्छे कपड़े, और टोपी पहन रखी है।]

एमा : साथ देने के लिए शुक्रिया फेड्या। मैं जानती हूँ कि अपनी पेंटिंग्स को लेकर इन दिनों तुम काफ़ी व्यस्त रहते हो।

फेड्या : मेरी क़िस्मत अच्छी है कि जिस शहर में तुम भाषण दे रही हो, वहीं मेरी प्रदर्शनी लगी है। कितने दिन बीत गए...

एमा : हाँ। *(वह फेड्या का हाथ कस लेती है।)*

फेड्या : कौन मिलने आ रहा है तुमसे?

एमा : कोई डॉक्टर रिटमन नाम का आदमी है। पता नहीं कौन है।

[मंच के दूसरे छोर पर एक पतला लम्बा आदमी प्रवेश करता है। उसके घने काले बाल उसकी आँखों पर गिरे हुए हैं, उसकी घनी मूँछें है, दिखने में काफ़ी सुन्दर है। उसने रेशम की टाई और एक बड़ा हैट पहन रखा है। हाथ में छड़ी है।]

एमा : *(उसकी तरफ़ देख मज़ाक़ उड़ाते हुए)* क्या शिकागो में सभी ऐसे कपड़े पहनते हैं?

फेड्या : थोड़ा अजीब है, मगर काफ़ी हैंडसम लगता है। है न?

एमा : हैंडसम है, और काफ़ी अजीब है।

[वह आदमी चलता हुआ एमा की तरफ़ आता है।]

फेड्या : *(फुसफुसाते हुए)* मुझे लगता है...

रिटमन : मिस एमा गोल्डमन?

एमा : हाँ...

रिटमन : *(भव्य ढंग से)* शिकागो में आपका स्वागत है। मुझे गर्व है आप यहाँ आईं मिस गोल्डमन। मेरा नाम डॉक्टर बेन रिटमन है। *(झुककर सलाम करता है।)*

[एमा और फेड्या एक दूसरे का मुँह ताक़ते हैं।]

एमा : ये मेरा दोस्त फेड्या है।

रिटमन : एमा गोल्डमन के दोस्त का हम स्वागत करते हैं। *(उसके बात करने का ढंग काफ़ी सजावटी है।)*

फेड्या : *(मज़ाक़ उड़ाते हुए)* मैं चलता हूँ एमा। इसे तुम ही सँभालो।

[फेड्या और एमा गले मिलते हैं। फेड्या चला जाता है।]

एमा : हम वर्कर्स हॉल जा रहे हैं न?

रिटमन : नहीं। पुलिस चीफ़ ने आपके आने की ख़बर सुन उसे बन्द करवा दिया।

एमा : *(बनावटी हँसी हँसते हुए)* अच्छा किया।

रिटमन : तो आज सुबह मुझसे पूछा गया कि क्या मेरा मुख्यालय आपके भाषण के लिए उपलब्ध कराया जा सकता है।

एमा : तुम्हारा मुख्यालय?

रिटमन : लोग उसे आवारा भवन के नाम से जानते हैं।

एमा : मैंने तो सुना कि तुम एक डॉक्टर हो?

रिटमन : सही सुना है। मगर मैं सिर्फ़ शहर के आवारा और ग़रीबों का इलाज करता हूँ। आवारा भवन उनका घर है। यही लोग इस वक़्त मिलकर ढाई सौ कुर्सियाँ लगा रहे हैं। मैं आश्वासन देता हूँ कि सभी कुर्सियाँ शाम को भर जाएँगी। मैंने आज का पूरा दिन इनके साथ शहर में पोस्टर लगाते हुए बिताया है। ये मेरे लोग हैं जो...

एमा : तुम्हारे लोग? आवारा, गुंडे, चोर, उचक्के, रंडी, भड़वे—ये लोग इतने गिरे हुए होते हैं कि बूर्जुआ और क्रान्तिकारी वर्ग, दोनों इनसे बराबर नफ़रत करते हैं। इन्हें हमारे अराजकतावादी आन्दोलन का हिस्सा बनाकर तुम हमारा काम बिगाड़ रहे हो।

रिटमन : मैं ख़ुद एक आवारा हूँ। ग्यारह साल की उम्र से अकेला हूँ और दुनिया घूम रहा हूँ। पहले मेक्सिको की गलियों में एक गैंग का हिस्सा था। फिर सेन फ्रांसिस्को के भूकम्प का शिकार हुआ। उसके बाद यूरोप के एक स्टीमर में काम किया।

एमा : तुम डॉक्टर कैसे बने?

रिटमन : शिकागो के एक मेडिकल कॉलेज की एक प्रयोगशाला में काम करता था। एक दिन एक बड़े डॉक्टर ने अपना लेक्चर मिस कर दिया। लोग इन्तज़ार कर रहे थे। मैंने उसका लेक्चर सुन रखा था, तो सफ़ेद कोट पहनकर मंच पर चला गया।

एमा : कॉलेज के अधिकारियों को ग़ुस्सा आया होगा।

रिटमन : नाराज़ हुए। मगर बाद में उन्होंने मुझे स्कॉलरशिप दिला दी।

एमा : और तुम डॉक्टर बन गए।

रिटमन : हाँ, मगर मैं अपना हुनर पैसों के लिए नहीं बेचता। मैं सिर्फ़ ज़रूरतमन्दों का इलाज करता हूँ। बदले में वो मेरी मदद करते हैं।

एमा : कैसी मदद?

रिटमन : वो मेरी ज़रूरतों को समझते हैं, और मैं उनकी ज़रूरतों को समझता हूँ।

एमा : अच्छा?

रिटमन : हाँ। और इसीलिए मैं आज के लेक्चर में आपकी मदद करना चाहता हूँ।

एमा : पुलिस ने तुम्हारी जगह को भी बन्द करवा दिया तो?

रिटमन : वे ऐसा नहीं करेंगे। पुलिसवालों के साथ मेरी अच्छी दोस्ती है।

एमा : तब तो तुम्हारी मुझसे दोस्ती कभी नहीं हो सकती।

रिटमन : जानता हूँ, कि इस बात पर हमारे ख़यालात नहीं मिलते। मगर मैं हर इनसान से बात करने में, दोस्ती रखने में यक़ीन करता हूँ। चाहे वह पुलिसवाला ही क्यों न हो।

एमा : तब तो तुम जानते ही होगे कि तुम्हारे लोगों के साथ पुलिस क्या करती है।

रिटमन : बिलकुल जानता हूँ। क्या मुझे देखकर लगता है कि मैं कभी गिरफ़्तार नहीं हुआ? पिछले हफ़्ते शिकागो के बेरोज़गारों ने जुलूस निकाला था। मुझे भी हवालात जाकर मार खानी पड़ी।

एमा : और इसके बावजूद तुम...

रिटमन : मैं पुलिस में, चोर और रंडियों में कोई फ़र्क़ नहीं देखता। इनके साथ मैं काम करता हूँ। इनका इलाज करता हूँ। ये सभी महरूम और लाचार लोग हैं। पेट के लिए ग़लत काम करते हैं।

एमा : शायद तुम सही कह रहे हो।

रिटमन : मेरा मानना है कि मैं दुनिया के किसी भी इनसान के साथ दोस्ती कर सकता हूँ।

एमा : अच्छा? इतना भरोसा है ख़ुद पर?

रिटमन : मैं जानता हूँ मैं क्या कर सकता हूँ। जैसे तुम जानती हो तुम क्या कर सकती हो। *(वह एमा का हाथ पकड़ लेता है। एमा अपना हाथ छुड़ा लेती है।)*

एमा : मैं बिना सहारे चलना जानती हूँ।

रिटमन : मैं तुम्हें सहारा देना भी नहीं चाहता।

एमा : नहीं?

रिटमन : मैं बस उस औरत का हाथ थामना चाहता हूँ जिसके गुण मैं बरसों से गाता आ रहा हूँ।

एमा : तुम मेरे बारे में कुछ नहीं जानते।

रिटमन : मैं तुम्हारे विचार जानता हूँ। मैं जानता हूँ तुम सरकार के बारे में क्या सोचती हो, जेल के बारे में क्या सोचती हो, मर्द और औरतों के बारे में क्या सोचती हो।

एमा : तो तुम मेरे बारे में सब कुछ जानते हो?

रिटमन : नहीं, सब नहीं जानता। मगर एक बात जानना चाहता हूँ।

एमा : बस एक बात?

रिटमन : हाँ।

एमा : क्या जानना चाहते हो?

रिटमन : *(धीरे-से)* क्या तुम्हारी छाती उतनी ही सुन्दर है जितनी मैं सोच रहा हूँ?

एमा : *(पीछे हटकर उसे घूरते हुए)* तुम पागल हो गए हो?

रिटमन : क्या ईमानदार होना पागलपन है?

एमा : *(हँसते हुए)* तुम्हें पता भी है मेरे आज के भाषण का विषय क्या है?

रिटमन : नहीं।

एमा : मेरा लेक्चर ग़ुरूर से भरे उन मर्दों के बारे में है जो एक औरत का हाथ थामते ही कामोत्तेजना से भर जाते हैं। और उन बेवक़ूफ़ औरतों के बारे में भी जो इस तरह के पुरुषप्रधान समाज को ख़ुशी से स्वीकार कर लेती हैं। *(उसकी हँसी ग़ुस्से में बदल गई है।)*

रिटमन : तब तुम्हारा भाषण मेरे बारे में नहीं है। और तुम्हारे बारे में तो बिलकुल भी नहीं है।

[एमा रिटमन को नज़रें गड़ाकर देखती है और सोच में डूब जाती है।]

रिटमन : आह, ये रहा हमारा ग़रीबख़ाना। *(वे लोग इतनी देर तक आवारा भवन की ओर चले जा रहे थे। दरवाज़े पर रुककर)* क्या तुम्हारे लेक्चर के बाद हमारी मुलाक़ात होगी?

एमा : मुझे नहीं लगता।

रिटमन : हम साथ में वाइन पी सकते हैं, बातें कर सकते हैं।

एमा : मेरे जैसी औरतें तुम जैसे मर्दों पर भरोसा नहीं करतीं।

रिटमन : मेरे जैसा कोई दूसरा मर्द नहीं। और तुम जैसी दूसरी औरत तो बिलकुल नहीं है।

एमा : *(ज़ोर देते हुए)* मैं तुम पर भरोसा नहीं करती।

[एमा दरवाज़ा खोलती है और भवन में प्रवेश करती है। रिटमन भी अन्दर आता है और जनता की तरफ़ मुड़कर झुककर अभिवादन करता है।]

रिटमन : मित्रो, हमारे बीच आज एक ऐसी महिला मौजूद हैं जिन्हें सुनने को आप कबसे बेक़रार हैं। अमेरिकी अराजकतावाद की महान पुजारिन, एमा गोल्डमन।

[तालियों से भवन गूँज उठता है। एमा आगे बढ़कर जनता को देखती है।]

एमा : देखकर बहुत ख़ुशी हो रही है कि आज दर्शकों में इतनी सारी औरतें बैठी हैं। मगर आज मैं नारी–मुक्ति की त्रासदी की बात करना चाहती हूँ। त्रासदी क्यों? क्योंकि जिसे आज मुक्ति कहा जा रहा है वह सिर्फ़ एक छलावा है। कुछ मानते हैं कि वोट डालने का अधिकार मिलने से औरतें आज़ाद हो जाएँगी। मगर क्या इस लोकतंत्र में मर्द आज़ाद हुए हैं? कुछ कहते हैं कि अगर औरतें घर से निकलकर काम करने चली जाएँ तो वह मुक्त हो जाएँगी। मगर क्या काम करके मर्द मुक्त हुआ है? नारी–मुक्ति की त्रासदी यही है कि वह ज़िन्दगी की ख़ुशियों में डूबने से घबराती है। वह ख़ुद से डरती है। पुरुष से डरती है। जिस दिन वह जान जाएगी कि वह उतनी ही आज़ाद है जितनी आज़ादी वह छीन लेना जानती है, वह अपने डर पर जीत हासिल कर लेगी। उसे समझना है कि उसकी देह पर उसके सिवा किसी का अधिकार नहीं है। कोई यह तय नहीं कर सकता कि उसे माँ बनना है या नहीं। वह अपनी मर्जी से जिससे चाहे मुहब्बत कर सकती है। मुझे किसी की सेवा नहीं करनी—न किसी भगवान की, न किसी देश की, और न ही अपने पति की। मैं अपनी ज़िन्दगी को आसान बनाऊँगी, मुहब्बत से और ख़ुशियों से भरूँगी। वो औरत आज़ाद है, मुक्त है, और वही औरत संसार की सभी नारियों की आज़ादी की राह मुकम्मल कर सकती है!

[तालियाँ बजती हैं। मंच पर अँधेरा हो जाता है। जब रौशनी आती है तो एमा और रिटमन मंच के बीच रखी एक मेज़ की तरफ़ चलते हुए जा रहे हैं।]

रिटमन : मैं यहाँ अक़्सर आता हूँ। काफ़ी शान्त जगह है। तुम कुछ खा लो। *(एमा के लिए कुर्सी खींचता है। एमा के बैठने के बाद वह सामने की कुर्सी पर बैठता है।)*

एमा : *(सर हिलाते हुए)* लेक्चर के बाद मैं कुछ नहीं खा सकती। शायद थोड़ा वाइन पियूँगी।

रिटमन : *(पुकारते हुए)* वेटर, एक बोरडिक्स। *(एमा से)* तुम्हारा लेक्चर काफ़ी अच्छा था।

एमा : तुमने अच्छा आयोजन किया। पुलिस के होने के बावजूद हॉल में खड़े होने की भी जगह नहीं थी।

रिटमन : मैं लोगों को लुभाना जानता हूँ। अपनी विचारधारा के लिए मैं कुछ भी कर सकता हूँ। शर्माता नहीं हूँ। एक दफ़ा मैं बीच बाज़ार एक छाता लेकर घूमने लगा। बारिश का नामोनिशान नहीं था और मेरे छाते में भी सिर्फ़ ढाँचा था, कैनवास ग़ायब था। लोगों ने रुक-रुककर पूछा कि मैं ऐसा छाता लेकर क्यों घूम रहा हूँ। मैंने समझाया—''क्या यह छाता हमारी सरकार से भी अजीब है? जहाँ हम किसी चीज़ को पकड़कर सुरक्षित रहने का वहम पाल लेते हैं। और जब भी बारिश होती है तब भीग जाते हैं।''

एमा : *(हँसते हुए)* काफ़ी अक़्लमन्दी की बात है।

रिटमन : अक़्लमन्दी का पता नहीं, मगर इस बात में सच्चाई है। और जो भी इस दुनिया में रहता है वह जानता है कि यह बात सच है। बस किसी को आगे बढ़कर बोलने की ज़रूरत है। *(रुककर)* तुम्हारा मैनेजर कौन है?

एमा : कोई नहीं।

रिटमन : दुनिया की सबसे अच्छी वक्ता का कोई मैनेजर नहीं? अगर मैं तुम्हारे भाषणों का आयोजक होता, तो श्रोताओं की गिनती दोगुनी कर देता। नहीं, तीन गुना कर देता।

एमा : मैं भीड़ में यक़ीन नहीं करती। और तुम्हारे या तुम्हारे विचारों के बारे में कुछ जानती भी नहीं। मुझे लगा कि तुम यहूदी हो। मगर तुम गले में क्रॉस पहनते हो। एक तरफ़ तुम राजनीतिक

आन्दोलन की बातें करते हो, दूसरी तरफ़ पुलिसवालों से दोस्ती रखते हो।

रिटमन : मेरे पुरखे यहूदी थे। मैं अपनी मर्जी से ईसाई हूँ। अराजक होना मेरा स्वभाव है और पुलिसवालों से दोस्ती मेरी ज़रूरत। अगर मैं तुम्हारे साथ जुड़ गया तो तुम्हारे भाषण सुनने इतने लोग आएँगे, अराजकतावादी साहित्य की इतनी किताबें बिकेंगी, और मैं हमारे इस आन्दोलन के लिए इतना पैसा जुगाड़ लाऊँगा जितना कोई सोच भी नहीं सकता!

एमा : हाँ आज की भीड़ सचमुच मेरी सोच और उम्मीद से अधिक थी।

रिटमन : मैंने उनकी जिज्ञासा पर प्रहार किया। कइयों को तुम्हारे बारे में कुछ पता नहीं था। मैंने पोस्टर्स लगाए जिन पर लिखा था—ये है एमा गोल्डमन, एक अराजकतावादी; ये है एमा गोल्डमन, नारी मुक्ति की सेनानी। उनमें से अधिकतर लोग सिर्फ़ ये जानने आए थे कि तुम आख़िर हो कौन। मुझे नहीं लगता उनमें से कोई भी निराश लौटा होगा। कितनी सही बातें कही तुमने। स्त्री सिर्फ़ उतनी ही मुक्त है जितनी वह होना चाहती है। कैसे वह ख़ुद को समझने और व्यक्त करने से डरती है। मैं जानता हूँ तुम इन चीज़ों से नहीं डरती।

एमा : *(मनोरंजित होते हुए)* अच्छा? मेरी बात सुनकर तुम इतना समझ गए?

रिटमन : तुम्हारी आँखों में झाँककर समझ गया। इन ग़ज़ब की नीली आँखों में झाँककर।

एमा : ये आँखें अब थक गई हैं। इन्हें सोना है।

रिटमन : हाँ तुम्हारा दिन काफ़ी लम्बा था। तुम कहाँ रहोगी?

एमा : शिकागो में मेरे कुछ दोस्त हैं।

रिटमन : क्या मैं ख़ुद को उनमें गिन सकता हूँ।

एमा : जैसी तुम्हारी मर्जी।

रिटमन : क्या यह मुझे टालने का नया तरीक़ा है?

एमा : *(वाइन पीते हुए, मुस्कुराकर)* मैं नहीं जानती।

रिटमन : कैसे जान पाओगी?

एमा : ज़िन्दगी के पन्ने खुलते जाएँगे और पता चलता जाएगा।

रिटमन : क्या ज़िन्दगी के इन पन्नों को खोलने में मैं तुम्हारी मदद कर सकता हूँ?

एमा : कहना क्या चाहते हो?

रिटमन : आज रात मेरे साथ रहो।

एमा : तुम ग़ज़ब आदमी हो! हम एक दूसरे को सिर्फ़ तीन घंटे से जानते हैं।

रिटमन : आज तुम ही ने ख़ुद को पहचानने की, ख़ुद को व्यक्त करने की बातें कीं।

एमा : मैंने ये भी कहा कि स्त्री कोई वासना की वस्तु नहीं है...

रिटमन : बिलकुल। और दुनिया के किसी भी मर्द में इतनी हिम्मत नहीं होगी कि तुम्हारे बारे में ऐसा सोचे। तुम्हें अन्दाज़ा भी है कि तुमसे बात तक कर सकने के लिए किसी आदमी में कितनी हिम्मत चाहिए? मेरे पसीने छूट रहे हैं। अन्दर से थरथर काँप रहा हूँ। मेरा हाथ छूकर देखो।

[एमा उसकी तरफ़ लगातार देखती है। थोड़ा हिचकिचाकर उसका हाथ थाम लेती है। वे सन्नाटे में एक दूसरे को देखते हैं।]

रिटमन : *(धीरे-से)* मैं वादा करता हूँ कि आज की रात तुम कभी नहीं भूलोगी।

एमा : *(हँसते हुए)* इतना ग़ुरूर!

[एमा अपना हाथ छुड़ा लेती है। रिटमन हल्के से उसके गालों को छूकर उसकी आँखों में ताक़ता है।]

एमा : डॉक्टर रिटमन। मैं थक गई हूँ।

रिटमन : मेरा नाम बेन है। और मैं एक डॉक्टर हूँ। *(एमा के हाथों को परखते हुए)* देखो अपने इन हाथों को। आज रात को मैं तुम्हारे पूरे शरीर को आराम पहुँचाना चाहता हूँ। तुम्हारे रोम-रोम को जगाना चाहता हूँ। इससे मुझे काफ़ी ख़ुशी मिलेगी और तुम्हें भी। यह एक ऐतिहासिक रात होगी।

एमा : तुम थोड़े से पागल हो! *(रुककर)* मगर मुझे पसन्द आए। *(उसकी तरफ़ एकटक देखती है। फिर अपने हाथों से उसके बालों को सहलाने लगती है। मंच पर अँधेरा हो जाता है।)*

दृश्य तीन

['मेन रूहे प्लात्ज़' बजता है जिससे मालूम पड़ता है कि पुराने साथी मिलने आए हैं। ऍना और फेड्या वीटो के साथ उसके घर पर चाय पी रहे हैं।]

फेड्या : अच्छा किया ऍना कि हमें एक जगह पर मिला दिया। ऐसी मुलाक़ातें होती रहनी चाहिए।

ऍना : यह एमा का प्लान था। पता नहीं वो कहाँ रह गई ?

फेड्या : *(चारों तरफ़ देखते हुए)* अच्छा घर है तुम्हारा वीटो। कितने साल हो गए हमें मिले।

ऍना : जबसे साशा हमसे अलग हुआ। नौ साल।

फेड्या : मगर ये बदबू कैसी है ?

वीटो : *(खिड़की की तरफ़ इशारा करते हुए)* नीचे लोग जानवर पालते हैं।

ऍना : मुझे छोटे घोड़े पसन्द हैं।

वीटो : वहाँ बड़े हाथी पलते हैं।

फेड्या : और भी अच्छी बात है।

वीटो : इसी वजह से किराया कम देना पड़ता है।

फेड्या : *(अपनी नाक दबाते हुए)* और फेफड़ों लिए सेहतमन्द भी है।

वीटो : सही कहा। दिन-भर गटर में काम करने के बाद घर आता हूँ और खिड़की खोलकर एक गहरी साँस लेता हूँ। जन्नत है मेरा घर। *(खिड़की के पास जाकर गहरी साँस लेता है, और दम घुटने का ढोंग करते हुए अपनी छाती दबा लेता है।)*

ऍना : ये वीटो कभी बड़ा नहीं होगा।

फेड्या : ये ऐसा ही ठीक है। पता नहीं ये बड़ा होकर क्या बनेगा ?

ऍना : एमा कहाँ रह गई ? उसे तो एक घंटे पहले पहुँच जाना चाहिए था।

वीटो : वो पक्का उस रिटमन के साथ होगी।

[बाक़ी सब चुप हो जाते हैं। वे इस मुद्दे पर बात करने से कतराते हैं, मगर वीटो बोलता रहता है।]

वीटो : वो उस धोखेबाज़ के साथ कर क्या रही है ?

फेड्या : ज़ाहिर सी बात है। रिटमन एमा को लुभाना जानता है। वो उसकी पूजा करता है। दिन-रात मेहनत करता है। एमा के

लेक्चर दौरों को आयोजित करता है। उसकी किताबें बेचता है, आन्दोलन के लिए पैसे इकट्ठे करता है। एमा जहाँ-जहाँ जाती है, वो भी उसके साथ जाता है। रिटमन एमा का ग़ुलाम है।

वीटो : और एमा रिटमन की। रिटमन को लेकर वो आसक्त है। उसमें ऐसा क्या है? ऍना, तुम तो लड़की हो। शायद तुम्हें पता हो?

ऍना : *(शरारती मुस्कान बिखेरते हुए)* मैंने कई औरतों से सुना है...

फेड्या : कई औरतें? इसका मतलब एमा अकेली नहीं है?

ऍना : हाँ, वो हर औरत पर डोरे डालता है—छोटी, लम्बी, गोरी, काली, बूढी, जवान। डेमोक्रेसी। सभी औरतों को बराबर मानता है।

फेड्या : और तुम औरतें इन चीज़ों के बारे में आपस में बातें करती हो?

ऍना : हमें गप-शप पसन्द है। तुम मर्द नहीं करते क्या?

फेड्या : मेरे बारे में तो कोई बात नहीं करती! वैसे मैंने आज तक बात करने लायक कुछ किया भी तो नहीं है। ख़ैर, रिटमन के बारे में वे क्या कहती हैं?

ऍना : यही कि बत्तियाँ बुझते ही वह शेर में बदल जाता है। *(फेड्या की तरफ़ देखकर गुर्राती है।)*

वीटो : मगर वो झूठा है, मक्कार है। सिर्फ़ बिस्तर पर अच्छा होना काफ़ी नहीं है।

फेड्या : काफ़ी है।

ऍना : और ये मत भूलो कि वो एमा के लिए हर जगह जाता है। भीड़ का सामना करता है। पुलिसवालों की लाठी खाता है।

वीटो : मानता हूँ, मगर वह एमा के भाषणों में सनसनी तलाशता है। अनार्की और सर्कस में फ़र्क़ होता है।

ऍना : अभी हाल ही में सैन डिएगो में उसे टार्चर का सामना करना पड़ा। उसे लगभग जान से मार दिया गया था। मगर वो नहीं रुका। हम कुछ भी कह लें मगर उसकी हिम्मत की दाद देनी पड़ेगी।

वीटो : उसकी हिम्मत सिर्फ़ उसकी टाँगों के बीच है।

फेड्या : तब शायद उसकी हिम्मत कुछ ज़्यादा ही बड़ी...

ऍना : क्या अनाप-शनाप... *(सुनते हुए)* शायद एमा आ गई।

[एमा प्रवेश करती है। सबसे गले मिलकर, और अपना कोट उतारकर कुर्सी पर बैठ जाती है। सर्दी का मौसम है। एक सिगरेट सुलगाकर पीने लगती है।]

एमा : हाल ही में जेल से निकले एक क़ैदी ने साशा की एक चिट्‌टी मुझ तक पहुँचाई। इसमें किसी की चाल नहीं है। मैं साशा की लिखावट पहचानती हूँ।

वीटो : अच्छा।

एमा : उसकी हालत अच्छी नहीं। साशा झुकने से इन्कार कर रहा है और जेलर उसे लगातार सता रहे हैं। उसकी जगह कोई और होता तो अब तक मर गया होता।

फेड्या : तुम साशा को जानती ही हो। वो साँड़ है।

एमा : दिल से साँड़ है। मगर हाड़-मांस से नहीं। उसकी सजा कम करवाने के बावजूद अभी उसे पाँच साल और जेल में काटने हैं। उसकी जेल में कई क़ैदी एक-एक कर मर गए हैं। कोई बीमारी से। कोई टार्चर से। कइयों ने ख़ुदकुशी कर ली है। साशा कहता है कि उसका पाँच साल और ज़िन्दा रहना नामुमकिन है। मगर वो झुकना भी नहीं चाहता।

[फेड्या भड़ककर खड़ा हो जाता है। एमा बोलते हुए रुक जाती है।]

एमा : बहरहाल, चिट्‌ठी भेजने के पीछे उसका एक और मक़सद है। एक प्लान है। *(चारों तरफ़ देखते हुए)* ऍना, क्या सभी दरवाज़े और खिड़कियाँ बन्द हैं?

[ऍना दरवाज़ों और खिड़कियों की जाँच करके लौटती है।]

एमा : *(दबी हुई आवाज़ में)* यह साशा को भगाने की योजना है। जेल की दीवार से सौ गज दूर एक ख़ाली मकान है। हम उसे किराये पर ले सकते हैं। वहाँ से हम एक सुरंग खोदेंगे जो जेल के अन्दर के एक ख़ाली कोने में खुलेगी। साशा वहाँ टहलने जाता है।

वीटो : सुरंग? साशा का दिमाग़ तो अपनी जगह पर है? मैंने देखा है लोगों को सुरंग खोदते हुए। ये काम नामुमकिन है।

फेड्या : बेचारा साशा। लगता है जेल में रहकर पागल हो गया है।

ऍना : सुरंग खोदना इतना मुश्किल है क्या?

वीटो : हाँ, ये पागलपन है। सुरंग खोदेंगे तो सबको आसानी से पता चल जाएगा। इस काम में काफ़ी शोर होता है। और इसके

लिए भारी-भरकम मशीनों की ज़रूरत पड़ती है। हम मिलकर भी उन्हें नहीं ख़रीद सकते। इसके लिए कई लोगों की ज़रूरत पड़ती है। हमारे पास इतने लोग भी नहीं हैं।

ऍना : तुम क्या सोच रही हो एमा?

एमा : मेरे दिमाग़ में दो बातें चल रही हैं। पहला, जैसा कि वीटो ने कहा, ये पागलपन है। और दूसरा...*(रुककर)*

वीटो : *(धीरे-से)* और दूसरा, हमें ये करना चाहिए...

एमा : हाँ।

फेड्या : हाँ।

ऍना : हाँ। हाँ।

[मंच पर अँधेरा हो जाता है।]

दृश्य चार

[रिटमन और एमा दर्शकों की तरफ़ देखते हुए मंच के बीचोबीच खड़े हैं। पियानो पर अमरीकी संगीत बजता है।]

रिटमन : डेट्रॉइट में आपने जिस तरह से मेरा और मिस गोल्डमन का सत्कार किया है, उसके हम शुक्रगुज़ार हैं। और अब मिस गोल्डमन आपके सवालों के जवाब देंगी। *(ज़ोर देकर एक श्रोता की बात सुनते हुए)* नीली शाल में बैठीं हमारी ख़ूबसूरत साथी पूछ रही हैं कि क्या सचमुच मिस गोल्डमन प्यार करने की आज़ादी में यक़ीन करती हैं? *(वो पीछे हट जाता है और इशारों से एमा को आगे आने का न्यौता देता है।)*

एमा : प्यार करने की आज़ादी? बिलकुल। प्यार ही तो हमें आज़ाद करता है। अगर प्यार ख़ुद बन्धन में हो तो महज़ ढकोसला बन कर रह जाएगा। एक जवान औरत, ज़िन्दगी से भरी हुई, क़ुदरत के सबसे ताक़तवर खिंचाव को कैसे टाल सकती है? अपनी इस प्यास को दबा देना, इस इन्तज़ार में कि कोई महान आदमी आकर उससे ब्याह रचाएगा और उसे ख़ुश करेगा; क्या ख़ुदकुशी से कम है? दुनिया में प्यार से बड़ी

कोई ताक़त नहीं। इस पर कोई नियम, कोई क़ानून, कोई परम्परा लागू नहीं होती। कोई चर्च या क़ानून होता कौन है यह तय करने वाला कि किसी स्त्री को कब और किसके साथ प्रेम करना चाहिए?

दर्शकों में आवाज़ : मिस गोल्डमन, क्या आप शादी के ख़िलाफ़ हैं?

एमा : मैं हर उस रिवाज़ के ख़िलाफ़ हूँ जो हमें किसी का ग़ुलाम बनाता है। सोचो, दुनिया कितनी खूबसूरत होगी अगर हम सभी चर्च की ग़ुलामी, मुल्क की ग़ुलामी करना बन्द कर दें? अगर हम यह ठान लें कि हममें से किसी का बच्चा इनके अहंकार की रक्षा करने के लिए अपनी जान नहीं देगा। जंग नहीं लड़ेगा। अगर हम प्यार के बंधन में एक हो जाएँ। सोचो, दुनिया कैसी होगी?

[घोड़े की टापों की आवाज़ आती है। भारी शोर मच जाता है। रिटमन एमा के कान में कुछ फुसफुसाता है। वह अपने हाथ उठाती है।]

एमा : *(चिल्लाते हुए)* इस जगह को शायद पुलिस ने घेर लिया है। मेरी आप सभी से दरख़ास्त है कि आप अपनी-अपनी जगह बैठे रहें। कृपया...

[अँधेरा, सन्नाटा]

[रौशनी वापस आती है। पहले से अलग़ संगीत बजता है जिससे मालूम पड़ता है कि वे किसी अलग़ जगह पर हैं। रिटमन आगे बढ़कर दर्शकों का अभिवादन करता है।]

रिटमन : लॉस एंजेल्स के साथियो, आज मिस एमा गोल्डमन हमारे बीच देशभक्ति के विषय पर बात करने वाली हैं।

एमा : *(आगे बढ़कर)* भाइयो और बहनो, देशभक्ति क्या है? कुछ लोग जो एक जगह पैदा हुए हैं, ख़ुद को बाक़ियों से बेहतर, सभ्य, और प्रतिभावान मानते हैं। और इसीलिए इन लोगों की यह जिम्मेदारी बन जाती है कि अपनी इस श्रेष्ठता को साबित

करने के लिए वह दूसरी जगह पैदा होने वाले लोगों की हत्या करें, और ज़रूरत पड़ने पर अपनी भी जान गँवा दें। यही न? ये देशप्रेम नहीं, बेवकूफ़ी है, और यही हमारे इस बिखरे हुए समाज की सबसे बड़ी बीमारी है। जंग तब होती है जब दो धूर्त अपने बीच का आपसी मसला सुलझाने के लिए ख़ुद मैदान में उतरने की हिम्मत नहीं कर पाते तो गाँवों और शहरों से आपके बच्चों को छीन लेते हैं, उन्हें वर्दी पहना देते हैं, बन्दूक़ पकड़ा देते हैं, और जंगली जानवरों की तरह उन्हें एक दूसरे की जान लेने के लिए छोड़ देते हैं। टॉलस्टॉय ने कहा था कि ख़ुद को देशभक्ति से और अपनी सरकारों की आज्ञाकारिता से आज़ाद करो। हिम्मत करके उस ऊँची विचारधारा को गले लगाओ जहाँ दुनिया के सभी लोग एक हैं। जहाँ बनावटी विचारों के लिए लड़ने की हमारे समाज में कोई वजह नहीं है।

[जनता तालियाँ बजाती है।]

रिटमन : *(आगे बढ़कर)* आप लोग एमा से कुछ पूछना चाहते हैं? *(ग़ौर से सुनता है)* पीछे बैठे सज्जन पूछ रहे हैं क्या देशभक्ति की भावना हमें एक नहीं करती?

एमा : करती है, मगर किसी दूसरे के ख़िलाफ़। देशभक्ति हमें अन्धा बना देती है और यह हक़ दे देती है कि हम ख़ुद से अलग किसी पर भी हिंसा का प्रयोग कर सकें। सैन डिएगो के मज़दूर संयोजक जोसफ मिकोलासेक की ही बात ले लीजिए। वह इंडस्ट्रियल वर्कर्स ऑफ़ द वर्ल्ड (आई डब्ल्यू डब्ल्यू)—विश्व मज़दूर संगठन—का सदस्य था—विश्व का हो जाना कितना राष्ट्रविरोधी होता है! है न? अभी हाल में उसे दो पुलिसवालों ने घेर लिया। एक के पास बन्दूक़ थी और दूसरे के पास कुल्हाड़ी। उन्होंने मिलकर मिकोलासेक को पीट-पीट कर मौत के घाट उतार दिया। मेरे मैनेजर बेन रिटमन ने जब इसका विरोध किया तो सैन डिएगो के कुछ देशभक्त व्यवसायी मिलकर इन्हें एक मैदान में ले गए, इन्हें पीटा, इनके तमाम कपड़े उतार दिये और इन्हें जान से मारने की धमकी दी। उसके बाद उन्होंने इन पर उबलता हुआ टार डाला और एक लोहे की सलाख से

इनकी चमड़ी पर 'आई डब्ल्यू डब्ल्यू' लिख दिया। क्या यही है इस देश की देशभक्ति!

दर्शकों में से आवाज़ : *(चिल्लाकर)* अख़बारों में तो छपा है कि रिटमन झूठ बोल रहे हैं। उनकी कहानी बनावटी है। डॉक्टर रिटमन, आपका इस बारे में क्या कहना है?

रिटमन : *(आगे बढ़कर, गर्व से जनता की तरफ़ देखकर)* आपको जवाब चाहिए? यहाँ रिपोर्टर्स मौजूद हैं क्या? किसी के पास कैमरा है? ये रहा मेरा जवाब... *(पीछे मुड़कर अपनी पैंट उतार देता है। उसके पीछे जलने के गहरे निशान सबको दिखलाई पड़ते हैं। सन्नाटा। रिटमन जल्दी से अपनी पैंट वापस पहन लेता है।)* मैं रिपोर्टरों को चुनौती देता हूँ कि वे मेरे कूल्हे की तस्वीर कैलिफ़ोर्निया के गवर्नर की शक़्ल के बग़ल में लगाएँ और अपने पाठकों से पूछें कि कौन ज़्यादा हैंडसम है? *(ठहाके और तालियों से माहौल गूँज उठता है।)*

एमा : *(हड़बड़ाकर)* यहाँ आने के लिए आप सभी का शुक्रिया। आज की सभा हम यहीं स्थगित करते हैं।

[वह तेज़ी से बाहर चली जाती है और मंच पर अँधेरा हो जाता है। रौशनी लौटने पर रिटमन और एमा दिखलाई पड़ते हैं। वे मंच के बीच एक मेज़ के सामने बैठे हैं। एमा चाय पी रही है और रिटमन ख़ूब सारा खाना खा रहा है। एमा काफ़ी गुस्से में है।]

एमा : बेन, तुम कितने बेहूदा इनसान हो! हर बार मुझे शर्मिंदा करते हो। आज की सभा भी मुझे स्थगित करनी पड़ी। कभी-कभी मुझे लगता है कि तुम हमेशा बच्चे ही रहोगे।

रिटमन : *(कन्धे झटकते हुए)* एमा, वो सिर्फ़ एक मज़ाक़ था। तुम और तुम्हारे कामरेड हमेशा इतने सीरियस क्यों रहते हो? कभी-कभी हँस भी लिया करो। मंच पर मैंने जो किया वो मज़ाक़ था, मगर इसी के ज़रिये मैंने एक सीरियस बात भी तो कह डाली।

एमा : मैं सिर्फ़ आज की बात नहीं कर रही। पिछले हफ़्ते जब हम डेट्रॉइट में उस सीधे-सादे दम्पति के यहाँ ठहरे थे, तुम बिलकुल

नंगे होकर नाश्ता करने पहुँच गए थे। और जब ब्रोंक्स के अराजकतावादियों से मिले थे, तब तुम जीसस और ईसाई धर्म की तारीफ़ करने लगे थे। और तुम ये अजीब कपड़े क्यों पहनते हो? और ये जाहिलों की तरह क्यों खाते हो?

[रिटमन अब तक खा ही रहा था। अब खाना रोक देता है।]

रिटमन : मेरे लिए खाना कोई ख़ास काम नहीं है। बाक़ी सब काम की तरह मैं खाना भी अपनी ख़ुशी के लिए ही खाता हूँ। न कि किसी तमीज़ या तहज़ीब के तहत। इसका मतलब है डार्लिंग, कि मैं एक अनार्किस्ट की तरह खाता हूँ। *(अपनी बात साबित करने के लिए मुँह में थोड़ा और खाना भर लेता है।)*

एमा : शायद तुम्हें लगता है कि अराजकतावाद का मतलब ज़िन्दगी की तफ़सीलों को नकार देना है। जैसे कुछ अच्छा खाना। समय पर नहाना...

रिटमन : नहाना?

एमा : हाँ, नहाना। तुम तो नहाते भी नहीं हो।

रिटमन : क्या मैं इतना बुरा हूँ? एक घंटे में हमारी ट्रेन है। क्या तुम सचमुच चाहती हो कि उसमें से आधा घंटा मैं नल के नीचे भीगता हुआ बिताऊँ? *(धीरे-से)* तुम भी जानती हो इस समय का बेहतर इस्तेमाल किया जा सकता है। *(उठकर मुँह पोंछता है और एमा से लिपट जाता है। धीरे-से उसकी शाल उतारकर उसकी गर्दन को चूमने लगता है।)*

[एमा शुरू में कोई प्रतिक्रिया व्यक्त नहीं करती, मगर रिटमन उसे लगातार चूमता रहता है। थोड़ी देर बाद एमा के हाथ अपने-आप रिटमन के कन्धे को कस लेते हैं।]

रिटमन : आज तुम बहुत अच्छा बोली, एमा। *(वह एमा को लगातार चूमता है।)*

एमा : ओह गॉड बेन! मैं तुमसे ग़ुस्सा कैसे रह सकती हूँ?

[रिटमन अपना मुँह एमा की छाती में दफ़न कर देता है।]

एमा : ओह गॉड, बेन! ओह गॉड!

रिटमन : लगता है मैं तुम्हें ईसाई बनाकर ही दम लूँगा।

[वह एमा के होंठों को चूमता है और मंच पर अँधेरा हो जाता है।]

दृश्य पाँच

[सभागार का दृश्य। पियानो पर अमरीकी संगीत बजता है। एमा श्रोताओं की तरफ़ मुँह करके खड़ी है। अपने हाथों को ऊपर कर उन्हें शान्त होने का इशारा करती है।]

एमा : कामरेड्स, मुझे सेन फ्रांसिस्को की पुलिस ने धमकी दी है कि आज मैं आप लोगों के सामने अपनी बात न कहूँ। यहाँ इस ऑडिटोरियम में हमारे तीन हज़ार साथी मौजूद हैं। और अगर आप मेरी बात सुनने आए हैं, तो मुझे पुलिस का डर नहीं। पिछले महीने मैं इस लोकतान्त्रिक देश के अलग-अलग शहरों के सोलह अधिवेशनों में बोलने गई। इनमें से ग्यारह सभाओं को पुलिस ने रोक दिया। यह तो साफ़ है कि हमारे देश में बोलने की आज़ादी नहीं है। और जो आज़ादी नहीं दी जाती, उसे छीनना पड़ता है।

[जनता तालियाँ बजाती है। वह जनता की तरफ़ आँखें गड़ाकर देखती है।]

एमा : हमारे एक युवा साथी कुछ पूछना चाहते हैं।

युवक : *(सिर्फ़ आवाज़)* अख़बारों में छपा है कि आप से सेन फ्रांसिस्को के बन्दरगाह में तैनात जहाज़ों को बम से उड़ाने आई हैं।

एमा : नहीं, इस बार मैं उन्हें नहीं उड़ाऊँगी। *(जनता में कुछ लोग हँसते हैं)* मैं हिंसा में यक़ीन नहीं करती। मगर अगर वे जहाज़, और दुनिया के तमाम जंगी जहाज़ ख़ुद-ब-ख़ुद डूबकर सागर की गहराइयों में खो जाएँ तो मुझे बेहद ख़ुशी होगी। इस बात की ख़ुशी कि इसके बाद दुनिया-भर के हमारे तमाम भाई-बहन शान्ति से रह सकेंगे।

[तालियों की गड़गड़ाहट के बीच दृश्य का समापन होता है।]

दृश्य छह

[पियानो पर अमरीकी संगीत बजता है। मंच पर रौशनी पड़ती है। एमा और रिटमन मंच के कोने में खड़े हैं। सम्भवत: वे सभागार के पीछे खड़े हैं। एमा ने रिटमन की तरफ़ पीठ कर रखी है। वो काफ़ी ग़ुस्से में है।]

रिटमन : मैं तो सिर्फ़ उस लड़की से अच्छे से बात कर रहा था।

एमा : तुम उस पर डोरे डाल रहे थे।

रिटमन : मैं तो बस उसके साथ मज़ाक़ कर रहा था।

एमा : *(भड़कते हुए)* किसी औरत की इज़्ज़त से खेलना तुम्हें मज़ाक़ लगता है? कितनी बेहूदा सोच है तुम्हारी? मेरे अलावा न जाने कितनी सारी औरतों के साथ...! पता नहीं मैं क्यों अभी तक तुम्हारे साथ हूँ? कितनी पाखंडी हूँ मैं। एक तरफ़ इस पुरुषप्रधान समाज का विरोध करती हूँ, और दूसरी तरफ़ तुम्हारे जैसे इनसान के साथ क़ैद हूँ।

रिटमन : ख़ुद को दोष मत दो। ये मेरी ग़लती है। मैं ख़ुद को नहीं सँभाल पाया। और ये तो सिर्फ़ एक रात की बात थी।

एमा : *(ग़ुस्से से)* इसका मतलब तुमने उसके साथ रात बिताई है! झूठे कहीं के! तुमने तो कहा था—"शिकागो में मैं अपनी माँ से मिले बिना नहीं रह सकता" और उस औरत के साथ रात बिताने चले गए।

[एमा ग़ुस्से से रिटमन पर मुक्के चलाती है। रिटमन उसका हाथ पकड़ लेता है।]

एमा : साले मक्कार!

रिटमन : प्लीज़ एमा। दो मिनट के बाद मुझे मंच पर जाकर तुम्हें बुलाना है। शान्त हो जाओ। हम बाद में बात करेंगे डार्लिंग।

एमा : हम बाद में सिर्फ़ बिस्तर गर्म करेंगे डार्लिंग! मगर इस बार नहीं! जाओ मंच पर जाकर अपना हिस्सा बोलो। और मेरे लिए मत रुकना। ये लोग मेरे रहने का कोई न कोई इन्तज़ाम कर देंगे।

[रिटमन उदास होते हुए सर हिलाता है। आगे बढ़कर मंच के बीच आकर दर्शकों की तरफ़ देखता है। रुमाल से माथे का पसीना पोंछते हुए।]

रिटमन : केन्सिंग्टन के साथियो। पेनसिलवेनिया में आकर यहाँ के कामरेड्स से मिलना हमारे लिए एक अनोखा अनुभव रहा है। हम स्वागत करते हैं मिस एमा गोल्डमन का, जो आज हमारे बीच हेनरिक इब्सन के नाटकों पर बात करने वाली हैं।

[जनता तालियाँ बजाती है।]

एमा : मेरे भाइयो और बहनो। *(रिटमन की तरफ़ ग़ुस्से से देखती है। फिर ख़ुद को सँभालते हुए)* हम सब जानते हैं कि हर बात घर में नहीं कही जा सकती। हम जानते हैं कि फैक्ट्री में अपने मालिक की मौजूदगी में हर बात नहीं कही जा सकती। मगर मंच पर इनसान आज़ाद होकर अपनी बात कह सकता है। नाटक की विधा हमारी इस बेख़बरी, इस पूर्वग्रह और डर पर प्रहार करती है। यह जज़्बात हमारी ज़िन्दगी की सबसे मामूली और बुनियादी चीज़ों में मौजूद है। प्यार और शादी को ही ले लीजिए। हमारे समाज में शादी का प्यार से क्या रिश्ता है? कुछ भी नहीं। अपने ही घर में पत्नी एक वेश्या की तरह ख़रीदे-बेचे जाने की चीज़ बन गई है। कम से कम वेश्या तो एक रात के लिए ख़रीदी जाती है। पत्नियाँ तो ज़िन्दगी-भर के लिए...

भीड़ से आवाज़ें : *(चिल्लाते हुए)* "साली रंडी कहीं की!" "किसने बुलाया तुम्हें?" "हटाओ इसे यहाँ से!"

एमा : सच सुनने में थोड़ी तक़लीफ़ तो होती ही है। ये जो सामने बैठे महाशय मुझे गालियाँ दे रहे हैं, वे शादीशुदा हैं और अपनी पत्नी को यहाँ लेकर आए हैं। वे नहीं चाहते कि उनकी पत्नी अपने विचारों को मेरी आवाज़ में सुने।

दर्शक : *(चिल्लाकर)* मुझे नहीं सुननी तेरी यह बकवास!

एमा : मुझे दुख है कि आपको जाना पड़ रहा है। काश कि आप रुक कर हेनरिक इब्सन के बारे में सुनते। इब्सन का महान नाटक 'अ डॉल्स हाउस' एक औरत नोरा की कहानी है। नोरा आठ सालों से एक अनजान आदमी के साथ रह रही है। एक सुन्दर घर में। गुड़ियों वाले घर में। मगर एक दिन वह फ़ैसला करती है कि वो कोई गुड़िया नहीं है। वो एक औरत है। और ये कौन अनजान आदमी है जिसके साथ वो रह रही है? ये

उसका पति है। कोई औरत जब सिर्फ़ एक रात के लिए किसी अनजान आदमी के साथ सोती है तो उसे वेश्या क़रार दिया जाता है। और नोरा तो इस अनजान आदमी के साथ ज़िन्दगी-भर सोती चली आ रही है। इससे पहले कि हम वेश्याओं पर इतने घिनौने आरोप लगाएँ, हमें समझना चाहिए कि वो भी एक औरत है, और बाक़ी औरतों की तरह उसके भी अपने संघर्ष हैं। हर औरत की अपनी आत्मा है, अपनी देह है, अपनी आज़ादी है।

[जनता तालियाँ बजाती है। मंच पर अँधेरा हो जाता है।]

दृश्य सात

[रसोई का दृश्य। एमा और अल्मेडा स्पेरी पर रौशनी पड़ती है। दोनों एक मेज़ के सामने बैठे हैं। अल्मेडा लगभग तीस साल की है और बेहद ख़ूबसूरत है। उसने भड़कीले कपड़े पहन रखे हैं और काफ़ी मेकअप लगा रखा है।]

अल्मेडा : ठीक है, मैं तुम्हें एमा बुलाऊँगी। तुम भी मुझे अल्मेडा बुलाना। अल्मेडा स्पेरी। ये बात और है यहाँ कोई मेरा पूरा नाम नहीं जानता। आज इब्सन के बारे में तुम्हारा लेक्चर सुनकर मज़ा आ गया। मैंने 'अ डॉल्स हाउस' तीन बार पढ़ा है। मगर आज तक कोई नहीं मिला जिससे इस किताब के बारे में बात कर सकूँ।

एमा : मैंने तुम्हें दर्शकों में बैठे देखा। मुझे लगा कि इतनी ख़ूबसूरत लड़की मेरे भाषण में क्या कर रही है? मुझे लगा कोई स्टेज की अभिनेत्री बैठी है।

अल्मेडा : तुमने किसी और को देखा होगा। मगर मुझे स्टेज से प्यार है। जब सारा बर्नहार्ट यहाँ आई थी, मेरे पास टिकट के पैसे नहीं थे। फिर एक आदमी ने मुझे एक डॉलर दिया। इसके बदले में मैंने उसे क्या-क्या दिया, ये मत पूछो। *(हँसते हुए)* उसके बाद मैंने जब सारा का शो देखा तो मैं पर्दा गिरने तक साँस रोके स्टेज की तरफ़ ताकती रही।

एमा : तुम यहाँ अकेली रहती हो?

अल्मेडा : मेरा पति है—फ्रेड। उसे लगता है वो मेरा पति है मगर मैं नहीं मानती। हमेशा ग़ायब रहता है। छोड़ो उसकी बात। तुम बताओ?

एमा : मेरा एक आशिक़ है। वो भी बात करने लायक़ नहीं है।

[दोनों हँसते हैं।]

अल्मेडा : जिसने तुम्हें आज इंट्रोड्यूस किया? वो हैंडसम कमीना?

एमा : हाँ कमीना! बिलकुल सही कहा तुमने।

अल्मेडा : मैं ऐसे मर्दों को अच्छी तरह से जानती हूँ। इनकी कहानियाँ मैं तुम्हें रात-भर सुना सकती हूँ।

एमा : मैं सुनना चाहूँगी। शायद कुछ सीख सकूँ।

अल्मेडा : और तुम मुझे जॉर्ज बर्नार्ड शॉ और अगस्त स्ट्रिंडबर्ग के बारे में बताना। उनका लिखा यहाँ कुछ नहीं मिलता। अरे, मैं तुम्हारे लिए चाय बनाती हूँ। बिस्कुट भी है। शराब भी थी मगर तुम्हारे भाषण के पहले सब पी गई। यही मेरी कमज़ोरी है। वैसे मेरी और भी कमज़ोरियाँ हैं। मैं ऐसे कई हैंडसम कमीनों को जानती हूँ। मेरा विश्वास करो एमा, मुझसे बेहतर इन मर्दों को कोई नहीं पहचानता। मैं बेहिसाब मर्दों के साथ रही हूँ, मगर आज तक मैं किसी असली आदमी से नहीं मिली। ये सभी एक जैसे हैं। इनकी सारी औक़ात इनकी टाँगों के बीच होती है।

एमा : मैं एक असली आदमी को जानती हूँ। मगर वो अभी जेल में है।

अल्मेडा : मैंने सुना है उसके बारे में। यहीं पिट्सबर्ग में पकड़ा गया था। फ्रिक...वो स्ट्राइक। मैंने सुना है। तुम मिलती हो उससे?

एमा : *(सर हिलाते हुए)* मुझे उसके आसपास भी नहीं फटकने देते।

अल्मेडा : कितने साल हुए?

एमा : नौ साल।

[थोड़ी देर तक दोनों चुपचाप चाय पीते हैं।]

अल्मेडा : वो तुम्हारे इस नए आशिक़ के बारे में जानता है?

एमा : थोड़ा-बहुत।

अल्मेडा : मैं तुम्हारी बात समझ सकती हूँ। ईर्ष्या भी अजीब चीज़ है। मेरा पति फ्रेड मेरी सहेली फ्लोरेंस से जलता है। फ्लोरेंस बेहद ख़ूबसूरत है। उसका मानना है कि औरत को किसी एक मर्द के साथ नहीं रहना चाहिए। आज तुमने शादी और वेश्यावृत्ति के बारे में जो बातें कीं वो मेरे भी विचारों से बहुत मेल खाती हैं। एमा, कई मर्दों ने मेरा इस्तेमाल किया है। और मैंने भी कई मर्दों का इस्तेमाल किया है। पैसों के लिए। अपनी ज़रूरतों के लिए। आज तुम बिलकुल सच बोल रही थी।

एमा : मैंने कोई नई बात नहीं की। वही बातें की जो लोग खुलकर करने से डरते हैं।

अल्मेडा : काश मैं भी तुम्हारी तरह खुलकर बात कर सकती। शायद शराब कम पीती तो बात कर भी लेती। मगर मेरी इस गिरी हुई ज़िन्दगी में शराब की सख़्त ज़रूरत है। और मेरी ज़िन्दगी ही नहीं, इस शहर के हर इनसान की ज़िन्दगी ऐसी है। सब एक चढ़ाई चढ़ते नज़र आते हैं। थके हुए, फिसलते हैं और रुककर फिर चल पड़ते हैं। जानती हो मैंने फ्रेड से शादी क्यों की? *(एमा की तरफ़ देखकर)* अरे एमा! तुम्हारी तो आँखें बन्द हो रही हैं। ओह, मैंने पहले क्यों नहीं सोचा? तुम तो कल भी रात-भर जागकर यहाँ आई थी। और कल सुबह तुम्हें वापस न्यूयॉर्क के लिए भी रवाना होना है। न्यूयॉर्क में भयानक डिप्रेशन आया हुआ है न? और मैं हूँ कि बोलती जा रही हूँ। तुम सो जाओ एमा...

एमा : *(जागते हुए)* नहीं, मैं सुन रही हूँ, बोलो...

अल्मेडा : पक्का? अच्छा तो मैं बता रही थी कि मेरी फ्रेड से शादी क्यों हुई। सर्दी की वजह से। मेरी माँ के घर में मुझे बहुत सर्दी लगती थी। और पैसे बचाने के लिए माँ कभी गैस नहीं जलाती थी। मैं बीमार रहने लगी। हमेशा खाँसती रहती थी। फ्रेड ने मुझे वहाँ से निकालकर बचाया जिसके लिए मैं हमेशा उसकी शुक्रगुज़ार रहूँगी। अब देह तो गर्म रहती है, मगर आत्मा ठंडी हो गई है।

[एमा दोबारा सो गई है। अल्मेडा पीछे से एमा को थामती है और उसकी पीठ और गर्दन को सहलाती है। एमा आँखें खोलकर अल्मेडा का हाथ कस लेती है।]

दृश्य आठ

[न्यूयॉर्क का मशहूर यूनियन स्क्वायर। एमा मंच के बीच में खड़ी है। परिप्रेक्ष्य में क्रान्तिकारी संगीत बजता है। एमा एक बक्से पर खड़ी होकर बेरोज़गारों की एक बहुत बड़ी भीड़ को सम्बोधित करती है। यहाँ रैली में उसका ढंग पिछले भाषणों से अलग है।]

एमा : अपने चारों तरफ़ देखो साथियो। हज़ारों मेहनतकश लोग इस व्यवस्था के ख़िलाफ़ अपना ग़ुस्सा ज़ाहिर करने आज यहाँ यूनियन स्क्वायर में इकट्ठे हुए हैं। यहाँ लोग काम करना चाहते हैं, मगर उनके पास काम नहीं है। पूरे न्यूयॉर्क शहर की सड़कों पर लोग मीलों लम्बी कतारों में खड़े हैं। और ध्यान रहे, न्यूयॉर्क दुनिया का सबसे अमीर शहर है। हाँ, सबसे अमीर शहर। और फिर भी औरतों को ज़िन्दा रहने के लिए अपना शरीर बेचना पड़ रहा है! दुनिया का सबसे अमीर शहर जहाँ बच्चे भूख से मर रहे हैं।

[कुछ भिखारी से दिखने वाले लोग उसके आसपास जमा होने लगते हैं। मानो एमा की आवाज़ से खिंचे चले आए हों। वे हलकी आवाज़ में 'मेन ग्रीनेह कुज़ीने' गुनगुनाने लगते हैं।]

एमा : हम उनसे काम माँगने जाते हैं और वो हमें रुकने को कहते हैं। हम अपने बीमार बच्चों के लिए दवाइयाँ मुहैया करवाने जाते हैं, और वो कहते हैं कि भगवान को याद करो। हम कहते हैं कि हम भूखे हैं तो वो हमें वोट डालने की हिदायत देते हैं।

[पुलिस के कुछ सिपाही मंच पर आते हैं।]

एमा : हम घर का किराया देने के लिए कुछ दिनों की मोहलत माँगते हैं और वो हमारे घर पुलिसवालों को भेज देते हैं। हाँ, यही पुलिसवाले, जो सिर्फ़ अमीरों की हिफ़ाज़त करते हैं। कामरेड्स, *(आवाज़ ऊँची करते हुए)* अगर बच्चे को दूध चाहिए तो दुकानों में घुसकर अपने हिस्से का दूध छीन लो। अगर खाने

को रोटी नहीं है, तो पता करो कि इन्होंने अपना गेहूँ कहाँ जमा कर रखा है, और अपना हिस्सा छीन लो।

[पुलिसवाले एमा की तरफ़ बढ़ते हैं।]

एमा : छीन लो! छीन लो!

[पुलिसवाले एमा को ज़बरदस्ती पकड़कर ज़मीन पर पटक देते हैं और मंच पर अँधेरा हो जाता है। पुलिस के कूच करने की आवाज़ बढ़ती चली जाती है।]

दृश्य नौ

[एक अँधेरे दफ़्तर में दो लोग बैठे हैं। वे प्रोजेक्टर पर तसवीरें देख रहे हैं। पहला आदमी पतला है, और उसने धारीदार सूट पहन रखा है। कपड़ों और हाव-भाव से वह वकील मालूम पड़ता है। वह थॉमस ग्रेगरी है। दूसरा आदमी काफ़ी जवान है। नाटा और गठीला, उसने बाल पीछे की तरफ़ कंघी कर रखे हैं। यह जे एडगर हूवर है, जो तस्वीरें दिखा रहा है। मगर उसकी पहचान का पता दर्शकों को दृश्य के आख़िर तक नहीं चलता।]

हूवर : *(तस्वीर दिखाते हुए)* यह पिछले सितम्बर की बात है।

ग्रेगरी : क्या किया था इसने?

हूवर : घुसपैठ। अतिक्रमण। मिनियापोलिस के स्मोकर्स क्लब में कुछ औरतों के साथ घुस आई थी। यह मर्दों का क्लब है।

ग्रेगरी : बड़ी बेशर्म है ये तो? और इसके हाथ में बोर्ड पर क्या लिखा है?

हूवर : 'मुझे सिगरेट पसन्द है'।

ग्रेगरी : मैंने तो सुना है कि ये एक जवान लड़के के साथ देश-भर में घूमती है।

हूवर : हाँ, उसका नाम रिटमन है। वह इसके लेक्चर्स का संचालन करता है। हमारे मुखबिरों के मुताबिक़ इन दोनों में अनैतिक यौन सम्बन्ध भी है। मगर ये खुलकर ऐसा नहीं करते, जिसकी वजह से अभी तक कोई गिरफ़्तारी नहीं की जा सकी है।

ग्रेगरी : *(अगली तस्वीर देखते हुए)* ये क्या है?

हूवर : न्यूयॉर्क शहर का डाउनटाउन। यहूदी महिलाओं की एक सभा में इसने सबको गर्भ निरोधक का इस्तेमाल करना सिखाया।

ग्रेगरी : और इसके लिए इसे क्या सज़ा मिली?

हूवर : सबूत न मिलने की वजह से इसे रिहा करना पड़ा। उसने पूरे समय यहूदी भाषा में बातचीत की। हमारा ख़बरी इसकी कोई बात नहीं समझ पाया।

ग्रेगरी : और कुछ दिखाना चाहते हो?

हूवर : नहीं सर। अभी पूरी जानकारी हमारे पास भी नहीं है। यह चौदह बार गिरफ़्तार हुई है।

ग्रेगरी : अभी ये कहाँ है?

हूवर : अभी ब्लैकवेल में एक साल की क़ैद की सज़ा काट रही है। दंगे उकसाने के जुर्म में।

ग्रेगरी : मगर जल्दी ही ये वहाँ से रिहा होकर अपनी जालसाज़ी दोबारा शुरू कर देगी। उधर क्यूबा में भी चीज़ें हमारे बस से बाहर होती चली जा रही हैं।

हूवर : हम कोशिश कर रहे हैं कि किसी तरह उसे देश से निकाल दिया जाए। उसे उसके देश रूस भेज दिया जाए।

ग्रेगरी : हाँ, ये ठीक रहेगा। मेरी समझ में उसने एक अमरीकी नागरिक से शादी की थी।

हूवर : हाँ, तब वह सत्रह साल की थी। उसके पति का नाम जैकब केर्श्नर है। और क़ानून के मुताबिक़ वह भी अमरीका की नागरिक बन गई है।

ग्रेगरी : हमारा क़ानून हमें हमारे दुश्मन के आगे झुकाने के लिए नहीं बना है। कुछ भी करो। क़ानून को तोड़ो-मरोड़ो। मगर इस औरत से निपटो।

हूवर : हम इस दिशा में काम कर रहे हैं सर।

ग्रेगरी : ठीक है।

हूवर : यह एक बहुत बड़ी चुनौती है। इस बार हमारा पाला अमरीका की सबसे ख़तरनाक़ औरत से पड़ा है।

ग्रेगरी : जी, मिस्टर हूवर।

दृश्य दस

[जेल का दृश्य। मंच के बीचोबीच एमा अपनी चारपाई पर बैठी चिट्ठी लिख रही है। मंच के तीन अलग-अलग हिस्सों में साशा, रिटमन और अल्मेडा स्पेरी बैठे हैं। साशा ने क़ैदी के कपड़े पहने हैं। जब वे अपनी-अपनी चिट्ठियाँ पढ़ते हैं, तब उन पर स्पॉटलाइट पड़ती है।]

साशा : मेरी प्यारी एमा, मैंने सुना कि यूनियन स्क्वायर में तुम्हारा भाषण ग़ज़ब का था। सुनकर अफ़सोस हुआ कि इसकी वजह से तुम्हें जेल जाना पड़ा। अपना ख़्याल रखना। वैसे यहाँ के अफ़सरों को तुम्हारी सुरंग के बारे में पता चल गया। हालाँकि वे ये नहीं जान पाए कि इसे कौन और किसके लिए खोद रहा था, पर उन्होंने इसकी सज़ा मुझे ही दी। और किसे देते? सुबह से शाम तक कालकोठरी में बन्द कर मार-पिटाई, यातना। सात दिनों तक। अब तो इन चीज़ों की आदत पड़ चुकी है। बीच में मेरी याददाश्त चली गई थी। पता नहीं कितने दिनों तक। मगर आज सुबह मैंने एक गौरैया को गाते सुना, और मुझे एहसास हुआ कि मैं अभी तक ज़िन्दा हूँ।

एमा : मेरे प्यारे बेन। जबसे तुमसे मिली हूँ, मुझे न जाने क्या हो गया है? ख़ुद को लेकर मैं एक अजीब-सी शर्म और ख़ौफ़ से भर गई हूँ। साशा ने हमारे लिए अपनी जान को जोख़िम में डाल दिया। अपनी आज़ादी तक कुर्बान कर दी। आज मैंने चिट्ठी में साशा को लिखा कि मैं रात-भर उसे याद करती रही। मैंने झूठ लिखा। मैं तो तुम्हारे बारे में सोच रही थी। शिकागो में हमारी उस पहली रात को याद करती रही, जब तुमने मेरी देह और मेरी रूह को जगाया था। जब तुम्हारे तूफ़ान में उलझकर मैं अच्छा-बुरा, सही-ग़लत, सब कुछ भूल गई थी।

रिटमन : एमा, तुम भी जानती हो कि साशा मुझे कितना पसन्द है। उसे हम दोनों पसन्द करते हैं। जो हुआ उसके लिए ख़ुद को कसूरवार मत ठहराओ। इस ज़िन्दगी को कौन समझ पाया है? प्यार जो है, जैसा है, बस वैसा ही है। इसमें सही-ग़लत

क्या है? मेरा बस चलता तो अभी इसी वक़्त तुम्हें अपनी बाँहों में लेकर तुम्हारे बदन के रोम-रोम को चूम लेता।

एमा : पिछली रात मैं जेल में अचानक काँप उठी। ठीक वैसे ही जैसे उस रात काँप उठी थी। आह! तुम्हारे साथ वो पहली रात। जब तुमने मुझे पहली बार अपनी बाँहों में कस लिया था।

रिटमन : मुझे तुम्हारा साथ चाहिए। मेरी रूह पर जैसे उदासी का पहरा लगा हुआ है। ऊपर से इस बात का डर कि तुम मुझे भूल जाओगी।

एमा : प्यारे बेन। मैं क्यों सोचती हूँ तुम्हारे बारे में इतना? मुझे तो ये सोचना चाहिए कि यहाँ से निकलने के बाद आन्दोलन के लिए और क्या किया जाना चाहिए। क्यूबा को लेकर पूरे देश में खलबली है। मैं इसके बारे में सोचती हूँ। फिर अचानक भीड़ में से झाँकते एक चेहरे पर नज़र टिक जाती है। और फिर पूरी भीड़ एक धुँधलके में बदल जाती है। क्यों सोचती हूँ मैं तुम्हारे बारे में? मैं पूरी दुनिया से तुम्हें हड़पकर निगल लेना चाहती हूँ।

रिटमन : और मेरी पूरी दुनिया ही तुम हो। ये प्यार भी कितना घातक रोग होता है न?

एमा : कभी-कभी मुझे बहुत ग़ुस्सा आता है। तुम्हारी बेवफाइयों के बारे में सोचकर। किस तरह से तुम दूसरी औरतों के लिए मुझसे दूर चले जाते थे। तुम्हारे वो सफ़ेद झूठ। वो बेहूदा बहाने। और फिर जब मैं शान्त होकर अपनी आँखें बन्द करती हूँ, तो तुम्हें पाने की चाहत दोबारा मुझे घेर लेती है।

अल्मेडा : प्यारी एमा। आज मेरा पति फ्रेड मुझसे नाराज़ हो गया। उसे लगता है वो मेरा पति है। ख़ैर। मैंने अपनी एक सहेली आयरीन को खाना खिलाया। वो यहाँ एक दुकान चलाती है, और सर्दी के समय रेल के इंजिनों में पानी भरती है। फ्रेड इस बात से ग़ुस्सा हो गया...छोड़ो इन बातों को। तुम कैसी हो? ओह एमा। तुम कितनी प्यारी हो, उस आधी रात के चाँद की तरह, जो किसी अँधेरे तालाब पर काँपता हुआ झिलमिलाता है। उस ओस की बूँद की तरह, जो किसी घने जंगल के सबसे ख़ूबसूरत ग़ुलाब की पंखुड़ियों के बीच चमकती है।

एमा : हमारे बीच जो है, वही प्यार है। और जो नहीं हो पाया, वो भी तो प्यार ही है। मैं दुनिया से नहीं डरती, मगर दुनिया शायद हमारे प्यार से डर जाए।

अल्मेडा : एमा, तुम्हारा ख़त पढ़कर मैं नाच उठी। हाँ, मुझे आज भी याद है पिट्सबर्ग की वो रात। तुम्हारा साथ पाकर मैं इतनी ख़ुश थी, कि उस दिन के बाद मैंने शराब पीना तक छोड़ दिया। फिर मेरी माँ चल बसी। हमारी कभी नहीं बनती थी, मगर जब मैं आख़िरी बार उनसे मिलने गई, मैंने उनके हाथ को चूम लिया और वो रो पड़ी थी। जिस दिन वो इस दुनिया से गई, उस दिन बहुत ज़ोरों की बारिश हुई थी, और मैंने खूब सारी शराब पी।

एमा : याद है अल्मेडा तुमने एक बार मुझसे पूछा था कि मैं किस विचारधारा को मानती हूँ। क्या मैं साम्यवादी हूँ? या अराजकतावादी? अगर नहीं तो मैं क्या हूँ? मैं तो बस मैं हूँ। जो मेरे स्वभाव को ठीक लगता है, जो मुझे सही लगता है, वही करती हूँ। यही मेरा नैसर्गिक स्वभाव है। इसी में मेरी असलियत, मेरी ईमानदारी है। और ये कोई विचारधारा नहीं। मेरी इस सोच का कोई नाम नहीं है। ये तो बस मैं हूँ।

अल्मेडा : प्यारी एमा। मैं वो दिन कभी नहीं भूलूँगी जब तुमने मुझे अपनी बाँहों में भर लिया था। जब मैंने तुम्हारी खूबसूरत गर्दन को चूमा था। तुम्हारी गर्दन किसी मोर की गर्दन जैसी। और तुम्हारी आँखें—मानो सुबह की ओंस में धुले हुए फूल। मैं जानती हूँ तुम अपने काम और आन्दोलन को कितना ज़रूरी मानती हो। मगर जिस दिन तुम्हें फुर्सत मिलेगी, मैं तुमसे ज़रूर मिलने आऊँगी। कभी-कभी सोचती हूँ मुझे माँ बन जाना चाहिए। तुम्हें भी तो माँ बनने की ख़्वाहिश थी न? जब तुमने अपनी इन ख्वाहिशों की बात की थी तो याद है, तुम कितना रोई थी?

रिटमन : प्यारी एमा। मैं कुछ ज़रूरी किताबों के प्रचार और हमारे क़ैदी साथियों के लिए पैसे इकट्ठा करने कल पेनसिलवेनिया जा रहा हूँ। हो सके तो न्यू केन्सिंग्टन में तुम्हारी सहेली से भी मिल आऊँगा। वो मेरे भाषण का इन्तज़ाम करने में संगठन की मदद कर रही है...

अल्मेडा : प्यारी एमा। तुम्हारा बॉयफ्रेंड रिटमन न्यू केन्सिंग्टन आया था। बड़ा ही अजीब आदमी है। किसी दिन फुर्सत में उसके बारे में बताऊँगी।

[लोहे के दरवाज़े के खुलने की आवाज़ आती है। किसी औरत की भारी आवाज़ आती है : ''गोल्डमन! गोल्डमन!'' मंच पर अँधेरा हो जाता है। जब रौशनी वापस आती है तो मंच के बीचोबीच एक अधेड़ उम्र की औरत बैठी दिखलाई पड़ती है। दिखने में दक्षिण अमरीकी, वह नर्स की कमीज़ की सिलाई कर रही है। लोहे के दरवाज़े के खुलने की आवाज़ दोबारा आती है। एक मैट्रन एमा को लेकर प्रवेश करती है। एमा बहुत तक़लीफ़ में है, और लँगड़ाती हुई चल रही है।]

मैट्रन : लिज़बेथ, आज से ये तुम्हारी मदद करेगी। यह मुसीबत अभी-अभी सोलिटरी से निकली है। वार्डन ने कहा है इसे सबक सिखाने को। *(चली जाती है।)*

[एमा दर्द से कराह रही है और पीठ से झुकी हुई है। वह लिज़बेथ की चारपाई पर बैठ जाती है।]

लिज़बेथ : *(एमा के पास जाकर)* इस तरह दुबककर मत बैठो। अब तुम सोलिटरी से बाहर हो। और अपने पैरों पर चलना शुरू करो वरना फिर कभी नहीं चल पाओगी। चलो उठो। *(वह एमा की उठने में मदद करती है, और दोनों बिना कोई बात किए मंच के चक्कर काटते हैं।)* सोलिटरी में क्यों भेजा? *(एमा की तरफ़ देखते हुए)* बताने की ज़रूरत नहीं। तुम वही एमा हो न जिसके बारे में सभी बात करते हैं? ग़रीबों की मसीहा। अमरीका की सबसे ख़तरनाक़ औरत। कहते हैं तुम किसी भी तरह की बेहूदगी बर्दाश्त नहीं करती। सिलाई का इंचार्ज बनाया तो तुमने सिलाई की रफ़्तार बढ़वाने से इनकार कर दिया। जेल में हड़ताल करोगी तो कहाँ जाओगी? जेल? *(हँसते हुए)* सुना तुम दुनिया बदलना चाहती हो। अच्छी बात है। और वो जो तुम्हारा आशिक़ तुम्हारे लिए घर का बना खाना लेकर आता

है, जिसे तुम किसी के साथ नहीं बाँटती—उसके बारे में भी मैंने सुना है। देखो एमा, तुम्हारी बदली हुई दुनिया में मैं क्या करूँगी, मैं नहीं जानती। मगर जेल में रहते हुए अगर घर का खाना नसीब हो तो मेरी दुनिया तो बदल ही गई समझो! *(ठहाका मारकर हँसती है। एमा भी अब मुस्कुराने लगी है। उसमें धीरे-धीरे जान लौट रही है।)* तुम मुझे जानती हो। *(एमा सर हिलाती है।)* मैं लिज़बेथ हूँ। यहाँ की नर्स। वे चाहते हैं कि जेल के मरीज़ों की देखभाल करने में तुम मेरी मदद करो। और आज से मैं तुम्हें तुम्हारा काम सिखाने वाली हूँ। चलो अब लेट जाओ। ऐसे। *(धीरे-से एमा को चारपाई पर लिटा देती है और उसके पैरों की मालिश करने लगती है।)* तुम्हें पता होना चाहिए कि कब इनसान को चलाना है और कि कब उसे रोककर रखना है। कब सख़्ती बरतनी है और कब नरमी से पेश आना है। और सब तुम्हें लाल एमा क्यों बुलाते हैं?

एमा : लम्बी कहानी है।

लिज़बेथ : और तुम्हें ज़रूरी मीटिंग में जाना है? *(हँसते हुए)* तुम मुझे अपने बारे में बताओ और मैं तुम्हें बताऊँगी जब किसी औरत के वहाँ से ख़ून बहने लगे तब...तुमने कभी किसी बच्चे को गर्भ से निकाला है?

[एमा सर हिलाती है।]

लिज़बेथ : एमा, अगर तुम बच्चे को जन्म देना सीख गई तो दुनिया का कोई भी काम कर सकती हो। बग़ल के वार्ड में एक औरत अगले हफ़्ते अपने बच्चे को जन्म देने वाली है। उसमें तुम मेरी मदद करना। *(एमा का हाथ लेकर उसकी नब्ज़ गिनने लगती है।)* मैं तुम्हें नब्ज़ देखना सिखाऊँगी। *(एमा का हाथ लेकर अपनी कलाई पर रखती है।)* महसूस करो। ये मैं हूँ! मेरे ज़िन्दा होने का सुबूत। जिसे इस वक़्त मुझसे बढ़कर तुम महसूस कर सकती हो। और ये नब्ज़ चलती रहेगी। चाहे जो हो जाए। है न ये कुदरत का सबसे बड़ा करिश्मा! *(एमा की तरफ़ देखते हुए)* एमा, क्या तुम नर्सिंग सीखना चाहती हो?

एमा : मैं तुमसे नर्सिंग सीखना चाहती हूँ, लिज़बेथ।

लिज़बेथ : ज़रूर सिखाऊँगी। और मेरी एक बात का ध्यान रखना।

एमा : क्या?

लिज़बेथ : मुझे घर का खाना बहुत पसन्द है। *(ठहाका मारकर हँसने लगती है।)*

[एमा मुस्कुराती है।]

दृश्य ग्यारह

[थालिआ थिएटर। जुसेप्पे वेर्दि का ओपेरा संगीत बजता है। बहुत बड़ी भीड़ एक साथ 'एमा तुम्हारा स्वागत है' के नारे लगा रही है। एमा के सभी साथी वहाँ मौजूद हैं। एमा मंच पर आती है। वो काफ़ी कमज़ोर और ज़र्द हो गई है।]

एमा : अजीब बात है न? दो साल पहले मैं इस देश के क़ैदियों की हालत समझना चाहती थी। तब मुझे किसी जेल के आस-पास भी फटकने नहीं देते थे। अचानक मेरी क़िस्मत चमक गई! *(मुस्कुराते हुए)* मैं अन्दर थी! *(सर हिलाते हुए)* ब्लैकवेल के ज़जीरे में मैंने बहुत कुछ देखा। समझा। सीखा। और यह अनुभव ज़िन्दगी-भर मेरे साथ रहेगा। *(रुककर)* वहाँ रहते हुए मुझे अहसास हुआ कि हमारा कामरेड एलेक्सेंडर बर्कमन किन हालात से गुज़र रहा होगा! *(तालियाँ बजती हैं)* और वो सभी जो अपने हक़ की लड़ाई लड़ने के लिए इन काल कोठरियों में धकेल दिए गए हैं...*(हकलाते हुए)* उन पर क्या गुज़रती होगी। *(याद करते हुए)* और मैंने वहाँ की औरतों की तक़लीफ़ें सुनीं। इस व्यवस्था के शिकार हुए उनकी नब्ज़ और उनकी धड़कनों में पनपते विद्रोह को सुना। उसी दिन मैंने तय किया कि जब तक इस पूरे देश की सभी जेलों को तबाह कर, इन क़ैदख़ानों की ईंट-ईंट अलग कर, इनकी सलाखों को पिघलाकर; उन्हीं जगहों पर बच्चों के खेल के मैदान नहीं बना देती, तब तक मैं चैन से

नहीं बैठूँगी...भाइयो, बहनो, साथियो—मुझे ख़ुशी है कि मैं लौट आई हूँ।

[संगीत की आवाज़ तेज़ हो जाती है, और मंच पर अँधेरा हो जाता है।]

दृश्य बारह

[किराये के घर में एक छोटा-सा अँधेरा कमरा। पहले भाग के दूसरे दृश्य का यहूदी गीत दोबारा बजता है, जिससे मालूम पड़ता है एमा अपने परिवार के साथ है। एमा हाथ में चिराग़ लिये मंच पर प्रवेश करती है।]

एमा : ओह हेलेना! मेरी प्यारी बहन, कहाँ हो तुम? घर में इतना अँधेरा क्यों है?

हेलेना : पिछले हफ़्ते मिट्टी का तेल ख़त्म हो गया। अच्छा लगा कि तुम यहाँ आई। पापा की मौत के बाद तुमसे पहली बार मिल रही हूँ।

एमा : अजीब-सा वक़्त था वो भी। पापा से मैं नफ़रत करती थी। गालियाँ देती थी। कितनी बार सोचा कि उन्हें मर जाना चाहिए। मगर जब वो चल बसे तो एहसास हुआ कि वो भी तो बस एक मज़दूर ही थे। हालात के शिकार। हमारे लिए उनकी क्रूरता तो इस समाज में फैली नफ़रत की परछाईं-भर थी।

हेलेना : तुम्हारे यूरोप जाने के बाद मुझे पता चला।

एमा : हाँ बीच के कुछ दिन मैं विएना में एक दाई की ज़िन्दगी गुज़ार रही थी।

हेलेना : मुझे जानकर बेहद ख़ुशी हुई। मैंने तभी तय कर लिया कि मेरे बच्चे को भी तुम ही दुनिया में लेकर आओगी। एमा, तुमने कितने बच्चों को जन्म दिलाया?

एमा : विएना में मैं छह बच्चों को दुनिया में लाई। नहीं, सात। एक औरत के जुड़वाँ बच्चे हुए। और पिछले हफ़्ते न्यूयॉर्क में भी एक औरत की मदद की। वह बहुत बीमार थी। उसके छोटे से कमरे में ही उसने अपने बच्चे को जन्म दिया। बच्चे के काले घुँघराले बाल थे। जब उसने जन्म लिया, तो उसकी

मुट्ठी भिंची हुई थी। किसी क्रान्तिकारी की तरह। तुम्हें देखना चाहिए था।

हेलेना : लड़का था क्या?

एमा : नहीं, लड़की।

[दोनों बहनें हँसती हैं।]

एमा : तुम्हें कितने महीने हुए?

हेलेना : सात महीने शायद। देख सकती हो...

एमा : हाँ। *(उसके चेहरे को घूरते हुए)* तुम्हारे चेहरे का रंग ठीक है। *(उसका हाथ हिलाते हुए)* तुम्हारी नब्ज़ भी ठीक है। *(उसके गर्भ को स्पर्श करते हुए)* दर्द हो रहा है क्या?

हेलेना : नहीं, अच्छा लग रहा है।

[एमा उसके गर्भ पर स्टेथोस्कोप लगाकर सुनती है।]

हेलेना : क्या सुन रही हो?

एमा : श्श्श्श...

हेलेना : क्या तुम्हें मेरे बच्चे के दिल की धड़कन सुनाई दे रही है?

एमा : श्श्श्श...सुनने तो दो।

हेलेना : क्या सुनाई दे रहा है? मुझे भी सुनाओ!

एमा : थोड़ी देर बाद फिर कोशिश करेंगे। कभी-कभी थोड़ा वक़्त लगता है। परेशान मत हो। ये बताओ माँ कैसी है?

हेलेना : माँ ठीक है। दिन-भर एक कोने में बैठी सिलाई करती रहती है। साशा कैसा है? तुम उससे मिल सकी क्या?

एमा : *(सर हिलाती है और अपने आँसुओं को छिपाने के लिए पीछे मुड़ते हुए)* साशा ने कहा था कि वो जेल से ज़िन्दा नहीं निकल पाएगा। हम उसे बचाने पर आमादा थे। उसे निकालने के लिए हम सुरंग खोद रहे थे। तुम्हें शायद यक़ीन नहीं होगा। मगर जब हम जेल के अहाते से कुछ ही इंच दूर थे उन्हें सुरंग के बारे में पता चल गया। जेल के प्राधिकारी ये तो नहीं जान पाए कि सुरंग को कौन और किसके लिए खोद रहा था, मगर इसकी सज़ा साशा को ही मिली। *(स्मृतियों से निकलते हुए अपना सर झटकती है।)*

हेलेना : मैंने सुना कोई दूसरा आदमी है जिसके साथ तुम...

एमा : हाँ। एक ऐसा आदमी जो कभी बेहद संवेदनशील और कभी फिर अचानक हैवान बन जाता है। *(गहरी साँस लेते हुए)* हेलेना, क्या तुम कभी किसी आदमी के साथ पागलपन की हद तक आसक्त हुई हो?

हेलेना : मेरे साथ तो उल्टा हुआ। अपने पति के साथ रहते हुए भी मैं अपने अकेलेपन और उदासी में पागल हो गई।

एमा : ओह!

हेलेना : मगर मुझे ये बच्चा चाहिए। सचमुच। एमा, दोबारा कोशिश करो न।

एमा : *(हेलेना के पेट पर दोबारा स्टेथोस्कोप लगाकर सुनते हुए)* कभी-कभी...

हेलेना : मैं बहुत नर्वस हूँ। मैं अपने पिछले दो बच्चों को खो चुकी हूँ। इसे नहीं खो सकती। तुम तो समझ सकती हो। तुम्हें तो बच्चों से इतना प्यार है। तुम भी कभी माँ बनोगी।

एमा : तुम तो मेरी हालत जानती हो हेलेना।

हेलेना : मगर डॉक्टरों ने तो कहा था एक ऑपरेशन से...

एमा : डॉक्टर्स! पिछली बार एक ने कहा कि मैं माँ बनने वाली हूँ। मैं कितनी ख़ुश थी! दो महीने बाद उन्होंने कहा 'ओह! हमारी रिपोर्ट में ग़लती हो गई!' मेरा बस चलता तो उसका मुँह नोच लेती। मैं पूरे हफ़्ते रोई। किसी से कुछ नहीं कहा। बस एक हफ़्ते के लिए ग़ायब हो गई और अपनी क़िस्मत पर रोई।

हेलेना : इसका मतलब तुम वो ऑपरेशन...

एमा : नहीं। एक औरत का इतना तो हक़ बनता ही है कि वो ख़ुद के लिए ये तय करे कि वो माँ बनेगी या नहीं।

हेलेना : हाँ बिलकुल। मगर...

एमा : अब मैं एक दाई हूँ। इसका मतलब जानती हो? जितनी बार मैं किसी औरत के बच्चे को जन्म दूँगी, उतनी बार मेरे भीतर एक माँ जन्म लेगी। मैं बहुत ख़ुशक़िस्मत हूँ। *(हेलेना के गर्भ पर स्टेथोस्कोप लगाकर सुनती है।)* श्श्श्श! *(स्टेथोस्कोप का इयरपीस हेलेना को देती है।)*

हेलेना : मुझे सुनाई दे रहा है...

एमा : तुम्हारा बच्चा। उसकी धड़कन काफ़ी दमदार है।

हेलेना : *(एमा से गले मिलते हुए)* अरे वाह!

एमा : तुम्हें चलते रहना है। चलना तुम्हारे और तुम्हारे बच्चे की सेहत के लिए अच्छा है।

[वे मंच पर चक्कर काटने लगते हैं।]

एमा : जानती हो हेलेना, मैं इस दुनिया में लाखों बच्चे लाने वाली हूँ। और जब वे अपनी मुट्ठी भींचे इस दुनिया में प्रवेश करेंगे मैं उनके कान में फुसफुसाऊँगी—''विद्रोह! विद्रोह! उठो! और मिलकर इस समाज के दुश्मनों को उखाड़ फेंको।'' तुम देखना अगली पीढ़ी...

हेलेना : एमा! मेरे बच्चे को दुनिया में लाने से पहले जेल मत चली जाना!

दृश्य तेरह

[बफैलो, न्यूयॉर्क। एक सार्वजनिक सभा। सैन्य संगीत।]

एनाउंसर : *(आवाज़)* अमरीका के राष्ट्रपति विलियम मैकिनले का हम स्वागत करते हैं।

[ज़ोरदार सैन्य संगीत के बीच राष्ट्रपति विलियम मैकिनले मंच पर है।]

मैकिनले : मेरे साथी अमरीकियो...मुझे ख़ुशी है कि मुझे इस ऐतिहासिक शहर... *(याद करते हुए)* बफैलो...में आने का मौक़ा मिला। मुझे ख़ुशी है आप लोगों को यह बताते हुए कि हमारा देश प्रगति कर रहा है। हमारी अर्थव्यवस्था सफलता के आसमान चूम रही है। विदेशों में हम जीत रहे हैं। स्पेन के ख़िलाफ़ जंग में हमारे जाँबाज़ सिपाही अपना साहस दिखा रहे हैं। हम भी दुनिया में शान्ति चाहते हैं। क्यूबा अब आज़ाद है, और हमारी हिफ़ाज़त में है। पुएर्टो रिको हमारा है। हवाई तो एक पके हुए फल की तरह हमारी झोली में आ गिरा। फिलीपीन्स के साथ क्या करना है, इसे लेकर मैं काफ़ी असमंजस में रहा। फिर मैं अपने घुटनों के बल बैठकर प्रार्थना करने लगा। और ईश्वर ने

ख़ुद आकर मुझसे कहा—"मिस्टर प्रेसिडेंट, ले लीजिए, उन्हें सभ्य इनसान बनाइये, क्रिस्चियन बनाइये।" और यही वजह है कि मैंने...

[गोली चलने की आवाज़। अँधेरा। सन्नाटा।]

[रौशनी के वापस आने पर कई संवाददाता मंच पर दिखलाई देते हैं। सभी के हाथ में नोटबुक है। रिटमन बेहद सामान्य ढंग से मंच पर प्रवेश करता है।]

रिटमन : सज्जनो, एमा आ रही हैं।

[एमा प्रवेश करती है और तुरन्त रिपोर्टरों से घिर जाती है।]

रिपोर्टर : मिस गोल्डमन, राष्ट्रपति मैकिनले की हत्या के बाद आपको क्यों गिरफ़्तार किया गया?

एमा : आप तो रिपोर्टर हैं। आपको मालूम होना चाहिए कि इस देश की पुलिस को किसी को गिरफ़्तार करने के लिए सुबूत की ज़रूरत नहीं पड़ती। राष्ट्रपति की हत्या हुई है। *(मज़ाक़ उड़ाते हुए)* किसी ने सरकार के हथकंडे उन्हीं पर आज़मां दिये। ज़ाहिर है हमारे हुक्मरानों में खलबली मची होगी।

रिपोर्टर : उनके हथकंडे?

एमा : हत्या। ख़ून-ख़राबा। हिंसा।

रिपोर्टर : देश के सभी रेडिकल संगठनों ने राष्ट्रपति के हत्यारे चाउश की निंदा की है। हमने सुना आपने उसकी वकालत की है?

एमा : मैं उसका दर्द समझ सकती हूँ, और उससे हमदर्दी भी रखती हूँ। मगर उसने जो किया वो सही नहीं।

रिपोर्टर : क्या आपको लगता है चाउश पागल है?

एमा : बिलकुल। उसने अकेले जाकर इस देश के राष्ट्रपति की हत्या कर दी, किसी सरकार या फ़ौज की मदद लिये बिना। अगर चाउश अमरीका का राष्ट्रपति होता तो खुलेआम फिलीपींस में अपने हत्यारों को भेजकर निर्दोष बच्चों को मरवा देता। इस काम को कोई ग़ैरक़ानूनी नहीं बतलाता। उसे कोई पागल नहीं समझता।

रिपोर्टर : क्या यह सच है कि आपने राष्ट्रपति के मरने से पहले उनकी नर्सिंग की?

एमा : *(मुस्कुराते हुए)* मैंने उनकी दवाई-पट्टी करने की कोशिश की थी। मगर पता नहीं क्यों मुझे उनके पास फटकने तक नहीं दिया गया।

रिपोर्टर : इसका मतलब आप हमारे राष्ट्रपति से सहानुभूति रखती हैं।

एमा : बिलकुल। ऐसे इनसान से कौन सहानुभूति नहीं रखेगा जिसे ये पता नहीं होता कि दुनिया के नक़्शे में बाक़ी देश कहाँ हैं जब तक उसका पूँजीवादी मालिक हमारे राष्ट्रपति को उस देश में मुनाफ़ा नहीं दिखाता?

रिपोर्टर : आपने पिछली बार कहा था कि ये पूँजीपति जंग से अपना फ़ायदा लूटते हैं।

एमा : मैं एक बात जानती हूँ। मज़दूरों को इससे कुछ नहीं मिलता। हमारे बच्चे इनकी जंगों में मारे जाते हैं। और जब इनके बमों और बारूदों का धुआँ छँटता है, जब मरे हुए दफ़न कर दिये जाते हैं, तब जंग की लागत उन्हीं परिवारों को चुकानी पड़ती है, जब घर के किराए, तेल, अनाज और सब्ज़ियाँ महँगी हो जाती हैं।

रिपोर्टर : आपका साथी बर्कमन हत्या की कोशिश करने के जुर्म में जेल गया हुआ है। क्या वो चाउश से हमदर्दी रखता है?

एमा : जब वे जेल से छूट जाएँगे तब आप उन्हीं से पूछ लेना। मगर मैं इतना दावे के साथ कह सकती हूँ कि न मैं और न ही बर्कमन हिंसा में यक़ीन करते हैं। एक समय था जब हम ऐसा सोचते थे। मगर हिंसा हमें सिर्फ़ क्रान्ति से दूर ले जाती है।

रिपोर्टर : तो क्या इसका मतलब है कि समाज में बदलाव का रास्ता मतदान के माध्यम से खुलता है?

एमा : चुनाव? चुनाव एक मज़ाक़ है ताकि आम लोगों को मशग़ूल रखा जा सके जब ये अमीर हमारे पैरों के नीचे से इस देश की सम्पत्ति हड़पते हैं। जब इस देश के सबसे अमीर आदमी रॉकफेलर को तेल की नई रिफाइनरी खोलनी होती है तब क्या वो आपका मत लेता है? जब मैकिनले को फिलीपींस पर बमबारी करनी होती है, क्या वो मेरा मत लेता है?

रिपोर्टर : तो आपका क्या सुझाव है?

एमा : लोगों को संगठित होना होगा। हर मेहनतकश, चाहे वो जहाँ कहीं भी रह रहा हो। और जब उनमें इतनी ताक़त आ जाएगी, वे इस देश को वापस छीन लेंगे, और वो सब वापस छीन लेंगे जो उनसे हथिया लिया गया था। और इसके लिए हमें किसी मतदान की ज़रूरत नहीं पड़ेगी।

रिपोर्टर : क्या हम आपकी यह बात छाप सकते हैं?

एमा : *(मुस्कुराते हुए)* क्या आपका अख़बार ये सब छापेगा?

[संगीत की आवाज़ बढ़ती है। रिटमन एमा को लेकर बढ़ जाता है। मंच पर अँधेरा छा जाता है।]

दृश्य चौदह

[रेलवे स्टेशन का दृश्य। बहार का मौसम। ट्रेन की सिटी बजती है। इंजन के शुरू होने, और उसके बाद ट्रेन के दूर चले जाने की आवाज़ आती है। धुआँ छँटने के बाद एक आदमी दर्शकों की ओर पीठ कर खड़ा दिखलाई पड़ता है। उसने हैट और ओवरकोट पहन रखा है। उसके हाथ में एक छोटा-सा सूटकेस है। वह चुपचाप खड़ा है। एमा मंच पर प्रवेश कर ठिठक जाती है। उसके हाथ में फूलों का गुलदस्ता है। वह मंच पर खड़े आदमी को एकटक देखती है, फिर हिचकिचाते हुए उसे पुकारती है।]

एमा : साशा?

[थोड़ा रुकने के बाद वह पीछे मुड़कर एमा को देखता है। एमा कुछ क़दम आगे बढ़कर रुक जाती है। साशा अभी तक ख़ामोश है। एमा आगे बढ़ती है। उसे देख साशा काँप उठता है। एमा उसे सँभालती है, और फिर उसे गले लगा लेती है। वह उसे गुलदस्ता देती है। साशा फूलों को नज़दीक़ से देखकर उन्हें चूम लेता है।]

दृश्य पन्द्रह

[सैश के कैफ़े का दृश्य। पियानोवादक अब बूढ़ा हो चुका है मगर अभी तक अपनी पुरानी धुन बजा रहा है। वीटो और ऍना प्रवेश करते हैं और एक टेबल के चारों तरफ़ बैठ जाते हैं। उन्होंने पहले से अच्छे कपड़े पहन रखे हैं।]

वीटो : *(पुकारते हुए)* मिस्टर सैश! *(ऍना से)* चौदह साल बीत गए, मगर इनका मेनू नहीं बदला। *(सैश प्रवेश करता है।)*

सैश : वीटो! ऍना! इतने सालों के बाद! *(उनका हाथ थामते हुए)* वीटो, तुम्हारे कुछ पैसे बकाया हैं। मगर मुझे ख़ुशी है तुम लोग वापस आए। क्या तुम अभी भी गटर साफ़ करते हो?

वीटो : क्या मुझे देखकर लगता है कि मैं गटर साफ़ करता हूँ?

सैश : *(उसे ग़ौर से देखते हुए)* पहले से अच्छे दिख रहे हो। तुम्हें देखकर सिर्फ़ इतना लगता है कि तुम गटर साफ़ करते थे।

वीटो : सही कहा, मिस्टर सैश। मेरी तरक़्क़ी हो गई है। अब मैं गटर साफ़ करने वालों का खाता सँभालता हूँ।

सैश : गटर साफ़ करने वालों का भी खाता होता है? अच्छी बात है। और तुम ऍना?

ऍना : अब मैं फैक्ट्री में काम नहीं करती। कपड़ा मिलों की यूनियन की आयोजक बन गई हूँ।

सैश : मतलब बेरोज़गार हो। मुझे तुमसे यही उम्मीद थी। मुझे देखकर बताओ। मैं बदला हूँ क्या?

वीटो : तुम्हारे बाल पक गए हैं। पहनावा देखकर लग रहा है कि तुमने काफ़ी पैसे कमाए हैं। मगर ये टेबल के कपड़े आज तक वैसे ही हैं। चौदह सालों में कम से कम इन्हें एक बार तो बदल देते?

सैश : *(गहरी साँस लेते हुए)* वही पुराना वीटो। आधा पागल। हर बात पर शिकायत। वाइन पियोगे? शायद तुम्हारा दिमाग़ थोड़ा ठीक हो जाए। आज का दिन काफ़ी ख़ास मालूम पड़ता है। बाक़ी सब कहाँ हैं?

ऍना : देखो वाइन चलता हुआ आ रहा है!

[फेड्या प्रवेश करता है। उसने काफ़ी महँगे कपड़े पहन रखे हैं। उसके हाथ में वाइन की बोतल है। सैश फेड्या को एकटक देखता है।]

सैश : वाह! वाह!

फेड्या : मिस्टर सैश, आपको देखकर काफ़ी ख़ुशी हुई। *(अपने निराले अन्दाज़ में हाथ मिलाकर)* थोड़े गिलास मिल सकते हैं? आप पिएँगे हमारे साथ?

सैश : बिलकुल पुराने दिनों की तरह। तुम अपनी शराब ख़ुद लाओगे। और मैं गिलास भरूँगा। पता नहीं मेरा कैफ़े अभी तक चल कैसे रहा है?

ऐंना : *(चहकते हुए)* आ गए वो लोग!

[एमा और साशा प्रवेश करते हैं। ऐंना उठकर साशा के पास जाती है और उसे गले लगा लेती है।]

साशा : ओह ऐंना!

[साशा के हाव-भाव पहले से काफ़ी अलग हैं। उसकी आवाज़ और उसका आत्मबल, दोनों कमज़ोर पड़ गए हैं। उसकी कमर झुक गई है। साशा मुड़कर वीटो से गले मिलता है और फेड्या की तरफ़ देखकर मुस्कुराता है। फेड्या साशा की आँखों से आँसू पोंछता है, और आगे बढ़कर उससे लिपट जाता है। वीटो उनके लिए कुर्सियाँ लगाता है। सभी बैठते हैं। सैश एक ट्रे में कुछ गिलास लेकर आता है।]

सैश : *(ट्रे रख साशा का हाथ कसते हुए)* साशा! साशा! एक अरसा बीत गया तुम्हें देखे हुए! कैसे हो मेरे बच्चे? ये क्या हाल कर दिया है! जो चाहे, जितना चाहे खाओ। आज पैसे नहीं लूँगा।

साशा : *(सर हिलाते हुए, धीरे-से)* मुझे भूख नहीं लगी है मिस्टर सैश। मैं बस थोड़ी देर बैठूँगा

सैश : साशा ने आज पहली बार खाने से इन्कार किया होगा! मैंने कभी...

एमा : बस कीजिए मिस्टर सैश।

सैश : मैं तो बस...मैंने कुछ ग़लत कहा क्या?

वीटो : कोई बात नहीं मिस्टर सैश। *(साशा की तरफ़ मुड़कर)* साशा, तुम्हें कुछ खा लेना चाहिए।

एमा : उसे मत बताओ कि क्या करना है और क्या नहीं।

[सब हैरान होकर एक दूसरे को देखते हैं।]

वीटो : ये मत करो, वो मत करो! एमा मुझे माफ़ करो!

सैश : देखो। *(अख़बार दिखाते हुए)* देखो, आज के अख़बार में तुम्हारी तस्वीर आई है। *(पढ़ते हुए)* ''एलेक्सेंडर बर्कमन—फ्रिक की हत्या की कोशिश करनेवाला—चौदह सालों के बाद आज रिहा।''

[वीटो सैश के हाथ से अख़बार लेकर पढ़ने लगता है।]

वीटो : एमा, तुम्हारे बारे में भी कुछ छपा है। पिछले पन्ने पर।

[वीटो एमा को अख़बार देता है। एमा पढ़ती है।]

फेड्या : क्या लिखा है?

एमा : सरकार ने मेरे पति जैकब केर्श्नर की नागरिकता रद्द कर दी है। इसका मतलब मैं भी अब अमरीकी नागरिक नहीं रहूँगी... *(परेशान होते हुए)* साले बदमाश! क़ानून के साथ हर तरह का जोड़-तोड़ करना इन्हें आता है।

ऍना : तो क्या अब वो तुम्हें देश से निकाल देंगे?

एमा : हो सकता है। या शायद वो इस बात का इन्तज़ार करेंगे कि मैं कोई क़ानून तोड़ूँ और मुझे निकालना इनके लिए आसान हो सके।

फेड्या : हमारी तक़लीफ़ें हैं कि रुकने का नाम ही नहीं ले रहीं। कम से कम आज साशा के लौटने की ख़ुशी मनाते हैं।

[सभी वाइन पीते हैं।]

साशा : *(धीरे-से)* शुक्रिया दोस्तो। मैं...

[अचानक बाहर सैन्य संगीत बजता है। ड्रम, बिगुल के संगीत के बीच लोग देशभक्ति के गाने गाते हुए गुज़रते हैं। सैश दरवाज़े से बाहर देखता है।]

फेड्या : क्या हुआ मिस्टर सैश?

सैश : *(बाहर देखते हुए)* पता नहीं। बाहर फौजियों का बहुत बड़ा जुलूस निकला है। *(सड़क पर किसी से पूछते हुए)* क्या हो रहा है? *(जवाब सुनकर सैश वापस अन्दर आता है। मायूस होते हुए)* राष्ट्रपति विल्सन ने जर्मनी के ख़िलाफ़ जंग का ऐलान कर दिया है।

[सब खामोश हैं।]

फेड्या : पहले यूरोप इस पागलपन का शिकार हुआ। अब अमरीका?

ऐंना : कांग्रेस में इसका मतदान जल्दी ही होगा। जब भी जंग की बात आती है, तो संसद के तमाम सदस्य एक हो जाते हैं। हमें जल्दी ही कुछ करना पड़ेगा।

वीटो : ये तो होना ही था ऐंना। अगले हफ़्ते एक रैली बुलाई गई है। हार्लेम नदी के किनारे। एमा भी तो उसमें भाषण देने वाली है।

ऐंना : एमा नहीं बोल सकती। केर्श्नर की नागरिकता रद्द होने के बाद तो बिलकुल नहीं। वो इसे धक्के मारकर देश से निकाल देंगे।

एमा : मगर मैं चुप भी तो नहीं रह सकती। अगर अब नहीं बोलूँगी तो इतने दिनों की मेहनत का क्या फ़ायदा?

फेड्या : मगर ये ख़ुदकुशी होगी।

[सब खामोश हैं।]

साशा : *(पहली बार बोलता है। सब उसकी तरफ़ मुड़ते हैं।)* एमा, फेड्या सही बोल रहा है। तुम्हारी जगह मैं बात करूँगा।

ऐंना : *(काँपते हुए)* नहीं साशा! चौदह साल काफ़ी होते हैं।

साशा : बहुत चुप रह लिया। अब बोलने का वक़्त है।

एमा : *(साशा के कन्धे पर हाथ रखते हुए)* हम दोनों जाएँगे। साशा और मैं। हम दोनों बोलेंगे। जंग के ख़िलाफ़।

[सन्नाटा।]

सैश : साथियो। *(आँसू पोछते हुए)* चलो वाइन पीते हैं। साशा लौट आया है।

[मंच पर अँधेरा हो जाता है।]

दृश्य सोलह

[पृष्ठभूमि में हल्का संगीत बजता है। रिटमन और एमा एक कमरे में हैं। रिटमन अभी-अभी आया है और एमा उसकी मौजूदगी से काफ़ी परेशान दिखती है। इस दृश्य के दौरान एमा रिटमन से अपनी दूरी बनाए रखती है।]

एमा : यहाँ क्यों आए हो बेन? छह महीनों तक तुम्हारा कोई नामोनिशान नहीं मिला, और आज मेरे मंच पर जाने के ठीक पहले, जब मैं छह हज़ार लोगों की हिम्मत बढ़ाने जा रही हूँ, तुम मुझे कमज़ोर करने आए हो?

रिटमन : एमा, जैसे ही मुझे ख़बर मिली कि अमरीका ने जंग का ऐलान कर दिया है मैं तुमसे मिलने दौड़ा चला आया। मैं तुम्हें लेकर परेशान हूँ। डरा हुआ हूँ। एमा, आज विल्सन अनिवार्य सैनिक सेवा का नियम जारी कर रहा है। और जो भी इसके ख़िलाफ़ बोलेगा उसे...एमा, तुम तो जानती ही हो कि वो तुम्हारे साथ कैसा सुलूक करना चाहते हैं। आज भाषण मत दो।

एमा : मुझे तुम्हारी सलाह की ज़रूरत नहीं।

रिटमन : क्यों इतनी अलग-थलग हो गई हो? मुझसे इतनी दूरी क्यों? क्या सिर्फ़ इसलिए कि मैं इसमें तुम्हारा साथ नहीं दे रहा? ये मेरा तरीक़ा नहीं है। मैं दूसरों के फंदों में अपनी गर्दन नहीं डालता।

एमा : किसी को तो डालनी पड़ेगी। वरना इनका फंदा कसता चला जाएगा। अगर हम बचे भी रहे तो एक दिन हमारे लिए इनके तमाम फंदे कम पड़ जाएँगे।

रिटमन : तुम्हारे सपने एमा! अब तुम्हें कैसे बताऊँ कि मैं तुम्हारे इन सपनों से कितना प्यार करता हूँ। मगर इन्हीं सपनों की वजह से मुझे हमेशा एक डर-सा लगा रहता है। तुम्हें खो देने का डर। और अगर आज के भाषण के बाद उन्होंने तुम्हें देश से निकाल दिया तो? तुम्हारे बिना मेरा क्या होगा, कभी सोचा है तुमने?

एमा : बस करो बेन। ज़िन्दगी में एक बार ख़ुद के अलावा किसी और के बारे में सोचकर देखो?

रिटमन : क्या मैं तुम्हारे लिए खड़ा नहीं हुआ? लाठियाँ खाईं, जेल भी गया।

एमा : हाँ। और मैं कभी ये नहीं समझ पाई कि तुम ये सब क्यों करते रहे। तुम हमारे जैसे कभी थे ही नहीं।

रिटमन : तुम्हें हो क्या गया है एमा? इतनी नाराज़ क्यों हो मुझसे? क्या हम चैन से नहीं रह सकते? तुम और तुम्हारे साथी ख़ुश रहना ही नहीं जानते। शान्ति की गुहार तो लगाते हैं मगर ख़ुद कभी शान्त नहीं रह सकते। विल्सन ने जंग छेड़ दी। तुमने भी जंग का ऐलान कर दिया। विल्सन को अपना विधेयक पारित करने दो। जिसे नहीं लड़ना वो नहीं लड़ेगा। और यह सरकार के ख़िलाफ़ उसकी अपनी लड़ाई होगी। हमें क्यों मंच पर खड़े होकर अपना ढिंढोरा पीटकर उन्हें ललकारना है? वे भी तो यही चाहते हैं कि हम उनके फंदे में जा फँसें। अपनी नहीं तो साशा की सोचो। क्या वो एक और बार जेल की सज़ा काटकर ज़िन्दा रह पाएगा?

एमा : तुम साशा की नहीं सोच रहे। तुम ख़ुद की सोच रहे हो।

रिटमन : डार्लिंग, तुम क्यों इतनी नाराज़ हो?

[रिटमन एमा की तरफ़ बढ़ता है। एमा मुँह फेर लेती है। जेब से एक चिट्ठी निकालती है।]

एमा : मुझे अल्मेडा स्पेरी का यह ख़त मिला।

रिटमन : अल्मेडा...स्पेरी...मैं याद करने की कोशिश कर रहा हूँ...

एमा : बड़ी कमज़ोर याददाश्त है तुम्हारी बेन! अल्मेडा स्पेरी। वो तुमसे पेनसिलवेनिया में मिली थी जब तुम वहाँ भाषण देने गए थे।

रिटमन : *(अचानक याद करते हुए)* अरे हाँ! न्यू केन्सिंग्टन की वो शराबी रंडी...

एमा : *(गुस्से से)* "वो शराबी रंडी"?! जिसे अपने पेट और अपनी देह में से किसी एक को चुनने के लिए मजबूर कर दिया गया? जिसने अकेले, अपने दम पर उस छोटे से कसबे में इतना मज़बूत समाजवादी संगठन खड़ा किया है। मैंने उससे ज़्यादा नेकदिल इनसान आज तक नहीं देखा! सुनो उसने क्या लिखा है—"प्यारी एमा, ये रिटमन बड़ा कलाकार आदमी है। मगर आज के बाद उसे न्यू केन्सिंग्टन कभी मत भेजना। रेलवे स्टेशन पर जब वो मुझे लेने आया था तभी से मैं उससे

घबराई हुई थी। फिर रास्ते में जब उसने मेरा हाथ पकड़ा, मैं उसे पूरी तरह से समझ गई। ऐसे मर्दों को मैं खूब जानती हूँ। उससे कहना कि अगर वो हमारे संगठन और हमारी मुहिम को ज़रूरी मानता है, तो यहाँ न्यू केंसिंग्टन में दोबारा क़दम न रखे। उससे कहना कि अगर वो मेरे जैसी किसी दूसरी औरत से मिलता है जो अपनी ज़िन्दगी में थोड़ी रौशनी तलाश रही है, तो उस औरत की ख़ातिर, इंसानियत की ख़ातिर, और ख़ुद की सलामती की ख़ातिर उसके साथ बकवास न करे।''

रिटमन : अच्छा लिखती है...मगर सच में मुझे याद नहीं वो किस बारे में बोल रही है।

एमा : कितने झूठे हो तुम!

रिटमन : मैंने कब इन्कार किया है? अगर करूँगा तो वह भी एक झूठ ही होगा। और अपने झूठ की लम्बी फ़ेहरिस्त में एक और झूठ जोड़ने से मैं क्यों डरूँ भला? इस दुनिया में कोई झूठ बोले बिना कैसे रह सकता है एमा?

एमा : अपने दुश्मनों से झूठ बोलना एक बात है। मगर अपनों से झूठ बोलने की कोई वजह नहीं होती।

रिटमन : और इसी बात ने मुझे आज तक ज़िन्दा रखा है कि हर बार तुम मुझे माफ़ कर देती हो।

एमा : हाँ बेन। मैंने तुम्हारी हर ग़लती के लिए तुम्हें माफ़ किया है। मगर अब और नहीं।

[एमा दोबारा मुह फेर लेती है। रिटमन उसे पीछे से गले लगाकर उसकी पीठ चूम लेता है।]

एमा : ओह, वो पहली बार जब तुमने मुझे अपनी बाँहों में समेट लिया था! मैं कितनी ग़ुस्सा थी! और रोमांचित भी! *(वह मुड़कर रिटमन से लिपट जाती है।)*

रिटमन : *(धीरे-से)* मैं तुम्हें धोखा नहीं दे रहा एमा। मैं तुम्हारे साथ रहा हूँ। कितने साल बीत गए हैं हमें एक साथ।

[एमा पीछे हट जाती है।]

एमा : हाँ तुम मेरे साथ रहे हो। मगर आज थे और कल नहीं। धोखेबाज! तुम्हारे साथ मैं सब कुछ भूल जाती हूँ। दुनिया का दुख-दर्द भी। तुम मेरी सबसे बड़ी कमज़ोरी हो। तुम्हारी वजह से मैं कितनी बार शर्मिंदा हुई हूँ! मैंने पूरी दुनिया घूमकर औरतों को आज़ादी का पाठ पढ़ाया और ख़ुद तुम्हारी ग़ुलाम बनी हुई हूँ। तुमने मेरी ज़िन्दगी जीने लायक बनाई है, साले कमीने!

[एमा रिटमन के बालों को मुट्ठी में कसकर खींचती है। रिटमन झिझकता है।]

एमा : *(सिसकते हुए)* मुझे मीटिंग के लिए जाना है। ये पागलपन है!

रिटमन : क्या तुम्हारे भाषण के बाद हम मिलेंगे?

एमा : आज रात नहीं...किसी रात नहीं...आज के बाद कभी नहीं।

रिटमन : मुझे तुम्हारी याद आएगी।

एमा : क्या तुम मेरा भाषण सुनने आओगे?

रिटमन : मेरे पास शिकागो का ट्रेन टिकट है। मगर मैं रुक सकता हूँ अगर...

[एमा सर हिलाते हुए जाने लगती है।]

रिटमन : प्लीज़ एमा, आज ध्यान से। विल्सन की आलोचना करना। जंग की बुराई करना। मगर वहाँ मौजूद युवकों से तुम अगर अनिवार्य सैनिक सेवा के ख़िलाफ़ बोलती हो तो ये लोग अपनी चाल चल देंगे। आन्दोलन को तुम्हारी और साशा की ज़रूरत है।

एमा : अलविदा। डिअर बेन।

[एमा जाने लगती है, फिर पीछे मुड़कर बेन को गले लगा लेती है। उसके होठों को चूम लेती है। फिर हड़बड़ाकर, बिना पीछे मुड़े कमरे से बाहर चली जाती है। रिटमन उसे एकटक देखता रहता है। फिर अपनी टाई ठीक करता है और छड़ी उठाकर धीरे-धीरे दूसरी दिशा में चलता हुआ मंच से बाहर निकल जाता है।]

दृश्य सत्रह

[हार्लेम नदी के किनारे बड़ी भीड़। भीड़ की आवाज़ें सुनाई पड़ती हैं। संगीत बजता है। एमा और साशा जनता की तरफ़ मुँह कर कुर्सियों पर बैठे हैं।]

साशा : तुमने तो कहा था कि तुम बेन रिटमन से दोबारा नहीं मिलोगी।

एमा : वो आकर मुझसे मिला।

[काँच टूटने की आवाज़ें आती हैं।]

साशा : नौसैनिक बालकनी में घुस आए हैं। देखो ये लोग बल्ब खोलकर कैसे...

[उनकी तरफ़ लाइट बल्ब फेंके जाते हैं।]

एमा : मेरे और बेन के बीच जो था, वो अब ख़त्म हो चुका है।

साशा : मगर क्या वो ख़त्म हुआ, जो तुम्हें बेन से चाहिए था?

[लाइट बल्ब टूटने की आवाज़ें बढ़ जाती हैं।]

एमा : (साशा की आँखों में देखते हुए) कभी नहीं साशा। मैं एक औरत हूँ, और एक औरत की ज़रूरतें कभी ख़त्म नहीं होंगी।

साशा : तुम्हें मंच पर बुला रहे हैं।

[वे सुनते हैं। एमा उठकर जनता का अभिवादन करती है।]

एमा : *(लाइट बल्ब टूटने की आवाज़ें कम होने का इन्तज़ार करती है। आवाज़ बन्द होने के बाद)* तो आप लोगों का मानना है कि इस जंग की वजह से दुनिया में प्रजातंत्र क़ायम हो जाएगा! बालकनी में बैठे हमारे साथियों ने इस बात को साबित कर दिया है। *(सन्नाटा। थोड़ी देर बाद एक और बल्ब टूटने की आवाज़ और ठहाके।)* तुम नौजवान! बल्ब को नीचे रखो और मुझे बताओ क्या तक़लीफ़ है?

नौजवान : मैं इस देश में पैदा हुआ और इस देश के लिए मरने को तैयार हूँ!

[उसकी बात से सहमत होकर जनता तालियाँ बजाती है।]

एमा : हाँ इस देश के लिए। इसके पेड़, जंगल, नदियों, पहाड़ों और लोगों के लिए। इस देश के लिए। मगर इस देश के राष्ट्रपति के लिए नहीं। इस देश के जनरल और एडमिरल के लिए नहीं। इस देश के उद्योगपतियों और बैंकरों के लिए नहीं जिन्हें इस जंग से बेहिसाब फ़ायदा होगा। वो हमारा देश नहीं। तुम जियो या मरो, इससे उन्हें कोई फ़र्क़ नहीं पड़ता। देशभक्ति क्या है साथियो ? देशभक्ति का मतलब क्या अपने हुक्मरानों से वफ़ादारी है? नहीं, देशभक्ति का मतलब अपने देश के लोगों से, यहाँ के नदी, पहाड़, जंगलों से प्रेम है। और इसी प्रेम के लिए, इसी देशभक्ति के लिए, तुम्हें अपनी सरकार की मुख़ालफ़त करनी है। *(जनता तालियाँ बजाती है।)* आज का दिन दर्ज़ कर लो साथियो। अट्ठारह मई, उन्नीस सौ सत्रह। इस देश के राष्ट्रपति ने आज अनिवार्य सैनिक सेवा के क़ानून पर दस्तख़त कर दिया है। इस देश के मासूम नौजवान इस पागलपन का हिस्सा बना दिए जाएँगे। यूरोप के कसाईखाने में धकेल दिए जाएँगे। मैं बालकनी में बैठे तुम नौजवानों से कहती हूँ, और दुनिया के सभी नौजवानों से कहती हूँ—मरने से इन्कार करो! मारने से इन्कार करो! अगर तुम्हारे अन्दर थोड़ा-सा भी विवेक बचा है, ख़ुद की सोच बची है, अगर तुम सत्ता के ग़ुलाम नहीं बनना चाहते, अगर तुम इस प्रजातंत्र में ज़रा-सा भी यक़ीन रखते हो, तो युद्ध नहीं शान्ति के लिए लड़ो। इन्कार करो! इन्कार करो!

[एमा रो पड़ी है। ज़ोरदार तालियाँ बजती हैं। साशा भी खड़ा होकर तालियाँ बजाने लगता है। ऍना और वीटो मंच पर आकर एमा को सँभालते हैं।]

ऍना : एमा, इस सभा में सरकारी जासूस भरे हुए हैं।

वीटो : देखो वो हमारी तरफ़ बढ़ रहे हैं।

मेगाफ़ोन से
आवाज़ : हॉल ख़ाली करो! अमेरिकी सरकार के हुक्म से! मंच से कोई नहीं हिलेगा। जो जहाँ है वहीं रहे।

[वीटो आवाज़ की तरफ़ मुड़कर बीच की उँगली दिखाता है। फिर चारों एक दूसरे का हाथ थाम उम्मीद-भरी नज़र से जनता की तरफ़ एकटक देखते रहते हैं। मंच पर अँधेरा छा जाता है।]

०००